歡迎觀賞

殺人預告

THE PUPPET SHOW

M.W. CRAVEN

麥克・克拉文——著　陳岳辰——譯

謹以本書獻給妻子 Joanne 與過世的母親 Susan Avison Craven。
沒有她們就沒有這本書。

Immolation〔im-*uh*-**ley**-sh*uh*-n〕

1. 作為宗教獻祭的殺害

2. 燒死

巨石陣古老寧靜，岩柱聳峙彷彿侍衛，巍然不動、緘默無言，露水潤飾的花崗石表面熠熠生輝。冬去春來數千以至數萬次，它們早已風化蝕損，仍始終不肯向光陰、向自然、向人類低頭。石陣之中、淺影之內，老者獨自站立，面孔滿布皺紋，稀疏斑白的頭髮圈住斑駁的禿頂，身軀憔悴如骷髏且顫抖不止。

他低著頭、駝著背，赤身裸體面對死亡迫近。

老人被吊在橫石下，堅韌鐵絲嵌進皮膚。

他不在意。遭受的凌虐夠多了。

驚懼尚未平復，老人以為痛覺已經麻木。他錯了。

「看我。」施虐者語調平板。

老人被抹上膏狀物，汽油味竄入鼻孔。他抬起頭，望向面前披著風帽的身影。

對方亮出手中美國Zippo牌打火機。

恐懼狂湧。動物對火的原始恐懼。他意識到接下來會發生什麼卻無能為力，呼吸紊亂淺薄。

打火機就在眼前。老人能看到它的美：完美的線條，精準的結構，百年未變的設計。輕輕一翻，蓋子掀開，拇指扣下，火輪擊打火石，火花化為火舌。

施虐者手一滑，遇見油料的火焰兇性大發，繞上老人手臂。

好比血液化作強酸，痛來得又快又猛。恐慌撐大他雙眼、繃緊他每條肌肉，雙掌不由自主握成拳。哀號卡在喉嚨，可悲的老人嘔出一口血。

身體像烤盤上的肉冒煙冒泡，血液、脂肪、水分順著手骨滑動，自指尖低落。

眼前一黑帶走疼痛，氣息不再短促。

因為老人再也不必呼吸。他不知道膏火燒盡還能靠脂肪維持很久，也看不見胸口的刻印在高溫中焦黑扭曲。

但該發生的就是會發生。

1

一週後

緹莉・布雷蕭有麻煩了。她討厭麻煩，因為她對不確定的容忍度極低，一有麻煩就會焦慮。發現的線索得找個人說，但緹莉東張西望卻發現重案分析科辦公室空空如也，一看手錶竟已接近午夜，自己又忙了整整十六個鐘頭沒停，還忘記打個電話回家，趕快打字傳訊息向母親道歉。

視線回到螢幕上。她知道結果沒錯，可是這種情況按慣例要檢查三遍，必須再跑一次軟體。泡好果茶以後，緹莉瞟了眼進度條看看還要等多久。十五分鐘。她打開私人筆電插上耳機，鍵盤輸入「回來了」，過幾秒鐘完全沉浸在大型多人線上角色扮演《龍族傳說》的遊戲世界中。

工作電腦繼續處理先前建立的資料，過程中緹莉沒再留意。

她的操作從未失誤。

❖

十五分鐘過去，英國國家刑事局標誌暗了之後出現同樣結果。緹莉輸入「得忙了」便從遊戲登出。

兩種可能性：如果結果不對，就是數學上難以解釋的巧合。看到結果的當下她就推估機率，答案是天文數字。為免真有人問起，緹莉在個人開發的系統上算了一遍。程式說機率極低、是能容許的誤差範圍，但她隨即意識到自己的電腦、自己的程式解題速度竟比自己的腦袋慢，所以笑不出來。

下一步不知如何是好。緹莉的上級就是科長本人，史蒂芬妮．弗林偵緝督察平常待她不錯，可是上星期剛提醒過她：不是什麼時間都適合打電話到對方家裡，真的出大事另當別論。只不過……是不是大事由弗林督察說了算，緹莉不打去問怎麼判斷？傷腦筋。

她不禁感嘆，若是數學就好。緹莉能理解數學，卻不能理解弗林督察。她咬著嘴唇片刻後下定決心，接著認真讀系統報告，在腦海排練等會兒要怎麼陳述。

這次調查的是重案分析科最新目標，媒體給他取了外號叫做「火祭男」——先入為主認定是男的了。這人似乎很討厭六、七十歲的男性長輩，討厭到需要放火燒死他們。

緹莉研究的死者是第三個，目前的最後一個。死了兩個人之後才交到這邊。重案分析科主要研判案情是否涉及連續殺人或強暴犯，但遇上複雜或動機不明的命案時也負責以幕後分析支援所有警方單位。火祭男的各種條件都符合他們的工作項目。

受害者遺體被火毀損，外觀上連是人與否都難以辨別，坎布里亞郡❶的資深刑事偵查員不敢僅以驗屍作數，找上重案分析科幫忙。驗屍之後，重案分析科安排多切面電腦斷層掃描。這種複

❶ 位於英格蘭西北的鄉村地區。

雜醫學辨案技術是組合X光與液態染料形成立體影像，最初用於活體，後來發現對屍體一樣有效。

縱使重案分析科也買不起那種機器，任何執法單位都沒那種預算。幸好他們跟醫療機構簽了約，有必要時可以租用。火祭男犯案和綁票現場都沒留下其他證據，負責警官什麼都願意試試看。

緹莉深呼吸之後撥電話給科長。

響第五聲接通，睡意濃厚的嗓音道：「喂？」

她再看看手錶，過了十二點，開場白得改一下：「早安，弗林督察。妳好。」除了提醒打電話的合宜時間，科長也要緹莉對工作夥伴都客氣些。

「緹莉……」史蒂芬妮嘀咕，「幹嘛呢？」

「弗林督察，我想向您報告案情內容。」

科長嘆口氣。「緹莉，叫我史蒂好不好？或者芬妮姐、老闆什麼的也行。其實我們離倫敦沒很遠，學他們叫我『大人』都無所謂。」

「好的，史蒂芬妮．弗林偵緝督察。」

「呃……我不是說……嗯，算了隨便。」

緹莉等上司停頓才開口：「可以向您報告了嗎？」

史蒂芬妮喉嚨咕噥道：「什麼時間？」

「現在是午夜十二點十三分。」

「說吧說吧，到底什麼事情這麼重要，不能等到天亮？」史蒂芬妮聽完以後問了些問題才掛斷。緹莉靠著椅背露出微笑，打過去是正確決定，科長也這麼說。

❖

不到半小時，史蒂芬妮走進辦公室，一頭金髮略顯凌亂，臉上也沒化妝。緹莉一樣素顏，不過那是常態，她覺得化妝很無聊。

敲幾個鍵以後螢幕顯示一系列截面圖片。「都是軀幹部分，」緹莉說完開始解釋多切面斷層掃描原理，「可以找到驗屍或許會漏掉的外傷與骨折，死者燒得很慘的話特別有用。」

其實這些史蒂芬妮都知道，但耐著性子聽完。緹莉有自己的步調，催也是白搭。

「史蒂芬妮．弗林督察，截面本身不特殊，但請看這邊。」緹莉叫出新的影像，圖片由上而下組合而成。

「這是……？」史蒂芬妮盯著螢幕。

「傷口，」緹莉回答，「非常多的傷口。」

「法醫漏掉亂刀留下的傷痕？」

緹莉搖頭。「一開始我也這樣想。」經過幾步驟操作，兩人面前出現死者胸部的立體圖像，電腦程式分析看似雜亂無章的痕跡並加以串聯。

最後產出的畫面絕非隨機砍殺。

「弗林督察，現在怎麼辦？」

史蒂芬妮沉吟之後才回答：「妳這麼晚還沒回去，有沒有打電話跟妳媽說一聲？」

「傳了訊息。」

「那再傳一次，說妳今天不回去了。」

緹莉拿起手機狂按。「要怎麼解釋啊？」

「就說情報處長會親自起床來陪妳。」

2

華盛頓·坡花了大半天工夫補好乾石牆❷，為此志得意滿。搬回坎布里亞後他學會不少新花樣，這是其中之一。雖然搬石塊搬得腰痠背痛，但下工之後的餡餅和啤酒因此更加美味。他將工具和備用石塊放進拖車車斗，吹口哨喚回史賓格獵犬「艾德嘉」，然後原路駛回。今天修補外圍，離住處有一英里遠。他家是賀德威克農場❸裡的石磚屋，十五分鐘才能到。

春天太陽下山很早，沾了夕露的野草與石楠閃閃發亮。鳥兒唱歌爭地盤求偶，初綻放的花香撲鼻而來。華盛頓一邊駕車一邊用力呼吸。

會習慣的。

他原本計劃速速沖個澡再散步去酒店，只是越靠近住處越想泡澡，配本好書就更享受了。

翻過最後一個小丘他卻停車。戶外餐桌那邊有人等候。

華盛頓打開隨身帆布包，取出望遠鏡，聚焦在那個孤單身影。儘管無法肯定，他認為是女性。繼續放大，對方一頭金色長髮，認出之後他不禁冷笑。

呵……該來的躲不掉。

---

❷「乾石」是指不以砂漿等材料黏合石材的建築工法。
❸賀德威克（Herdwick）是當地綿羊的品種名，語源在古諾斯語就代表「綿羊草場」。

收好望遠鏡，華盛頓開車下山與昔日合作的警佐面對面。

❖

「好久不見，史蒂。」華盛頓打招呼道，「什麼風把妳吹到這麼北邊來？」獵犬艾德嘉毫無忠誠可言，拖著一身毛跑去對方腳邊轉，不知情的話會以為牠和對方早就認識。

「華盛頓，」她回答，「鬍子挺帥的。」

他伸手摸摸下巴，其實是現在沒習慣天天刮。「妳應該還記得我不是很會閒聊吧，史蒂？」

史蒂芬妮・弗林點頭。「這兒可不好找。」她一襲海軍藍細條紋褲裝，身形動作精實優雅，顯然格鬥訓練並未荒廢，渾身散發自信丰采。桌子上有一份檔案，旁邊擱著閱讀用眼鏡，似乎趁著華盛頓回來前還埋首工作。

「都被找到了就談不上多難，」他臉上毫無笑意，「弗林警佐找我什麼事？」

「現在是偵緝督察了，當然沒什麼差別就是。」

華盛頓挑眉。「接了我的位子？」

她點頭。

「想不到塔博居然肯放給妳。」那個人是華盛頓・坡在重案分析科任職時的頂頭上司，心胸十分狹小，將之前那件事全怪在兩人頭上——理論上怪罪史蒂芬妮・弗林應該更多些，因為華盛頓走了，她卻還留在局裡。

「換成艾德華・凡・孜爾❹了，塔博沒挺過後面的砲火。」

「他還不錯，我喜歡。」華盛頓悶哼。艾德華・凡・孜爾在西北特別分部的時候兩個人就反恐案密切合作過，七二一爆炸案❺犯案者在湖區接受訓練，坎布里亞警隊在情報方面厥功至偉，後來也是他鼓勵華盛頓申請重案分析科。「韓森呢？」

「還是副處長。」

「可惜了。」他說。韓森政治嗅覺敏銳，保住位子不意外。但一般來說長官因重大事故被拔該是副手接任，韓森沒升職代表也沒能全身而退。

話說回來，華盛頓可還記得自己被停職時，韓森臉上閃過一抹竊笑。他離開之後沒與國家刑事局任何人聯繫、沒留下地址、還換了手機門號，就他所知應該沒有在坎布里亞留下任何紀錄。史蒂芬妮・弗林特地追到這兒，代表自己的去留大概也有了最後定奪。韓森還在位，恐怕不會是好消息。無所謂，華盛頓幾個月前就放下了，史蒂宣布他被革職也罷，要是韓森真找到法子要提出刑事訴訟那就對簿公堂。

對傳話的人發脾氣是白費功夫，何況史蒂未必樂意跑這趟。「喝咖啡嗎？我自己要。」華盛頓沒待她回答就進屋關門。

五分鐘後，他端著手壓式萃取壺和滾水出來泡好兩杯。「還是喝黑咖啡？」

史蒂點頭淺嚐一口，舉起杯子堆滿笑容十分讚賞。

❹「凡」原文van，是荷蘭常見中間名（一般後面接祖籍地名作為姓氏）。
❺二〇〇五年七月二十一日癱瘓倫敦公眾交通的爆炸案。

「怎麼找到我的？」華盛頓神情嚴肅，覺得隱私越來越重要。

「孜爾知道你回來坎布里亞和大概位置，砂石場工人提到荒郊野外廢農莊有人入住，你的整修工程被看在眼裡。」史蒂芬妮轉頭瞥了眼，眼神似是覺得修了和沒修一樣。

賀德威克農場外觀就像直接從土裡長出來，牆壁材料是原石，又大又重無法獨力搬運，與周邊的古老荒野融為一體。矮醜石屋乍看兩百年沒人動過，但華盛頓很愛。

史蒂繼續說下去：「我已經等了兩小時——」

「要幹嘛？」

她從公事包取出厚厚一疊文件，沒有直接翻開。「應該聽過『火祭男』吧？」

華盛頓猛然抬頭。倒真沒料到會聽見這三個字。

確實連他都聽說過火祭男，那傢伙就算放在謝普丘陵[6]這種鬼地方也是大新聞，把幾個人帶到坎布里亞那些石陣裡頭活活燒死，目前已經三人受害，不知道會不會有沒公開的。媒體很多揣測，但不被聳動文字牽著鼻子走就能抽絲剝繭掌握現有事實。

鄉下地方出了第一個連續殺人犯。

就算重案分析科奉命協助坎布里亞警隊，華盛頓仍在停職處分期間，還要接受內部調查加上獨立警察投訴委員會的質詢。他明白自己有辦案才幹，卻不認為自己不可取代，重案分析科沒他也能運作下去才對。

所以史蒂芬妮究竟有何目的？

「孜爾取消你的停職令了。他要你到我這邊當偵查佐。」

儘管臉上平靜無波，華盛頓心思動得比電腦還快。不合邏輯，史蒂芬妮．弗林自己才剛走馬上任接了偵緝督察，最不希望的情況就是前任跑來自己手底下辦事。他露面對史蒂威嚴有損，史蒂也認識他夠久，很清楚他對上級什麼態度。為什麼要冒險？

除非是命令。

另外她一直沒提起投訴委員會，大概是喬不攏吧。華盛頓起身收杯，「沒興趣。」

史蒂似乎對這答案有些訝異。他還沒想通。應該是國家刑事局不希望他回去才對。

「你不先看看檔案內容嗎？」史蒂問。

「我不在乎。」他回答。華盛頓並不懷念重案分析科的日子，縱使尚未習慣坎布里亞山區的緩慢步調也沒打算就這麼放棄。只要不是解職或逮捕就無關緊要，連續殺人犯該與他的生命脫鉤。

「好吧，」史蒂也起身。她身材高挑，兩人平視彼此眼睛。「這樣的話，麻煩你簽兩份公文。」史蒂從公事包拿出一只薄文件夾遞過去。

「是什麼？」

「剛剛不是說過孜爾解除你的停職令？」

華盛頓一邊點頭一邊掃過公文內容。

唔。

❻ 原文 Shap Fells。「謝普」（Shap）源自古諾斯語，代表石堆、石圈之意。

「那你應該懂才對。現在你又是正式的警方職員了，如果你拒絕返回崗位，當然構成可以解雇的理由啊。不過上頭也想過的樣子，說你提辭呈的話就收下，所以我直接找了人資印出來。」

僅一頁內容，華盛頓卻看得認真。在底下簽名，他就不是警察了。他等這天很久，卻意識到揮別過去並不簡單。只要簽下去，就能延續這一年半的日子，好好過自己的人生。

但也代表與警察委任證❼徹底斷了緣分。

華盛頓瞟了艾德嘉一眼。獵犬把握最後幾分鐘曬太陽，大片自然風光本來由牠一犬獨享，艾德嘉捨得離開嗎？

他拿起筆，在辭職書底下簽名，特地遞回去給史蒂檢查。他可不是寫了「滾」之類的東西。話術用光了，事情沒照計畫發展，史蒂好像也不確定該怎麼辦。華盛頓將咖啡器皿端進屋內，一分鐘後再出來卻看見她還沒走。

「還有事嗎？」

「為什麼呢，華盛頓？你明明喜歡警察這份工作，怎麼會改變主意？」

他沒理睬。心意已決，趕人回去才是上策。「另一份在哪？」

「什麼另一份？」

「剛剛說有兩份文件要簽。辭呈簽了，除非現在辭呈要兩份，不然該有另一樣東西？」

史蒂芬妮正色打開包包抽出第二份公文，分量厚些，封面有刑事局官印。

同時她開始宣讀熟悉的文字。他也曾經唸過這些句子。「華盛頓．坡，請詳細閱讀內容，確認無誤後在文件下方署名。」史蒂將東西遞過去。

他趕緊確認公文標題，還真的是奧斯曼警告書[8]。慘……

[7] 英國警察與內務情報官員採用委任證（warrant card）形式。

[8] 奧斯曼警告之名源於英國著名案件，案情即警方有情報卻未告知兇手目標導致悲劇。

3

英國警方獲得情報，確認某人處於嚴重且立即生命危險時，有警告潛在受害者的義務。奧斯曼警告書就是執行此義務的正式程序，身處危險的目標可以接受警方提出的保護安排，若不滿意便自行處理。

華盛頓看了第一頁，密密麻麻、繁文縟節，壓根兒沒提到嫌犯何人。「史蒂，到底怎麼回事？」

「你不具警官身分，我就不能告訴你。」史蒂芬妮將剛簽好的辭呈推回去，他不肯收。

「華盛頓，你看著我。」

四目相交，她眼神澄澈。「相信我，你會想看看檔案內容，看了還沒興趣，你再email辭呈給韓森都還來得及。」史蒂芬妮二度將辭職書遞過去。

華盛頓無可奈何，親手撕掉。

「很好。」史蒂芬妮說完取出一些亮面照片，都是犯罪現場。「認得嗎？」

仔細一看，都是屍體，但燒得焦黑、縮皺太嚴重，幾乎不成人形。以液體為主的東西經過高溫都是這種結果。照片上的死者看了很眼熟，華盛頓每天早上都要添柴進石灶，烤出的木炭就是這種質地分量。多盯幾秒鐘，彷彿有熱氣拂面而過。

「知道這個是誰嗎？」史蒂芬妮繼續問。

華盛頓沒立刻回答，翻看其他照片想將線索串聯起來。其中一張是現場全景，巨石陣很好認，是長梅格與女兒們❾。「這個……」他指著第一張照片，「應該是麥可．詹姆斯，保守黨議員，本案第三名受害者。」

「沒錯。他被人用樁柱插在石陣中間，灑滿助燃劑之後點火，燒傷程度超過九成。還知道什麼？」

「就報紙報導的內容。警方對地點應該有點訝異才對，與前兩次相比沒那麼偏僻。」

「要說訝異的話，事先安排了那麼多監控，一個都沒中，這點更叫人無言。」

華盛頓點點頭。兇手每次犯案都挑選不同石陣，以火焚燒像是獻祭儀式，警察說不出其他動機，媒體就朝這方向渲染，取了火祭男這種怪名字。他猜想正常來說警方會監視所有石陣，但轉念又覺得未必……因為坎布里亞郡內石陣多不勝數，若連古塚、柱群、立碑都納入會有將近五百個點要顧，即使採取最低限度的站哨模式也要大概兩千人。當地警隊充其量有警徽的也就一千個吧，人力有限勢必得有所取捨。

他將照片遞回去。死狀淒慘沒錯，但無法解釋對方特地北上這麼遠所為何來。「還是不懂和我有什麼關係？」

史蒂芬妮．弗林沒直接回答：「火祭男殺了第三個人之後事情就到重案分析科這邊了。案件負責人想建立側寫。」

❾ 巨石陣名稱，源自當地女巫故事。

當然，這是分析科的拿手好戲。

「我們做出來了，」史蒂芬妮繼續解釋，「但內容沒什麼用，就年齡範圍與種族之類來說。」

華盛頓明白罪犯側寫若要真正發揮效益，前提是偵查已經多頭進行。反過來說，兩人見面不大可能與側寫有關。

「聽過『多切面電腦斷層掃描』嗎？」

「嗯。」他說謊。

「這個技術裡，機器不是掃描整個人體，而是分很多細層進行。貴得要命，但偶爾能區分死前死後不同傷口，傳統驗屍手法未必找得到。」

華盛頓是那種只講效果不管流程的性格，史蒂芬妮．弗林都這麼說了就沒問題。

「死後部分沒有新發現，可是斷層掃描真的找到東西。」史蒂芬妮拿出另一疊照片鋪在桌面上，都是電腦成像，乍看是亂七八糟的一堆刀疤。

「都在第三個死者身上嗎？」

她點頭，「集中於軀幹。兇手一舉一動都追求最大震懾力。」

火祭男是個虐待狂，這種事情就算沒有漂亮的側寫也瞞不過華盛頓。他一張張仔細端詳史蒂芬妮放下的照片，大概二十張，最後一張才逼出一聲驚呼。

那是影像組合的結果。雜亂無章的刀痕被電腦當作拼圖，還原出兇手想給警察看見的畫面。

華盛頓嘴巴差點張不開。「怎麼回事啊？」他嗓子都啞了。

史蒂芬妮聳肩。「我們還想問你呢。」兩人一起盯著那圖像。

火祭男在死者胸膛刻出兩個英文單字。

「華盛頓」、「坡」。

4

華盛頓重重跌坐，臉上一下子血色盡失，太陽穴有條血管不停抽動。

他瞪著電腦模擬圖。上面是自己的名字，但還不只如此——更高處有個數字：五。

不妙……非常不妙。

「我們很想知道兇手為什麼要把你名字刻在死者胸口。」

「之前有過這個行為嗎？還是警方封鎖消息？」

「沒。我們回頭檢驗前兩個受害人，掃描結果一片空白。」

「數字五又是怎麼回事？」答案顯而易見，他和史蒂芬妮都心裡有數，否則她又何必帶著奧斯曼警告書過來。

「我們認為你被對方盯上，預計成為第五名死者。」

華盛頓再拿起組合圖。數字字跡看來有點吃力，之後火祭男也不撇不捺了，筆劃全部是直線。儘管影像由電腦合成，他仍能從傷口粗糙程度判斷兇器並非手術刀，他敢打賭會是美工刀之類的東西。此外文字得由電腦才能判讀代表兩點：首先必須在受害者被燒死前就刻好，死後才刻當然會被法醫發現，再來就是傷口很深，只有皮膚淺層燒完應該看不見。換句話說，被害人最後有一小段生不如死的經歷。

「為什麼會是我？」華盛頓警察生涯中樹敵是必然，但不記得遇過這麼變態的人。

史蒂芬妮聳肩。「你不是頭一個問的，你自己知道才對。」

「我對案情真的只知道報紙報導的東西。」

「我們也很肯定你之前在坎布里亞當警官，與幾個被害人沒有正式接觸。我可以假設你和他們也沒有非正式的聯繫吧？」

「我自己是覺得沒有。」華盛頓朝石屋與周圍荒野比了比，「後來這段日子主要都在整這塊地。」

「局裡也這樣認為。所以假設連結點並非被害人，要回歸兇手本身。」

「意思是，懷疑我認識火祭男？」

「我們推測對方認識你，或至少聽說過你。至於你認識對方，我們倒不覺得。」

聽到這兒，華盛頓心知肚明：往後警方肯定有一堆事情要問自己，無論願不願意他都已經捲入案情，差別在於扮演的角色。

「第一印象是？」史蒂芬妮問。

他再仔細觀察刀痕。扣掉歪歪扭扭的數字五，後面共計四十二刀、四十二道傷口才拼出華盛頓．坡這名字，每一下都是切骨之痛。「死者生前心裡一定怪我為什麼不叫亞力之類的吧，除此之外想不出別的。」

「我希望你回來當警察，」史蒂芬妮望著他當作新家的這片廢墟，「也希望你能回到人類社會。」

華盛頓起身，辭職的念頭確實煙消霧散。當務之急是火祭男還逍遙法外，準備對四號受害者出手。下半輩子他想活得安穩，絕不能給對方第五次作案機會。

「開誰的車走？」他問。

5

出了坎布里亞地勢平坦，M6公路彷彿延伸到天邊。還是春天，天氣卻彷彿已經入夏。雖然開的是史蒂芬妮的車，華盛頓只好自己將冷氣調強些，不然背已經有些汗濕。其實和氣溫無關。

兩人之間那股沉默十分尷尬。華盛頓將狗兒託給最近的鄰居，史蒂芬妮則換下套裝，現在身上是運動衫和牛仔褲。她模樣輕鬆，眼睛卻盯著遠方，手指一直撩撥自己髮絲。

「恭喜升官。」他開口。

史蒂芬妮轉頭。「你應該很清楚，我沒想要搶你位子。」

「我知道。不過我覺得妳是督導的好人選。」

聽得出來華盛頓語氣不帶諷刺。史蒂芬妮鬆口氣答道：「謝了，不過我可沒想過會因為你被停職遞補上來。」

「上頭別無選擇吧。」

「停職或許是不得已。」史蒂芬妮說，「但人非聖賢孰能無過。」

「無所謂。」華盛頓回答，「我們不就見證了那個過錯引發的連鎖效應嗎？」

❖

兩人上次合作的案子，也就是他最後一個案子：泰晤士河谷區出了個惡徒，綁架殺害兩名女性，接著年僅十四歲的穆蕊・布里斯托失蹤。重案分析科從一開始就追蹤案情，側寫與案件地圖完備，不過最後是靠地緣找到主嫌：裴騰・威廉斯，而且他還是國會議員助理。所有條件均吻合，此人甚至有跟蹤騷擾前科、感情生活挫敗連連，加上三名受害者遭綁票時他都在附近。

華盛頓希望直接逮捕訊問，但上級——也就是情報處長塔博不肯答應。那時候接近大選，已經是所謂簾幕期[10]——無憑無據逮捕關鍵席次議員助理恐怕被抨擊為影響選情，至少塔博有這種顧慮。「有鐵證才行。」處長這樣吩咐，還表示會聯絡該議員，告知其助理受到調查一事。

華盛頓提醒他千萬別那樣做，塔博聽不進去。議員開除助理，還說了原因。

得知消息，華盛頓怒不可遏，因為如此一來裴騰・威廉斯不會傻到再去找穆蕊・布里斯托免得惹禍上身。就算少女原本苟延殘喘，過不了幾天就會脫水而死。

但華盛頓不會將髒事推給別人。他偷偷印了案情內的家屬聯絡報告書拿去被害人家中，檔案內容經過適度修正，能理解調查經過但不包含敏感資訊。盡力解釋之後，華盛頓將公文留給對方自己閱讀。

當天稍晚，事態一發不可收拾。

因為華盛頓一個不小心鑄下大錯。印出的不僅是家屬聯絡報告，還包括自己的工作檔案，更重要在於關鍵字未加密，連同懷疑誰、什麼原因沒進展全寫在上面。

機密訊息全攤在陽光下，布里斯托夫婦知道了裴騰．威廉斯這個人的一切……

不出一天，布里斯托先生衝過去將裴騰．威廉斯抓起來動私刑。他供出囚禁穆蕊的地點，少女平安返家，過了很久大家才驚覺：布里斯托夫婦為什麼知道嫌犯身分？

紙包不住火。儘管華盛頓的案情研判完全正確、無辜少女因而獲救，他馬上接受停職處分。幾週後，裴騰．威廉斯傷重不治。

出事之後直到史蒂芬妮在廢棄農場露面前，華盛頓完全沒再見過國家刑事局的任何人。

❖

「你連句再見都沒說就跑走了。」史蒂芬妮感慨道。

華盛頓心裡也有些歉疚。停職以後很多人傳訊息或語音表達支持，但他都沒回。縱使是罪人卻因私刑而死，他難辭其咎，餘生都得背負污點。因此華盛頓回到故鄉，與關心他的同事們切斷關係，甚至退居山野不問世事，只有負面思緒為伴。

史蒂芬妮又說：「私下跟你說，孜爾提起過，他覺得投訴委員會快要有結論了，應該會說查無確證，沒辦法證明是你把敏感資料交給那家人。」

聽了這句話，華盛頓還是開心不起來。自己習慣隱士生活了嗎？他打開文件夾，將重案分析科對火祭男的報告一字不漏讀個仔細。

---

⑩ 英國規定選前二十八天各級政府不得公開與選舉有關的資料，以免干預選民意向。

6

死了三個人，檔案量不小，但華盛頓經驗豐富，很快掌握重點。最先讀的是資深刑事偵查員對首次案發現場的描述，第一印象常常很有參考價值，後續報告容易摻雜過多主觀見解。

負責本案的偵查員位階為署任偵查總警司，名字叫做伊恩・甘孛。平常這麼大的事情會交給重大事件應變小組，但這次他們前一個大案收不了尾，加上甘孛本就是刑警隊隊長，只好親自接下燙手山芋。反正坎布里亞郡成為媒體焦點，如此處理方便應對。

華盛頓和他略有交情，他從以前就一直負責刑事偵查，雖然欠缺了點想像力，但辦案腳踏實地。甘孛在第一現場察覺汽油味並獲得證實：火祭男用了自製的助燃劑，否則屍體不會炭化那麼厲害。

「挺駭人聽聞，對吧？」史蒂芬妮說，「做法是將保麗龍切碎泡在汽油裡，直到再也溶解不了。技工那邊實驗過了，說確實能製造出膠狀物質，燃燒溫度連脂肪也會全部熔掉，等於身體本身變成燃料，燒到最後肉也不剩，只有骨頭留下來。」

「老天。」華盛頓喃喃低語。進入警界前他在蘇格蘭黑衛士步兵軍團服役三年，訓練課程講解過白磷手榴彈，推測殺傷效果類似：沾在身上的話無法輕易去除，肉掉下來反而是幸運，沒掉下來就要燒光了火才會熄滅。

第一個被害者死亡是四個月前的事。葛拉罕・羅素四十年前進入坎布里亞的小報社，卻很快躋身弗利特街[11]名流行列，成為全國級八卦報的編輯。當時正值列文森調查案[12]，他們成為輿論抨擊焦點之一。葛拉罕．羅素自己沒涉及什麼醜聞，後來領了一大筆退休金回到坎布里亞住在小莊園，卻被火祭男悄悄綁走，現場沒有打鬥痕跡。一段時間後，遺體出現在臨近凱西克鎮的卡索里格巨石陣[13]裡，遭到凌虐後燒成脆炭。

然而華盛頓讀警隊偵辦紀錄到一半不僅皺眉，轉頭問史蒂芬妮：「隧道視野效應[14]？」經驗淺的警官確實可能穿鑿附會，至於伊恩．甘孛雖然資歷深卻好一段時間沒有接觸命案調查。

「我們是那樣判斷，他們當然矢口否認。」史蒂芬妮回答，「第一樁命案剛出來，甘孛總警司堅持從列文森調查案的報復角度出發。」

過了一個月，喬．羅威的遺體被人發現，刑警隊不得不將傳統「追蹤訪問排除」三步驟範圍擴大到竊聽被害人之外。喬．羅威與媒體業毫無牽連，出身地主世家，在坎布里亞郡南部七代務農，整個家族一直都是當地受歡迎的中流砥柱。他住在祖傳寓所羅威大宅院，也被犯人擄走，明明和兒子同住卻沒人報案。屍體出現在史溫賽德巨石陣，靠近坎布里亞郡南部佛內斯半島布勞頓鎮。

---

[11] 跨越泰晤士河重要支流弗利特河，是英國媒體大本營。「弗利特」原文Fleet常譯為艦隊，然而語源實則為古英語flēot，乃河口之意。

[12] 目的為改革英國報業監管機制、端正媒體竊聽歪風。

[13] 巨石陣名稱常常經過語言流轉演變或取自周邊地名，與古代名稱或字面意義無直接相關，若無特殊情況皆採音譯。

[14] 原文Tunnel Vision，用於司法及刑事調查時意指負責人過度專注於某一點，導致對所有訊息和證據產生認知偏誤。

後續展開密切調查，自然而然也和列文森一案脫鉤，檔案內容大幅修訂，焦點回到正常的連續殺人事件上。

華盛頓讀到關於巨石陣的部分。兇手有特殊偏好，伊恩．甘孛也就蒐集了大量資料。坎布里亞郡是全英國石圈石陣石柱石碑石塚密度最高的地區，各有巧妙且跨越自新石器至青銅器的不同時代。巨石排列大多是圓形或橢圓形，材質有粉花崗岩也有板岩。一部分除了外圍巨石還有內側較小的配置，但比例不高。伊恩．甘孛找了學者對刑警隊做報告，希望從中推敲出兇手動機，可惜毫無幫助。學術理論很多種，像死前儀式、貿易路徑、古人觀察月齡與星象變化等等。

學者唯一共識反而是這些石頭在歷史上從未作為獻祭場地。

但華盛頓心裡明白：到了明天，今天也會變成歷史。

7

接著華盛頓讀到第三樁命案資料。死者麥可．詹姆斯是南湖區議員，兩週前喪命，遺體胸口刻著華盛頓．坡的名字。後面一些敘述看得他笑出聲，探員居然寫說犯案現場「瀰漫瘴癘之氣」，能在調查報告這樣玩弄文字的還會有誰？

一個命途多舛的人，卻又是華盛頓見過腦袋最靈活的人，只要三步就能拿下一局屏風四子棋[15]。祁里安．瑞德是他在坎布里亞唯一真正的朋友，兩人青少年時期便相知相識交情很深。想起自己回來這兒竟都沒想到過去拜訪，華盛頓不免有了一絲愧疚，但他這段時日心思太亂了。何況他和祁里安認識太久、共同記憶太多，彼此的牽絆不會說斷就斷。他借了史蒂芬妮的手機，打開字典App輸入「瘴癘」，原來意思是有機物腐敗產生的臭氣和毒氣。華盛頓暗忖大家碰上祁里安都得查字典，但也就因為他總讓上頭主管覺得自己笨，所以遲遲沒有升遷機會。

如果能和祁里安搭檔感覺會好些。他再拿出其他報告閱讀。

死了第二個人之後重案分析科參與調查，史蒂芬妮．弗林的名字開始出現在內容中，同時媒體也開始重視這個案子，然後一如往常大報引領風騷，最後定下了「火祭男」的外號。讀完一

[15] 原文Connect Four，一九七四年上市的直立式連棋遊戲，玩法類似俄羅斯方塊加上五子棋，能將下墜堆疊的棋子連成一線者獲勝。（標準七乘六棋盤已有必勝解法。）

輪，華盛頓把檔案放到後座，閉著眼睛後仰休息。待會兒還要再讀一次，將內容烙印在記憶裡，第一遍只是瞭解大概。重案分析科接觸案子通常已經過了第一時間，當作懸案重新思考是科內成員重要技能，切入點不僅止於證據，還要考慮調查過程是否有疏漏錯誤。

史蒂芬妮注意到他放下檔案。「你有什麼想法？」

華盛頓感覺得出來：這是測試。自己離開崗位一年多，她和孜爾有顧慮是理所當然。

「從石圈或獻祭下手恐怕是死胡同。這兩點對兇手有特殊意義，對我們而言得等抓到人才能問清楚。雖然個人風格強烈，但他是現實不符期望就改變模式的性格。」

「怎麼說？」

「第一個受害者遭到凌虐，其他人卻沒有。看來有什麼理由讓他覺得效果不如預期，所以沒再繼續。」

「麥可．詹姆斯身體上刻了你名字，我覺得這夠慘了。」

「兇手這麼做有其目的，只是我們還猜不到，造成的痛楚只是附加。回到葛拉罕．羅素的狀況，私刑是故意為之。」

史蒂芬妮點點頭示意他繼續說。

「再來，所有受害人年紀相仿，而且很有錢。目前警方未掌握他們彼此認識的線索。」

「你覺得有可能是隨機犯案嗎？」

華盛頓並不那樣想，但還不適合妄下定論，需要更多情報。「他想讓警方有這種想法。」

史蒂芬妮點了點頭沒講話。

「另外，三次失蹤都沒人報案？」

「真的沒有，而且看起來都是真的有事出門。受害者死後我們才回推出火祭男下了很大功夫，讓家人朋友不會想到報案。」

「什麼情況？」華盛頓知道檔案裡會有，但聽活生生的警官加以詮釋效果更好。

「葛拉罕．羅素的汽車和護照都登記在碼頭，家人收到電子郵件說他去法國度假。喬．羅威的手機從諾福克郡發簡訊，也是說自己與朋友待在一起，整個狩獵季會在那邊獵紅腳石雞。麥可．詹姆斯一個人住，原本就不會有人立刻發現他失蹤，即便如此電腦紀錄顯示他死前規劃了威士忌之旅，打算去蘇格蘭幾個海島品酒。」

「所以到現在，還是無法確定三個人被擄走的時間？」

「確實無法。」

華盛頓思考了一下，認為與自己所知吻合。火祭男計畫縝密、行動都經過算計，他也將這個心得告訴史蒂芬妮。

「是嗎？但犯案現場亂七八糟。」

華盛頓搖頭，心想測試仍未結束。「犯案現場完全操之在他，並非臨時起意，需要的工具一樣都沒少帶。反倒是警方無法從證據確定綁架和殺害的時機地點，考慮到行凶過程必然會留下證據，現代搜證技術又進入一個新境界，做到這個地步非常厲害。應該在第二個人之後就對巨石陣安排盯哨了吧？」

「大部分都有。長梅格那邊剛撤回。」

「代表他還有能力躲過警方監控。」

「還有嗎？」

「還沒及格？」

史蒂芬妮一笑。「說說看吧。」

「是有個問題，檔案缺了東西。資料經過篩選，應該是負責人不想洩露給媒體，但篩選標準是？」

「你怎麼知道的？」

「火祭男本人不一定有虐待狂，但至少行為上是，遺體沒被亂搞不合理。」

史蒂芬妮指著後座公事包，「有另一份。」

華盛頓探身取來，發現上面蓋有「機密」字樣，還註明「未得到署任偵查總警司伊恩・甘孛同意不得公開」，所以他沒動。

「你有沒有聽過『割禮季』？」

他搖頭，確實不知道意思。

「是國民保健署取的名字。每年有段時間，通常是暑假，年輕女孩子，最小才兩個月，會被帶到國外。名目是探親，實際是去做女性生殖器切割手術。之所以挑暑假就是希望能多休息，看看傷口能不能在回到英國前就癒合。」

如果是女性生殖器殘割，華盛頓就略有耳聞。某些文化認為割禮能確保女性忠貞純潔，便強行切割其外生殖器，但會導致當事人再也無法享受性愛，一輩子受疼痛與併發症所苦。還有些極端案例裡，傷口居然以植物荊棘縫合。

轉念一想，他意識到史蒂芬妮為何轉移話題。「死者被閹割？」

「技術上不算，因為不止兩顆，連那根也切掉了。手法俐落，沒用麻醉。」

「戰利品。」華盛頓嘆道。連續殺人犯留存目標身上器官的比例相當高。

「其實不是，你直接開檔案看吧。」

讀了以後華盛頓差點沒把午餐吐出來。

沒人聽見被害者慘叫是因為嘴巴被塞住。照片特寫葛拉罕．羅素，嘴巴裡是他的陽具。接著幾張聚焦在陰莖、睪丸和鼠蹊部——從口腔取出拼合後的模樣。末端被火燒焦了，其餘部分出乎意料無損甚至鮮嫩。華盛頓翻了翻，之後兩人也是同樣狀況。

自己成為第五號死者的話，也是同樣下場？兇手嫌震懾力不夠就是了。他忍不住蹺起腿。

「我們會搶在他找上你之前逮到人的，華盛頓。」

8

漢普郡中心區，布萊姆希爾警察學院雖然已經成為過去式，曾經作為校舍的法斯利大樓卻成為重案分析科的基地。

重案分析科應該是個低調行事避免注目的單位，不過基地建築倒是挺招搖：不很高但很寬，斜屋頂幾乎碰到地面，遠看還以為他們接收了倒店的必勝客[16]。

史蒂芬妮回家去，華盛頓找了旅館住下。

夜裡輾轉難眠，噩夢去而復返。在警界工作，華盛頓就擺脫不了亡者糾纏，侵擾夢境、破壞安寧，回到漢普郡像是揭開舊瘡疤。縱然犯了罪，裴騰．威廉斯不該因私刑而死。早期聽證會上他就看過照片，布里斯托先生下手兇狠，牙齒被鉗子硬生生拔下、指骨螺旋狀斷裂，致命傷則是脾臟被開了洞。前半年華盛頓天天都要驚醒。

如今噩夢重現，或許一輩子不再離去……

❖

早上八點鐘，華盛頓以正式訪客待遇被護送進法斯利大樓。接待員原本一臉厭煩，看見頂頭上司立刻換上逢迎諂媚的面孔送上郵件，但望向華盛頓的眼神仍舊很不客氣。

「妳是？」他瞪了回去。就算穿著牛仔褲，模樣不是警察而是登山客，對方也該知道面前是個即將走馬上任的警佐。

沒想到接待員看上去依然一副沒有上級命令就不理睬的態度。高就業率地區就是這樣，薪資低的工作根本沒人認真看待。

「換作我的話就會好好接待喔，黛安。」史蒂芬妮翻閱剛拿到的信件，「這位華盛頓・坡先生以後就是警佐了，妳可別以為能隨便打發。」

沒想到黛安嘴角上揚，「韓森副處長在妳辦公室等著喔。」

「是嗎，」她嘆氣，「華盛頓你先迴避吧。他沒升上處長，一直對你有芥蒂。」

韓森這人推諉慣了，沒能升官一定是別人的錯、或者有人暗地裡針對他，完全不會思考之前裴騰・威廉斯案子裡自己為什麼要挺塔孛。「樂意配合。」華盛頓回答。

史蒂芬妮轉頭吩咐黛安：「去給新警佐泡杯咖啡，以後你們就是一輩子好朋友了。」

華盛頓和黛安互望一眼，顯然兩人都不信。但華盛頓並不打算一回警界就惹是生非。史蒂芬妮自己去見韓森，黛安領著華盛頓穿過開放式辦公空間走進茶水區。趁著接待員手沖滴濾咖啡時，他打量以前自己管轄的辦公室。

風格變了。他當科長的時候桌子按照大家當天心情隨便擺，加上不同處室的互動需求，內部陳設不斷更動。以前華盛頓就知道史蒂芬妮不喜歡，但沒特別干預，真那麼在乎紀律的話她大可以警佐身分提出要求。

⑯此指歐美常見的必勝客早期獨棟建築樣式。

現在她當上科長，真的以職權整肅內部風氣了。在場分析師華盛頓還認得幾個，多數是生面孔，他們整齊坐在辦公室中央樞紐區，向外延伸的輪輻則是各處室與專家小組，結構雖然不算所謂的隔間農場卻也相距不遠了。環境瀰漫一股低沉嗡嗡聲，由壓著嗓子講電話、敲鍵盤、翻閱文件的噪音交織而成。時間還早，卻看不到誰在座位吃早餐，因為史蒂芬妮·弗林看見的話會有一把無名火：公務員進入辦公室，第一件事竟是先花半小時煮粥吃。

重案分析科專業有效率，但看在華盛頓眼裡毫無人味，非得待在這兒的話大概過一個鐘頭就會把「操」當作口頭禪。

幸好當初他掛上的聯合王國大地圖還在原位沒搬走。華盛頓走到那兒端詳，佔滿整片牆的地圖上有各色標示，乍看還以為是天氣預測，實際上是重案分析科正在追蹤的各個案件。相同顏色代表證據充足，案件之間能夠建立連結。分析師的工作就是持續觀察媒體與地方警隊的案情報告，從中篩出規律或異常。重案分析科的立場時常好比寓言裡放羊的孩子，總是高呼狼來了，一有預兆就通知警隊留意連續強暴犯或殺人犯，只可惜通常都是白忙一場。

但偶爾會說中。

坎布里亞郡現在有三個紅色記號。火祭男一案是最優先等級。

大家發現跟著老闆一起進來的人是誰，低語聲如漣漪擴散。華盛頓隱約聽見有人提起自己但不以為意，雖然不喜歡成為注目焦點但反正躲不過的，一方面卡萊爾市殯儀館裡冰冷屍體胸口刻著他名字，另一方面以前的管理風格勢必被拿出來討論。

還有當初不辭而別，不該忘記這點。

隔牆傳出的咆哮打破沉默。地點是他以前的辦公室，現在自然屬於史蒂芬妮．弗林。華盛頓悄悄走近。

大半吵架內容聽不清楚，不過他確定自己名字被提起好幾次，決定推開門進去。

韓森站在辦公桌前，雙手握拳、指節用力按在木頭桌面。

「要我說幾次，處長歸處長，妳幹嘛真的把他找回來？」

史蒂芬妮態度鎮定。「技術上而言，是孜爾處長召回他，和我無關。」

韓森挺直上半身。「我對妳太失望了。」

華盛頓輕輕咳嗽。

韓森回頭。「華盛頓．坡……跟著科長一起回來，嗯？」

「副處長早。」他開口。

而且還伸出手，但韓森不予理會。

華盛頓明白冤家宜解不宜結，可是隨他去簡單多了。不在乎自己職位，就不會被上級用權威壓制。

「我們就看看你還能笑多久。孜爾讓你回來大錯特錯。你遲早會再捅婁子，到時候他就和前任一樣滾下台。」韓森轉頭繼續對史蒂芬妮說：「等孜爾被換掉，這邊也準備人事大搬風。」

撂下狠話，韓森氣沖沖走出辦公室，按照戲劇套路非得用力甩上門。

史蒂芬妮立刻聯絡人資，華盛頓越快回復職權就能越快開始查案。資深人資主任在走廊另一頭，兩人在小會議桌等對方過來。

他又趁機觀察以前自己的辦公室被史蒂芬妮如何改造。溜進來之前當然就注意到門上掛著晶亮的名牌，華盛頓的年代用麥克筆在A4列印紙寫了名字職稱就貼上去充數。沒記錯的話，他用的是藍筆。

❖

以前辦公室像狗窩，如今井然有序一絲不紊，書架上整齊擺放全套布萊克斯通[17]警察手冊，最右邊那本《資深偵查員手冊》有史蒂芬妮翻了太多次的痕跡。華盛頓也有一本，每個刑警都有，差別在於他的是袖珍版，而且讀完一遍就丟著沒再動過。不是完全沒用，只是效果有限，內容指引資深探員進行完整蒐證然後邏輯推理，結果是每個刑警都只會同一套。他知道辦案得有個標準程序，但標準程序不適用於不標準的兇手。

房間裡其他地方都很制式化，沒什麼個人風格。

華盛頓在科內的時候就沒在意過桌面整潔，史蒂芬妮的桌子則一如預期簡單明淨，主要是電腦和便條紙、最上面一頁完全空白，再來是有刑事局徽章的杯子，裡頭裝滿原子筆和鉛筆。

室內電話響起，她按下擴音答話。黛安報告道：「人資室艾許利．貝瑞特來找妳。」

「謝謝，」史蒂芬妮回答，「請他進來。」

貝瑞特一身正裝堆著笑臉進來，手裡有個褐皮公事包，身材高瘦。他直接在會議桌那邊坐下。

「抱歉有點唐突，」史蒂芬妮開口，「不過，艾許，我們可以盡快嗎？要趕回坎布里亞郡那邊。」

艾許利・貝瑞特點點頭，望了華盛頓一眼，從公事包取出幾份公文排開，輕咳之後照稿講話，語調感覺已經熟記到不必動腦。「警佐應該知道，按照規定停職並不被視為一種處分，由組織內部自行決定是否合宜。昨天情報處長艾德華・凡・孜爾提出見解，認為即使投訴委員會尚未結案，根據科內調查已經可以取消你的停職令。」他掃視公文，遞了一份單頁的過去。「這個用來確認筆跡，請你在底下簽名。」

華盛頓照辦。他很久沒拿出「工作用」簽名了，根本就是隨手鬼畫符，換作支票他才不會這樣簽。手感有點奇怪，卻又十分熟悉。簽好以後他將公文遞回去。

電話又響了，史蒂芬妮過去接聽，壓低聲音講話。貝瑞特抓緊時間詢問華盛頓是否要申請教育訓練，例如心理諮商、復職者電腦技術課程等等。每樣他都說不必，其實貝瑞特心裡也清楚。

在厚厚一本人事規章的框框打鉤之後，貝瑞特終於端出一點好東西，從公事包取出的幾樣東西是華盛頓心中警察的生計。首先是工作用行動電話，加密的黑莓機，貝瑞特解釋裡面內建一些可能用得上的聯絡人、行事曆與線上資料庫同步，有權限的人員能直接排活動進去。華盛頓聽完，決定待會兒先研究怎麼關閉這個功能。手機能連網，除了查資料、收發機密郵件和文字訊息，也能進行語音通話。

⑰ 附屬於牛津大學的出版機構。

「手機上有個叫做『保護』的應用程式，預設開啟。」貝瑞特提起。

華盛頓望著他，一臉茫然。

「意思是坐標會顯示在網站上。」

「我被監控？」

「恐怕是韓森副處長的意思。」

華盛頓將手機收進口袋，暗忖那玩意兒一樣要關掉。

貝瑞特又送上一個小小黑色皮夾，裡面有華盛頓的委任證和刑事局證件。

他隨手打開確認名字沒錯，接著收進外套內袋。有種整個人又完整的感覺。

該開始查案了。

轉頭望向史蒂芬妮，不知道電話另一頭是誰，她聽得蹙起眉頭。

「你停職期間，史蒂芬妮．弗林警佐升職為代理督察，」貝瑞特解釋，「孜爾處長提過這部分不做變動，你雖然復職但先回到實任職級，也就是警佐，所以必須向弗林督察做報告。」

「沒問題。」華盛頓回答。

史蒂芬妮放下電話轉過頭來，面色鐵青。「又死了一個。」

9

「地點？」

「登山民眾在靠近科克茅斯鎮的地方發現。你聽過嗎？」

華盛頓點頭，那是坎布里亞郡西邊的小市集，重點是沒料到火祭男會這麼快改變犯案手法。

「沒弄錯嗎？」

史蒂芬妮表示肯定，反問他何出此言。

「科克茅斯鎮那邊沒有石陣，至少我沒聽說過。」

她確認便條。「刑警隊那邊是說科克茅斯沒錯。」

華盛頓點頭。「過去看看吧。」情況越來越不妙，既然第四名死者出現，代表自己小命即將不保。

貝瑞特開口：「按照程序，復職前得帶你參觀一圈……」但被兩人一瞪立刻改口，「……事出突然，稍微變通也無妨。」

「多謝通融。」華盛頓說，「我想帶個分析師一起，最好是各方面都懂一些的。該從哪裡下手我心裡有底，會需要挖很多資料。合適人選是？」

史蒂芬妮遲疑了，兩頰微微泛紅。「強納森．皮爾斯。」

「是科裡最厲害的嗎？」

「唔，技術面上最厲害的是緹莉．布雷蕭，而且差距不小。從遺體資料拼出你名字的也是她。」

華盛頓總覺得聽過這人。「那幹嘛找別人？」

「她是那種『特殊人才』，不願意離開辦公室。」

華盛頓嘴角上揚。「弗林督察，這種事情讓警佐幫妳搞定……」

10

華盛頓衝進開放辦公室，大叫要找緹莉．布雷蕭。一位又小又瘦的女子起身，表情羞澀的書呆子樣，典型的辦公室人員，一看清楚是誰叫自己就嘟起嘴坐下。

他轉身對貝瑞特說：「你在這兒等一下，可能幫得上忙。」

當警佐才好玩，早知道當初根本不該接什麼暫時督導的位置，太多行政工作不適合自己。當警佐才是他的拿手好戲，看起來重案分析科太久沒有稱職的警佐……

「布雷蕭小姐，請到我的辦公室。」

緹莉．布雷蕭無精打采走進警佐辦公室。以前是史蒂芬妮的地盤，所以乾淨得誇張。華盛頓繞到桌子後面坐下，緹莉故意不關門，他無所謂，剛好讓大夥兒注意一下新氣象。他揮手示意緹莉坐下，緹莉屁股只接觸椅子邊緣。當警佐最重要就是叫得動下面的人，華盛頓上下打量，發現緹莉沒化妝，戴著哈利波特風格那種金屬圓框眼鏡，眼珠子是灰色，近視很深，皮膚則是魚肚白，T恤正面印著《魔鬼剋星》新版電影的四位女主角，卡其色帆布長褲口袋很大。現在應該叫工作褲，他暗忖。除此之外，緹莉手指修長、骨架纖細，但指甲整個被咬爛。儘管剛才似乎不願配合，現在神情很緊繃。

「知道我是誰嗎？」

她點點頭。「華盛頓．坡，三十八歲，出生在坎布里亞郡肯德爾市。從坎布里亞警隊調任重案分析科，一般認為你的失誤直接導致一名嫌疑犯遭凌虐致死，獨立警察投訴委員會正在進行調查，你也因此被停職。」

華盛頓盯著緹莉，混蛋雷達沒響，也就是說這女孩沒故意嘲諷，單純就是這樣子講話。「大概五分鐘前，」他看看手錶，「資料更新了，從現在起我是華盛頓．坡偵查警佐，對妳下指示的時候妳就去完成，沒問題吧？」

「史蒂芬妮．弗林督察說我只需要聽她命令。」

「她這麼說的嗎？」

「沒錯，華盛頓．坡警佐。」

「叫我坡就好。」

「她是這麼說的，坡。」

「我剛才意思不是連頭銜都省……嗯，沒差，妳愛怎麼叫都可以。」他意識到自己沒時間精力浪費在討論稱呼這種小事上。「弗林督察為什麼這樣吩咐？」

「有些人會跟我開玩笑，要我做不該做的事情。」緹莉將鏡框往鼻梁上頂，接著又將一綹散出來的褐色頭髮撥到耳後。

華盛頓恍然大悟。「好。可是現在我是警佐了，給妳指令妳也得照辦。」

緹莉只是盯著他不動。

華盛頓無計可施。「妳等我一下。」

再回到史蒂芬妮的辦公室，她還在和貝瑞特討論。「挺快的嘛。」

華盛頓發誓看見她嘴角忍著笑意。

「過去我辦公室，告訴布雷蕭小姐，她也得聽我的命令。」

「好，」史蒂芬妮跟過去之後說，「緹莉，這位是華盛頓．坡，我們的新警佐。」

「他說叫坡就好。」緹莉回答。

史蒂芬妮瞥了華盛頓一眼，他只能聳聳肩不置可否。

「隨便吧，反正他說的話妳也要聽，知道嗎？」

緹莉點頭。

「其他人就不必管了，緹莉。」史蒂芬妮囑咐後走出辦公室。

「這樣沒問題了吧，緹莉。現在我要妳回家去，收拾行李，一小時後回來找我與弗林督察會合，」華盛頓指示，「我們要出差幾天。」

「不行。」緹莉立刻回答。

華盛頓嘆氣。「妳等等。」

一分鐘後，他拿著國家刑事局標準化聘任合約進來攤在桌上。

「指給我看，我看了半天只看到裡面說『特定場合需要在標準時段外工作或離開辦公據點』。」

緹莉看都不看一眼。

華盛頓繼續問：「也沒看見裡面說緹莉．布雷蕭是例外。」

緹莉閉著眼睛回答：「第三節第二段第七項指出員工具有裁量性福利——放在我的情況就是

不必離開辦公室——只要持續一段時間以後就自動視為合約內容，在法律上稱為『習俗慣例』。」

她再睜開眼睛望著華盛頓。

華盛頓依稀記得是有這麼回事。按照人資規定，局內人員長時間執行相同業務，就視為固定型態，就算與標準化聘任契約衝突也算數。雖然蠢，鬧到就業法庭真可以拿到賠償。

他合不攏嘴，盯著緹莉。「妳把整本員工手冊背下來了？」

緹莉蹙眉，「簽名的時候看過一遍。」

「那都什麼時候的事了？」

「十一個月又十四天之前。」

華盛頓再起身。「妳等等。」他走進史蒂芬妮辦公室。

「強納森．皮爾斯願意出差幾天。」她先開了口。

但華盛頓還不想放棄。「她從來沒出差過？」

「從來沒有。」史蒂芬妮回答，「緹莉．布雷蕭從小很少接觸外界，容易被騙，別人說什麼她都信，我也只能盡量看著。知道如何相處的話，她是最佳幫手。」

「完全不能去現場？」

「她智商將近兩百，但連煮個蛋大概都會出問題——」

「艾許，規定上有理由不能指定她嗎？」華盛頓問。

「要是她拿『習俗慣例』當理由，真的打官司我們會贏。」

華盛頓望著他，想要的答案是有或者沒有。

「沒有。」艾許利・貝瑞特回答，「法規沒保護這種權利。」

「那就她了。」華盛頓說，「去年這時候，我也不會煮蛋。」

他回到自己辦公室坐下，雙手指尖交觸擺在面前，身子朝緹莉・布雷蕭探過去。只能學史蒂芬妮使出殺手鐧，希望緹莉不是會虛張聲勢的性子。「妳有兩個選擇，一個是回家打包行李，坎布里亞入春了。另外一條路，就是拿辭呈過來。」

緹莉看上去更緊張。

有點不對勁，他暗忖是否還有隱情。「緹莉，怎麼回事？什麼理由讓妳不肯離開辦公室？」

緹莉淚水潰堤卻猛然起身，頭也不回衝出辦公室。

華盛頓望著女孩走回自己位子一屁股坐下，戴上耳機開始敲鍵盤。

他跟過去，心想或許緹莉不明白事態多緊急。

「布雷蕭小姐，弗林督察說妳是這裡最優秀的分析師，所以我需要請妳一起去坎布里亞。妳待在辦公室裡無法發揮作用。」

「嘖，」她回答，「不然你以為我在幹嘛？」

附近一個神情傲慢的年輕男子發出冷笑，華盛頓賞他的眼神感覺能讓花枯萎。回頭一看，緹莉在Google上搜尋：**坎布里亞春天行李帶什麼？**

「沒在跟我開玩笑？」華盛頓問。緹莉抬頭，表情很認真。

而且她座位完全沒有私人物品。即使自己停職了，史蒂芬妮整頓了，大部分位置還是能看到個人元素，像是印了「世界第一好爸爸」的馬克杯、便宜裱框全家福、美女桌曆之類的東西。緹莉．布雷蕭的位子空空如也。

「緹莉，妳剛換座位嗎？」

她一臉困惑。「沒有啊，我在這裡快一年了。」

「妳都沒東西嗎？」

「什麼東西？」

「嗯，就是自己的杯子、絨毛玩具、造型筆什麼的。」他回答，「大家都會帶點垃圾過來放吧？」

「喔，」她說，「以前我會拿東西來，但是被其他人開玩笑拿走，我也找不到。」

華盛頓心一沉，「好。妳就當作出門幾天，帶幾套換洗衣物、個人衛生用品之類就可以了。另外，調查連續殺人犯的工具得準備好。動作得快些，已經出現第四名死者。」

「你不懂這有多麻煩。」她嘀咕。

❖

一小時以後他懂了。

為了讓緹莉．布雷蕭回家收行李，得先叫史蒂芬妮核准公費計程車。她沒車，通常是由媽媽接送。之後接待員黛安露面，臉上那微笑一看就知道沒好事。

「找你的電話，」黛安說，「我轉到你辦公室。」

「坡警佐，我是麥緹勒姐的母親。」

接著一陣沉默，華盛頓接口道：「抱歉，但您沒打錯電話嗎？我不認識叫做麥緹勒姐的人。」

「你們應該都叫他緹莉。緹莉．布雷蕭。」對方回答，「方才我女兒打電話過來說她要回家收行李，但找不到帳篷，希望我提早下班幫忙買一頂。她還說要帶罐頭和開罐器，叫我都送到你們辦公室。坡警佐，她現在非常興奮。」

「帳篷？罐頭？……抱歉，布雷蕭太太，我其實不明白她為什麼這樣說。緹莉會和整個調查小隊住同一間旅館，我以為這是理所當然的事情。」

「您這樣解釋我明白了，不過想請教為什麼要帶她過去坎布里亞郡呢？感覺是個可怕的地方。」

「呃，我就是坎布里亞長大的。」他抗議道。

「啊，真抱歉，只是那兒似乎很鄉下。」

華盛頓下意識想回答「因為真的就是鄉下」，但轉念後說：「布雷蕭太太，只是坎布里亞，不是巴格達，而且她是去幫忙刑案偵查。」

「會有危險嗎？」

「除非火祭男會想放火燒旅館。」

「有這種可能性嗎？」

「沒有，我只是開玩笑。」華盛頓心想，這下子知道緹莉那種思維哪兒學來的了。「她會很安全，過去她只是單純協助資料分析，我覺得讓她從頭到尾待在旅館沒問題。」

這句話終於安撫對方情緒。

「好，那我就讓她去，」緹莉的母親說，「不過有個條件。」

華盛頓將諷刺吞回肚子，想起緹莉先前的模樣，原來她不是刻意鬧彆扭，而是覺得媽媽不會答應。「請說？」

「請讓她每天晚上打個電話回家。」

就目前情境來看很合理。「沒問題。」他回答。

「那……坡警佐，關於我女兒，有幾件事想先溝通一下。」

「請說。」

「唔，她非常聰明、非常不可思議，是我最疼愛的女兒。」

「但是？」

「但是她一直沒和外界接觸，應該在外頭玩耍的年紀已經上大學了，十六歲就拿到第一個牛津大學學位。」

華盛頓忍不住輕輕吹口哨。

「她繼續進修，拿了一個碩士、兩個博士，電腦方面一個，另一個是數學之類的，其實我聽不懂。本來以為她會一輩子待在牛津大學，參與各種研究計畫，很多人捧著大把鈔票上門。」

「那她怎麼會……？」

「怎麼會跑進國家刑事局工作是嗎？說真的，我和您一樣沒有頭緒，只能猜想是遺傳了她爸爸的任性吧。一天晚上從學校回來之後，忽然就說自己投了履歷，卻又不肯告訴我們是什麼工作，怕家人會阻止。」

「為什麼要阻止？」

「坡警佐，您見過她本人了。麥緹勒妲腦袋超乎常人，她十三歲的時候有教授特地到家裡拜訪，形容她是一個世代內絕無僅有的天才。只不過當天才必須付出代價，她沒機會生活在普通人的世界，與一般人的常識絕緣。我猜和她大腦判斷的優先順序有關係吧，那孩子無法應付社交，以前遭遇過很多問題。」

越來越明顯了，或許史蒂芬妮的判斷沒錯，緹莉並非這次任務最合適的人選。華盛頓暗忖，既然如此，就請布雷蕭太太安心，當作女兒回家喝茶休息也罷，結果緹莉卻忽然竄進外頭辦公區。她還是一臉驚惶，但又多了點什麼——是藏不住的興奮，緹莉知道自己真的可以去，已經迫不及待，快步走到自己位子整理工作裝備。

「我會好好照顧她，布雷蕭太太您放心。」掛斷前他承諾道。

華盛頓過去想幫忙，之前發出冷笑的男子忽然想要娛樂同事，只是他沒察覺警佐就在後面，站起來開口：「大家看看，弱智小妹妹要去校外教學嘍。」

一兩個人低聲竊笑。其餘人瞧見華盛頓了，從他神情就知道待會兒場面保證難看。

緹莉眼裡的亢奮情緒一下子熄滅，雙頰泛紅、眼珠緊緊盯著地板。華盛頓不禁又留意到她桌子空空蕩蕩，所有線索串聯起來。

她是辦公室霸凌的受害者。

沒人來得及反應，華盛頓三步上前，口出惡言的年輕男子被揪住外套後領拖到角落，手一甩讓他整個人倒在牆上。

「報上姓名！」華盛頓低吼，整個辦公室安安靜靜。

「**姓名！**」

「強、強、強納森……」對方支支吾吾，不知所措。

「艾許利．貝瑞特！弗林督察！兩位過來一下！」

史蒂芬妮帶著人資主任趕到。「麻煩你在弗林督察面前重複自己剛剛說的話。」

強納森眼珠子彷彿吃角子老虎轉來轉去，找不到脫身之法。華盛頓伸手牢牢扣著他頸部，沒鬆手就轉身對整個大辦公室的人喝道：「大部分人或許還沒見過我。我是華盛頓．坡，剛復職的警佐，請大家注意我對霸凌行為絕不寬貸。」

這是真心話。奇怪的名字⑱、沒母親加上脾氣古怪的父親，他從小就是別人霸凌的目標，也很快理解到要好好活著就得讓找碴的人付出代價。當大家知道這人會反擊而且絕不退讓，要打架就得打到一方爬不起來，過沒多久就不想招惹了。

「所以請你們注意這位強納森並引以為戒，」他繼續說，「不然明天開始你們也不會在這間辦公室見到他了。」

一干職員瞠目結舌。

「有人覺得我處理不公嗎？」

似乎沒有，或者有也不敢說。

「剛才大家都聽見強納森怎樣稱呼自己同事的吧？」

應該都聽見了。

華盛頓隨便指了個人。「妳，請問名字是？」

「珍。」

「剛才強納森說了什麼？」

「報告長官，他說緹莉是弱智。」

「我也只是來工作的，什麼『報告長官』之類的就免了。」華盛頓轉頭問史蒂芬妮和貝瑞特：「理由夠充分吧？」

史蒂芬妮也望向貝瑞特。「夠嗎？」

貝瑞特遲疑一下。「如果警佐沒有出手——」

「他剛剛拿著一支筆，」華盛頓打斷，「我不確定會不會變成兇器。」

「那，夠了。」貝瑞特回答，「強納森．皮爾斯，基於不當言行、霸凌與使用歧視語言，你從現在開始接受停職處分。請將證件交給我，人資會安排紀律聽證會，結束後會提出正式解雇。」

「可是——可是……大家都這樣叫她啊！」強納森垂死掙扎。

華盛頓彷彿聽見整個辦公室倒抽一口氣。這小子犯下不可饒恕的重罪，為了保全自己竟想拖所有人下水。

他沉聲問：「這裡有其他人言行不當嗎？」

沒人反應。少數幾人神情流露罪惡感，但看來沒人打算挑這種時機自首。

⑱「華盛頓」容易聯想到美國第一任總統和地名，平時也多半作為姓氏（而非名字）。

「好像沒有吧？只有你一個，強納森。」華盛頓湊到對方耳邊低語，「要是讓我知道你為了今天的事情再找緹莉麻煩，我保證把你揪出來，手指一根一根折斷，聽清楚了嗎？明白的話就點頭。」

強納森只能點頭了。

「很好，滾吧。」他一鬆手，強納森跌坐在地上。

華盛頓轉頭說：「緹莉，不用帶帳篷，妳和弗林督察住同一間旅館。其他東西都準備好了嗎？」

女孩驚魂未定點點頭。

「那我們別拖拖拉拉，出去逮捕連續殺人犯了。」

11

華盛頓原本以為三個人輪流駕駛。進入柴郡，緹莉忽然在休息站開口：「我要上廁所。」後來他把鑰匙拋過去，要緹莉開最後一段路，緹莉居然回答說她沒有駕照。

想了想之後，華盛頓忍不住問：「那妳這一路幹嘛待在副駕駛座上？沒駕照就去後面啊。」

緹莉雙手抱胸。「我一直都坐前面，統計上說前座最安全。」

史蒂芬妮鑽進後座，趁兩人還沒吵起來就調停。「反正我喜歡坐後面，沒關係的。」

可是緹莉繼續宣導行車安全。華盛頓將車子開上M6高速公路，在交流道就已經閉上耳朵。以前還真的沒碰上過這種人。緹莉似乎完全不懂社會默契，大腦和嘴巴之間毫無遮蔽，想到什麼劈哩啪啦就說出口。另外她沒有語言外的溝通能力，不願意注視別人，或者盯兩眼就趕快轉頭。要是她喊了名字對方卻不理，她就會一直喊下去，直到華盛頓受不了為止。

過沒幾分鐘，三人都安靜下來。

華盛頓朝後照鏡瞟一眼，史蒂芬妮先睡了。「緹莉，幫我個忙好嗎？」他手探進外套口袋，取出黑莓機遞過去。「裡面有個類似電子日記的東西，還有追蹤坐標的軟體，可以幫我關掉嗎？」

「可以啊，坡。」

但她沒伸手。

「那妳肯幫我關掉嗎？」

緹莉遲疑了。「應該幫嗎？」

「應該啊。」他說謊。

緹莉點頭，開始操作。

「要是弗林督察問起，別告訴她就是了。」華盛頓補上。

❖

五分鐘過後，緹莉將手機還過去。「妳喜歡重案分析科的工作嗎？」他問起。

「喔，當然喜歡啊。」女孩整張臉像是開始發光，「太有趣了，其他地方很難有機會將數學理論模型應用在真實世界。」

「簡單明瞭。」他面無表情回答，但注意到這是第一次看見緹莉真心微笑，表情完全不同。聊過工作，下個話題是她在牛津的求學經過，可是幾乎是緹莉一個人動嘴，華盛頓聽不懂多少，畢竟從算式出現字母開始他就和數學非常不熟。不過感覺得到史蒂芬妮說的有一點也沒錯，緹莉．布雷蕭確實是分析科的一大助力，她對罪犯側寫原理瞭如指掌，更厲害的是能夠針對需求設計出解決方案。華盛頓想起另一件事：史蒂芬妮說過，從焦屍傷痕拼湊出自己名字的就是緹莉。或許這女孩救了自己的命，他立刻開口道謝。

緹莉聽了臉一紅。

「坡，你為什麼叫做華盛頓？」幾分鐘之後她忽然開口問，問完意識到這句子怪怪的，便笑著改口說：「坡，你的名字為什麼是華盛頓？」

「不知道，問我別的吧。」

「為什麼大家不喜歡你？」

華盛頓瞥她一眼。她不是故意的，而是根本不懂一般人聊天的目的，開口問問題都是真的想得到答案。「唉，妳還真的是心直口快。」

「抱歉，坡，」她低聲說，「史蒂芬妮．弗林督察說過我得加強人際溝通。」

「無所謂啦，緹莉。這其實也滿有趣的。」他盯著道路，超越一輛貨車。「但我不知道自己這麼不受歡迎。」

「有喔，我聽到情報處副處長賈斯汀．韓森和偵緝督察史蒂芬妮．弗林兩個人為了你吵架。」

「那是因為韓森副處長把自己沒能升官怪在我頭上。」

「為什麼呢，坡？」

「當初很多人叫我不要調查一個叫做裴騰．威廉斯的嫌犯。他是議員助理，包括韓森副處長在內的很多高層擔心會鬧成醜聞。其實如果他們一開始就聽我意見，裴騰不會死。」

「唔，」緹莉回答，「我也不太喜歡賈斯汀．韓森副處長，覺得他性格不好。」

「沒錯。」華盛頓附和，「但話說回來，今天早上妳不可能聽見他們說話才對。我距離弗林督察的辦公室更近，但我都聽不見了。」

「不是今天早上。」緹莉說，「之前給他們看多切面電腦斷層掃描，艾德華．凡．孜爾處長、賈斯汀．韓森副處長、史蒂芬妮．弗林督察三個人都去了二號會議室。講沒多久，他們好像就忘記我也在場。」

華盛頓沒回話，視線又飄向後照鏡。史蒂芬妮醒了，惺忪睡眼還有點兒紅。坐車睡覺總是不像躺在床上舒服。

緹莉跟著轉頭，「史蒂芬妮．弗林督察，妳不喜歡坡吧？」

「瞎說什麼啊，緹莉！」她低呼，但神情確實不自在。「我怎麼會不喜歡坡警佐呢。」

「喔，」緹莉卻繼續道：「艾德華．凡．孜爾處長說重案分析科需要坡，因為他『就像連續殺人犯的百科全書』，那時候妳說『但是長官，他有多能幹就有多混蛋』，我以為是妳不太喜歡他的意思？」

華盛頓笑得咖啡從鼻孔噴出來。

「緹莉！」史蒂芬妮又氣又窘。

「怎麼了？」

「妳不應該轉述別人私下的對話。」

「喔。」

「對他對我都不是好話喔。」

女孩下唇微微顫抖，華盛頓出來打圓場：「別擔心，緹莉。不被人喜歡沒什麼大不了。」

她笑逐顏開，「那就好，反正沒人喜歡我。」

他轉過頭，確認緹莉是否在開玩笑。並不是。

華盛頓又看看後照鏡，史蒂芬妮尷尬得雙頰漲紅，他眨眨眼表示不必介意，暗忖自己越來越欣賞麥緹勒姐．布雷蕭了。

❖

之後車程一路平靜，但還是過了晚間七點才抵達謝普威爾斯酒店。

兩位女性去櫃檯登記，華盛頓則趁機收信。當然這不是正式住址，但郵差也不可能翻山越嶺去賀德威克農莊找他，所以信件都請旅館櫃檯代收。

也沒幾封信就是。低調隱居好處之一是連垃圾郵件都會變少。

史蒂芬妮到接待處與他會合。「辦好了？」

「嗯，」她嘆氣，「緹莉硬要挑靠近火災逃生口的房間，所以調了半天。反正她也滿意了，我就叫她先買東西吃，今天早點睡。」

「那我們去看看四號吧。」

❖

三號現場長梅格和女兒們以及一號現場卡索里格是郡內最顯眼、已經享譽國際的兩處巨石陣，然而坎布里亞還有太多太多新石器時代留下的古蹟，一部分小到必須從極其枝微末節的地方才能辨識。

華盛頓沒聽說過科克茅斯鎮附近的巨石遺跡，他懷疑其實是警察或火祭男的主觀認定。坎布里亞郡很多丘陵都有自然形成的石堆石陣，許多人會下意識以為是幾千幾萬年前石器時代的文明痕跡。

這次他猜錯了。

科克茅斯鎮周邊還真的有座巨石陣。

❖

他順著道路前進，路面越來越窄，在巴森斯韋特湖旁邊達瓦思村往右拐，五分鐘過後炫目藍光點亮目的地。

已經許多警車停在現場。入口處有個穿著制服的警員，手中拿著筆記板，開口要求兩人出示證件。登記華盛頓・坡名字的時候，對方露出古怪神情。

「上面有石陣？」他問。

警員點頭。「埃爾瓦草原石圈。好像是新石器時代買賣斧頭的地方。」負責站崗沒事可做的時候，Google就是最好的朋友。

「這邊是外側封鎖線吧？」華盛頓向對方確認。

「嗯，」警員回答，「內側在上面。」他指著十分陡峭的風化山丘，華盛頓沒看見其他人卻聽得見聲音。

兩人往上爬，途中遇見下來的警察說快到了。再走了一陣才看見。

石圈位在埃爾瓦丘陵南面緩坡平坦處，現在被探照燈打得跟白天一樣亮。十五塊灰色岩石圍成一圈，直徑約四十碼，最高一塊距離地面也不超過一碼，稍不注意根本不會發現。

裡頭非常熱鬧。

從頭到腳包著白色防護衣的鑑識組人員四處穿梭，現場亂中有序。有些人跪在地上找線索，其他人圍著一座帳篷，主要用於存放證據。

藍白色警用膠帶拉出內側封鎖線圍住整個石圈，華盛頓與史蒂芬妮向另一個拿著筆記板的警員報上姓名。

「頭子馬上出來，」穿著制服的員警說，「沒他允許不能讓二位進去。」

華盛頓點點頭。調查現場紀律好，通常就意味著負責的警官也優秀。甘孛或許沒有針對詭異案件的推理天分，但他懂得發揮自己的長處。這樣也很棒，因為九成九的謀殺案其實都是靠系統化徹底搜查才得以偵破。

史蒂芬妮轉頭問：「進去有意義嗎？等他們弄好照片再看就行了。」

「妳不介意的話我還是想試試，說不定會有靈感。」

她點點頭。

一個穿著白色防護衣的男子抬頭看見兩人，拋下原本聊到一半的同事逕自走過來。離開封鎖線之後他立刻拉下面罩，原來是負責本案的刑警伊恩・甘孛本人。他與華盛頓握手。

「好久不見，」甘孛說，「知道自己名字為什麼被刻在上個死者胸口嗎？」

華盛頓搖搖頭。這人果然不閒聊，開口一針見血。

「也罷，之後查清楚就是，」甘孛說，「要看看現場？」

「試試第一印象。」

「也好。」甘孛轉頭對站在一箱子設備旁邊的人叫道，「博爾！給坡警佐找一套防護衣。」

聽見坡警佐三個字，另一個人拉下防護面罩。是祁里安．瑞德。

祁里安用全場都能聽見的音量說：「各位先生女士，這位就是被同事誤會、上級忽略、被排擠的第一高手華盛頓．坡。」

他臉整個紅起來。

祁里安腳一抬直接翻過封鎖線，看得甘孛挑眉。華盛頓伸出的手被他扣得發疼。

「過了這幾年我總算懂了，」祁里安笑著繼續，「反正一定要出大事才能見到你，搞成這樣你開心了吧？」

華盛頓聳聳肩打了招呼，暗忖要敘舊之後還有時間。

祁里安望向史蒂芬妮。「妳怎麼會認識這個沒朋友的怪胎？」

華盛頓為眾人做介紹：「弗林督察，這位是我朋友祁里安．瑞德，上次見面職階是重大刑案偵查佐。」

「可惜現在依舊只是個偵查佐。」他回答，「你們應該是待在威爾斯酒店？我也去開個房間好好喝一杯。」

「一定很好玩。」史蒂芬妮木然回答。

華盛頓知道那種事情可以緩緩。「裡頭有什麼？」他朝甘孛問。雖然祁里安是自己在警界僅剩的朋友，但這兒的負責人終究是甘孛。

「聽過百分之九法則嗎？」

他點點頭。百分之九法則是醫學上估計燒傷面積的方式，頭部、單隻手臂都粗估為百分之九，單條腿和軀幹的正面及背面各為百分之十八，如此加總會得到百分之九十九，最後那個百分之一是生殖器。

甘孛解釋：「嗯，這傢伙做得越來越稱手了。第一個受害者死前受到折磨最多，但只有腿和背部大面積燒傷，身體前面和手臂都沒沾到火。第二個燒得嚴重些，第三個就達到九成。」

「這個呢？」

「你自己看看。」

華盛頓換上博爾拿來的防護衣，甘孛也換一套避免交叉污染。史蒂芬妮嫌麻煩，反正她在三號現場看過了，所以和祁里安留在外頭。登記之後，華盛頓隨甘孛進入內側封鎖線，順著鑑識組做好的標示移動，避免踩到散落在地面的證物。

最先被刺激的是鼻子。從帳篷朝案發處五碼而已，氣味忽然臭不可聞。

華盛頓聽過外行人說人燒焦的味道像豬肉。差多了。如果只有肉的部分或許有可能，但人被燒死通常並不會經歷食用肉品的處理程序，也就是沒放血、沒除去內臟，消化道內還有食物與排泄物。

點火之後，這些東西都有本身古怪刺鼻的氣味。

血液含有大量鐵質，華盛頓嗅得到微弱金屬味，這是裡頭比較舒緩的元素了。肌肉與脂肪、內臟與血液燒出來的味道都不同，甚至不同的內臟也不一樣，全摻在一起是令人作嘔的甜膩，但上頭還掩蓋一層清晰可辨的汽油味。

怪味彷彿沾黏在華盛頓鼻腔與咽喉，感覺要好幾天才會退去。他忍不住乾嘔兩下，但克制自己沒有過多動作。

甘孛掀開帳篷門簾，兩人進去時隸屬內政部的病理學專家還在研究遺體。

死者被側身擺著，蜷曲得極不自然。眼珠子烤乾了，嘴巴還開著，看似在尖叫中喪命。華盛頓倒是清楚：高溫對屍體影響很大，嘴巴張開很可能發生在死後。手掌被燒熔了，此外即使尚未證實，華盛頓仍肯定死者身上沒了最後那「百分之一」。遺體無論顏色質地都像極了黑色粗糙皮革，只是泡過岩漿又拿去熔爐烘乾。例外的是腳跟，僅存的肉色反而怵目驚心。

法醫抬頭低聲打招呼。他開口問：「助燃劑相同嗎？」

「絕對是，」法醫上了年紀，身材瘦削，防護服被身體撐得像顆熱氣球。他指著受害者大腿，「看到這邊的裂痕沒？西佛羅里達大學研究這種現象好幾年，他們發現皮膚最外層會先被烤焦剝離，五分鐘以後較厚的皮下組織才會收縮裂開。沒加工過的汽油燒幾分鐘就停了，可見兇手有混別的東西進去。」

華盛頓不想知道為什麼西佛羅里達大學要做這種研究，更不想知道這種研究實際上怎麼進行。那兒好像有很多死刑犯就是了……

「再來看這邊，」法醫指著死者大腿、臀部、腰際，「脂肪全沒了。人體脂肪是不錯的燃料，但需要有火種。他身上沒衣服，可見不是布料纖維。送回去檢查能更清楚，目前我猜測每次火快熄滅的時候，兇手會再倒助燃劑上去。」

「要多久時間？」

「你是說燒到他死？」

華盛頓搖頭。「人體被燒成這副德行。」

「我推估五到七小時。肌肉都收縮痙攣了，所以才呈現這麼奇怪的姿勢，這得花不短的時間。」

「腳跟是因為？」

「被燒的期間他全程站立，腳跟得到地面保護。」法醫解釋之後繼續手邊工作。

甘孛開口：「現在這角度看不到，但死者身體下面有小孔。兇手的標準做法就是給目標打樁。」

「應該是金屬材質吧，」華盛頓說，「木樁的話十五分鐘就倒了。」甘孛沒回話，大概也想過這點。

「不過我知道為什麼這個燒得比之前慘，」華盛頓繼續說，「你們應該一整天都在這山上吧？」

甘孛點頭。「早上十點就趕過來了。」

「所以你們沒發現這個位置從外面馬路是看不見的，就算有火光也不怎麼看得到，必須很靠近石圈才能察覺異樣。但附近道路主要用路人都是往來高爾夫球場，從球場出來的人會走另一個方向朝科克茅斯鎮過去。」

「結果就燒得更久。」甘孛嘆道。

華盛頓點頭，「要是特地等到酒吧也打烊，幾乎完全不可能被路人發現。」

鬆口氣。

離開帳篷、穿過封鎖圈，兩人與史蒂芬妮和祁里安會合。防護衣拘束感很重，能脫掉他總算

甘孛點點頭，但沒笑。

「如果西佛羅里達大學舉辦烤肉會，我打死也不去。」

「有什麼初步判斷？」甘孛問。

但不代表有用。警方早就知道火祭男作風縝密。

「有道理。」

「弗林督察，目前我們這邊沒有對媒體透露坡警佐與案情的關聯。」甘孛說，「我們參謀有個提議，這條情報用來作為確認機制可以判定嫌犯是否為真兇。目前列為最高機密，沒有寫進任何檔案。」

「合理。」史蒂芬妮點頭，「我想我們也該避免捲入官方調查行動，最好能讓坡警佐隱形，所以主要會待在旅館。」

甘孛點頭。照華盛頓看來，認為甘孛自己就想這樣辦，史蒂芬妮主動開口省了他的尷尬。

「祁里安・瑞德警佐與坡警佐兩位有私交的樣子，由他負責聯繫吧，現在就可以委任。有什麼需求就跟他說。」甘孛回答，「至於分析支援方面，名字這件事情交給重案分析科好嗎？幫忙找出坡警佐與案子之間究竟是什麼關係。每天下班交換情報，就算沒進度也說一聲，如何？」

「沒問題。」史蒂芬妮說。

大家逐一握手，華盛頓和史蒂芬妮回到自己車子。

待走遠了沒人聽得見，史蒂芬妮立刻轉頭問：「什麼意思啊？」

「妳是在意派遣專人『聯繫』這點？」

「對，就是，」她口吻挺不悅，「你就這麼不信任我？」

華盛頓聳肩。「史蒂芬妮，對方不是不信任妳，而是不信任我。」

12

謝普威爾斯酒店頗有歷史。它和賀德威克農莊差不多一樣偏僻，必須駛過一英里長的窄路才能找到。但二次大戰期間這種地理位置優勢被同盟國看中，於是向倫谷伯爵徵收土地改建為十五號戰俘營，最多曾收容兩百人，多數為德國軍官，有一任負責人是為德裔親王，和瑪麗王后有血緣關係。

附近有條南北向鐵道，當年做足防護，畢竟戰俘上車的話就能輕易逃出營地。於是旅館周圍有兩道鐵絲網，還設置哨衛塔樓與零死角的探照燈，哨塔的混凝土基座還在，懂門道的人就能看出來。華盛頓就是其一，他將這旅館摸熟了，車子總停這兒，需要上網也利用這兒的免費WiFi，每星期至少來用餐兩次。

翌日去旅館集合之前，華盛頓又找了人收留狗兒。湯瑪斯．修莫就是之前將農莊與周邊土地賣給他的農夫，兩人算有了交情，平常就互相幫忙，比方說修莫的綿羊會過去他那兒吃草、他也過去補乾石牆——雖說修莫需要的其實不是技術只是體力活。他有事外出，就讓艾德嘉去修莫那邊住一陣子。

以前他從農莊去旅館會乖乖步行兩英里，今天特地駕駛小型電動車過去。到了旅館先收信，接待員是個總面帶微笑的紐西蘭女孩。再來就直接去找史蒂芬妮．弗林和緹莉．布雷蕭。

兩人剛用過早餐，華盛頓給自己泡了咖啡。史蒂芬妮這回換上黑色套裝，緹莉一樣是工作褲、運動鞋，T恤圖案不同，今天是綠巨人浩克和背景台詞「別惹我生氣」。看史蒂芬妮對這衣服沒意見，起初他心裡訝異，後來就想通了，畢竟人事管理關鍵一環在於避免沒意義的衝突。

五分鐘過後，祁里安・瑞德露面。史蒂芬妮微微蹙眉，但還是與他握手。祁里安帶來第四名死者的新情報：身分尚未確認，不過已經送去進一步檢查。甘孛詢問重案分析科要不要再做多切面電腦斷層，史蒂芬妮表示會處理。

她跟旅館訂下一間小會議室供辦案期間使用。華盛頓對於自己不必參與主要調查任務也挺開心，一直以來他在坎布里亞郡警隊不受歡迎，有話直說的性格是因為之前大家不想計較，但在國家刑事局被停職應該有許多老同事心裡竊喜，覺得他是活該。華盛頓本人並不在乎他們怎麼想，只求同儕成見別影響辦案進度。

借到的是一樓花園廳，雖然旅館年代久遠、外觀也有點老派，這會議室內裝卻很現代，設備也齊全。史蒂芬妮刻意選了稍大的空間方便再切割出不同區塊，頭一個小時三人擺好緹莉的機器與桌子，騰出簡報與走路的空間。旅館不允許客人在牆壁用圖釘或無痕膠，史蒂芬妮就找來白板與活動掛圖架。

案情室就像大型調查的心臟，華盛頓心中湧出熟悉的悸動，每次成立新的案情室都會很興奮。房間很快就會被線索與問題佔滿，已知與未知都太多太多。

❖

而且這回與之前有很大不同。伊恩・甘孛領導的正式調查小組以卡爾頓大樓為據點，案情室內會有一大堆小組長、行政人員、文書審核與紀錄、證物保管人、各科室聯絡官、負責對媒體揭露與說明的公關等等。但在謝普威爾斯酒店裡，就只有他們四個，氣氛輕鬆多了。

緹莉組裝好電腦之後正式開始。

史蒂芬妮先提主意：「我覺得從華盛頓・坡的名字為什麼會被刻在麥可・詹姆斯胸口切入，有其他想法嗎？」

華盛頓看看另外兩人，都沒反應，他舉起手道：「我有不同意見。」

三人盯著他。

「我認為應該先將這條線索當作兇手在釣魚。我不認識受害者，而且甘孛總警司一定會派人徹查我經手過的案子，找找裡面是否有潛在的連續殺人犯。我們做同樣的事情沒太大意義吧？」

史蒂芬妮回答：「聽起來你有別的著眼點？」

他點點頭。「有個更重要的問題一直沒解決。」

「什麼問題？」祁里安追問。

「為什麼頭兩個死者之間間隔很久，但第二、第三、第四之間卻很短？」

史蒂芬妮露出不耐煩表情，他知道原因：刑警經驗和統計學雙雙證明連續殺人犯行動初期步調緩慢，但會逐漸加速。

趁她還沒長篇大論，華盛頓開口解釋：「我知道妳想說連續殺人犯的殺人欲望在第一次動手以後得到較長滿足，之後每次能維持的時間越來越短，對吧？」

她點頭。

「死者彼此都不認識？」

祁里安回答：「調查到現在還沒發現彼此相關。第四個除外，畢竟還沒確認身分。」

「你的想法是？」史蒂芬妮問。

「就是……史蒂，妳用的是外地人思維。雖說坎布里亞是英格蘭第三大郡，但人口密度真的很低。」

「所以……？」

「統計上來說，他們完全不認識彼此的機率非常非常低。」

史蒂芬妮和祁里安繼續盯著他。緹莉一聽見「統計」就被打開開關拚命打字。

「我是本地人，祁里安也是。我們可以跟妳保證：其實大部分人之間都會有些牽扯。」

「但有點薄弱。」史蒂芬妮回答。

「對。」華盛頓同意，「可是再來就要考慮被害人全都是相似的年齡與社經階層，如此一來他們彼此完全不認識的機率更低。這兒可不是騎士橋⑲，坎布里亞郡很多地方GDP比捷克還低，妳覺得這裡能有幾個百萬富翁？」

接下來只聽見緹莉敲打鍵盤的聲響。

「問題是確認過這一點了，」史蒂芬妮不死心，「除非你是認為查到現在，警方一直錯過某個關鍵？」

⑲ 倫敦高級地段。

華盛頓聳肩。「難說。回到我開頭講的，一號和二號受害者之間，為什麼會有那麼大的間隔？」

他沒等到答案。

「要是這些人根本互相認識，聯合起來隱瞞？要是這幾個人根本知道自己會成為目標，甚至能理解兇手的規則？葛拉罕・羅素死了，不意外吧？當年他竊聽全國各地兇殺案與兒童性侵案受害者，希望他下地獄的嫌疑犯名單太長。無論紀錄怎麼說，我們心知肚明，甘孛一開始就朝這個角度偵辦。如果我猜對，其他死者最初也以為羅素只是倒霉。可是等第二個死者出現，手法如出一轍，這個團體的成員再樂觀也無法忽視，火祭男也就沒理由拖延。反過來說，假設兇手有個名單要殺光，現在就該快馬加鞭。」

史蒂芬妮蹙眉。「知道自己是目標的話，為什麼不報警？」

「因為不行。」祁里安開口，「按照華盛頓的邏輯去推測，這群人有不可告人的祕密。」

「考量他們個個那麼有錢，這祕密一定違法。」華盛頓補充。

「但我們無法確認被害人是什麼時間遭到綁架，」史蒂芬妮說，「有可能在出人命之前，全部都被擄走了。」

華盛頓暗忖：假設不完美也是正常的。

「百分之三點六。」緹莉抬頭說話了。

三人瞪著她。

「我剛寫好程式，計算平均每平方公里居住七十三點四人的區域裡他們那個社會階層內三個人彼此毫無瓜葛的機率。答案是百分之三點六。假如有一些變數的話會降低到百分之二或增加到百分之三點九，但不會超過這個範圍。」

祁里安合不攏嘴。「妳剛寫好程式？」他看了下手錶，「五分鐘不到？」

緹莉點頭。「瑞德警佐，這個不難，調整現有的工具就好。」

華盛頓起身。「有結論了。我們總不能和緹莉還有數學辯論吧。」

緹莉朝他露出羞怯而感激的目光。

「那開始吧。」史蒂芬妮附和。

❖

十二小時後，四個人情緒低落。

完全找不到被害者之間有任何一點連結。去的高爾夫俱樂部不同，參加的慈善團體不同，雖然去過的餐廳有重疊卻都是不同時間。緹莉連他們的超市會員資料都調出來看，居然沒有在同樣的商店消費過。祁里安打電話請甘孛重新對鄰居朋友做訪談，但華盛頓的理論一步步走入死胡同。

更麻煩的是，會議室並不理想。太常有人闖入，根本沒辦法將機密文件或遺體圖片貼出來。一下是侍者送茶水、一下是旅館主任詢問是否需要協助，還有三個房客誤以為這是附設餐廳，其中一人來了兩次。

一整天忙完以後還得將所有東西拆下收好，畢竟環境不安全。

明明才剛將工作空間打理好，卻瀰漫一股巨大挫折感。

結果居然又有人敲門。旅館主任又探頭進來問：「我知道各位不想被打擾……可是想提醒一下，需不需要晚餐？再晚的話廚房就休息了。」

等主任離開，華盛頓開口：「我有個提議，明天開始換到我家去吧？一樓是開放空間，大小與這間會議室差不多，牆壁愛怎麼亂搞都可以，也幾乎不會有人打擾，何況大部分時間我都在。」

「安全嗎？」史蒂芬妮說，「別忘了，你很可能是兇手下一個目標。」

「這樣省了我每天往返旅館的路途不是更好？真有人要抓我，我一個人在荒郊野外就是最好的機會。」

史蒂芬妮沉吟片刻。「緹莉，」她問，「在山上收得到網路訊號嗎？」

「收不到的話就用手機分享。」

「那，我們怎麼上去？」史蒂芬妮轉頭問華盛頓，「偶爾爬一次山沒關係，但每天爬就吃不消了。」

「我的電動車留給妳和緹莉。設備有拖車可以搬。」

「那我呢？」祁里安問。

「你？你自己想辦法。」

祁里安傻笑。

他們望向史蒂芬妮等結論。「好吧，試試看，總不能像今天這樣下去。」

13

華盛頓先去接狗，之後將電動車放在旅館。往賀德威克農莊這段路空氣清新，夕日餘暉光景甚美。艾德嘉衝出去追兔子，沒多久又蹦蹦跳跳回來。華盛頓懷疑這狗兒就算真能追到獵物也不知如何處置。

到家以後他給自己做了簡單晚餐：乳酪與酸黃瓜三明治、一袋薯片搭配一杯濃茶。今天談不上成功，但他仍舊認為自己想法正確，火祭男篩選目標必然有年齡和財力以外的因素。整頓思緒後，他更加希望自己沒猜錯，因為要是錯了，就代表兇手不僅是個計劃細密、精通解剖與科技的連續殺人犯，而且喜歡閹了目標再燒死。

然後自己就是下一個。

晚上有人接近的話，艾德嘉會發出狼嚎般的叫聲，不過華盛頓搬過來以後第一次緊閉門戶。意外的是他竟睡得很好，而且沒作噩夢。

❖

醒來又是明媚春光。他煮了蛋吃，帶艾德嘉散步，之後等大家過來。祁里安遠遠沿著路走，但比較早到，過幾分鐘史蒂芬妮與緹莉才開著電動小車露面。

一看見艾德嘉，緹莉興奮大叫。

「妳你怎麼沒說有養狗！」她聲音高亢，接著十分鐘完全忘記工作的事，忙著和艾德嘉建立感情。狗兒本來就黏人，立刻衝上去又舔又抱。緹莉笑個不停，抱著艾德嘉脖子好像怕牠跑掉似的。華盛頓拿了些狗食過去讓她餵，之後緹莉就是艾德嘉永遠的好朋友了。

「緹莉小心點，狗狗給妳看護唇膏的話千萬別碰。」祁里安朝華盛頓眨眨眼。

緹莉依舊靠在狗兒脖子上。「艾德嘉你哪來的護唇膏？瑞德警佐很呆對吧，應該是說你的陰莖吧。」

看到祁里安傻眼的模樣大家都笑了。之後史蒂芬妮出來主持大局。「緹莉，之後還有時間跟牠玩，現在正事要緊。」

華盛頓打開所有窗戶，陽光流進屋內，石磚屋一樓格局方正、完全沒有凹龕死角一類。只有前側開了兩扇窗一扇門，後側完全是牆壁。他解釋這是因為很多年前冬季嚴寒，牧羊人睡樓上、一樓其實會讓綿羊進去，一方面保護了牲畜、另一方面也讓屋內溫度更高些。屋子內外牆壁都是粗糙石塊，屋梁老舊但堅固，被百年火煙燻黑了。最顯眼的家具就是火爐，裡面塞了柴薪但沒點燃。現在並不冷，但待會兒為了燒水還是得生火。

等他擺一壺咖啡在桌子中間，代表正式上工了。既然昨天他起了頭，史蒂芬妮就讓他繼續。

「我們回到基本面，還是先假設死者彼此之間存在某種聯繫，而且可能串通隱瞞。但找出真相就是警探的工作。」

緹莉舉起手。

華盛頓愣了一下，看她不說話很困惑，忽然想起來這女孩大半歲月都待在教室上課，一年前才出社會。「緹莉，不用舉手也可以開口的，妳有什麼想法？」

「坡，我不是警探啊。雖然我是國家刑事局的員工，但我不像你、瑞德警佐或史蒂芬妮・弗林督察一樣可以逮捕犯人。」

「呃……謝謝妳幫忙釐清，緹莉。」

女孩點點頭。

後來四個小時，大家徹查葛拉罕・羅素、喬・羅威和麥可・詹姆斯的生與死。中午時祁里安接到電話。

「查到四號的身分了，名字是克雷門・歐文斯，六十七歲，退休律師，以前在私人企業與銀行業為主。除了財力接近，與前三人沒有明顯關聯，後續資料要再等等。」

史蒂芬妮宣布午餐休息。大家都餓了，她帶了三明治，華盛頓提議在外頭野餐。

❖

他很喜歡坎布里亞郡冬季的蕭瑟風景，但住在謝普丘陵超過一年之後很肯定春天最棒。冬天除了羊群之外真的看不到什麼生命，放眼望去一片荒涼。相對而言春天像是大地新生，白晝變長、土地溫暖、新綠探頭之後石楠綻放，各式各樣苔蘚妝點山坡。刺骨寒風和煦下來，還帶著許多芬芳。鳥獸紛紛築巢交配，呼吸的空氣都充滿樂觀情緒。每年這個時節會令人更欣賞鄉間的美麗與閒適。

史蒂芬妮走到旁邊打電話，緹莉在附近追著艾德嘉玩耍。他轉頭問老友：「看你狀況還不錯，祁里安。我們多久沒見？」

「五年。」祁里安嘴裡塞滿火腿蛋。

「五年？怎麼可能，上次見面應該是——」

「我媽的葬禮。」祁里安語氣帶著點責備。

華盛頓臉一紅。祁里安的母親病了多年，最後死於運動神經元疾患。沒錯，那次是兩人最後碰頭。

「抱歉啦。」聽他這麼說，祁里安只是揮揮手。他又改口問：「那你爸如何？」

「你也知道他就那副德行，要不是我媽要求根本不會退休吧。現在還是會去蘭開夏一間馬廄打工，我都懷疑對方到底有沒有付他薪水，感覺就是打發時間。沒去打工就會在壁爐前面打瞌睡，或者看那些賽馬雜誌。」

祁里安的父親喬治．瑞德是獸醫，以前頗有名氣，擅長治療賽馬。小時候華盛頓喜歡去看他的診療過程，還能順便和動物玩。

「那你爸呢？」祁里安笑著問，「該不會還是披頭族？」

華盛頓也笑了。但其實這麼形容也沒錯。他父親喜歡周遊列國，很少返鄉，就只有養育華盛頓那些年甘願定下來。反而母親始終放不下花花世界，丟下丈夫與襁褓中的孩子自己遠走高飛。為了兒子，做父親的按捺了內心熱情，獨力養大華盛頓，等孩子進了黑衛士步兵團才又四處旅遊。父子透過電郵聯繫，但已經三年沒見到面，最後得到消息人在巴西某個角落，至於在那邊幹嘛他也不知道，或許進了雨林深處，也說不定在當地從政了呢，天曉得。他對父親感情還是很深，只是也明白自己雙親都很「非典型」。

遭到停職處分的幾週之後，母親過世了，死因是車輛肇事逃逸。火化五週以後父親寫信他才得知此事。難過還是會，任何人死亡他都會難過，但情緒沒有持續太久，畢竟很久以前母親也做出選擇，將自己的需求看得比剛出世的孩子更重要。

「最近有約會嗎？」祁里安問。

華盛頓搖頭，一直以來他都很難與人談戀愛。去漢普郡任職那時候有與幾個人試試看，但都只能維持幾星期時間。如果去看心理醫生，大概會被說是潛意識存有被遺棄的恐懼。但華盛頓覺得這種說法不合理，與其說他害怕被拋棄，不如說被拋棄就是他全部的人生體驗……

「你呢？」

「沒穩定的。」

「我們兩個戀愛運都很差呢。」他冷笑。

史蒂芬妮講完電話回來。「我和孜爾處長談過了，」她開口，「他說根據需要，需要出差多久就待多久。我回報了現在的調查方向，他同意是條值得嘗試的路線。」

說完之後她坐下來給自己倒杯咖啡、拿起三明治開始吃，樣子感覺很疲憊，華盛頓能夠體會。整個案子目前說不通，特別是扯上自己這一點——重案分析科本該是回答問題的角色，沒想到卻成了問題來源。

豔陽高照，丘陵風光依舊明媚，林木稀疏的坡地、崎嶇不平的岩石往四面八方開展。艾德嘉到了史蒂芬妮旁討麵包屑，但她可不像緹莉幾乎把午餐全交出去，對狗兒可憐兮兮的眼神不為所動。艾德嘉也明白要不到更多了，自己溜出去玩耍，沒多久就聽見銳利叫聲，一隻鷸鳥嚇得飛走。狗兒跑來跑去，感覺一臉得意。「別煩那些鳥兒啊，艾德嘉！」華盛頓趕緊喝叱，免得牠把地上的鳥巢也掀出來。要是獵犬叼著一窩雛鳥回來，緹莉就不必上班了。狗兒一臉哀怨回到家裡。

史蒂芬妮撥掉外套上的麵包屑。今天和第一天是同樣的條紋套裝。緹莉還是工作褲與T恤，祁里安相對則是一身正裝。他很講究穿著，沒人見過他邋遢的模樣。以前一起出門也是，祁里安會穿西裝，華盛頓則很隨便，然後擔心自己太不在乎體面，會不會被對方當作累贅嫌棄。他身上跟昨天是同一套，也因此想起收了信都放在口袋沒打開。

取出來一封一封檢查，有天然氣公司通知下次送貨時間更改，深井泵公司通知保固到期、想延長的話每個月六英鎊。他沒興趣。

還有一個牛皮紙袋信封，上面印了他名字，郵戳是本地。華盛頓拿小刀劃開封口倒出裡面的東西。

竟然是張明信片，圖案很普通，就一杯咖啡，倒奶泡的人顯然過得太閒。他有點印象，這該叫做拉花，倫敦人喜歡這種東西，坎布里亞郡並不流行。

翻面一看，他大概是發出驚呼，身旁三人都轉頭凝視。

「怎麼了？」史蒂芬妮問。

華盛頓將卡片內容亮給她們看，上面有一個符號與兩個英文單字：

？

Washington Poe（華盛頓．坡）

14

「什麼鬼玩意兒？」史蒂芬妮嘀咕之後看著華盛頓，「怎麼回事？」

他視線停在明信片上，嘴巴擠出一句：「我自己也不知道。」

顯而易見，在場沒人能理解。唯一聲音就是艾德嘉啃著翻到的骨頭，現在沒人想知道牠從哪兒找到的。

「尤其那個逆向問號是幹嘛的？」史蒂芬妮追問。她將信封與明信片都收進透明證物袋，要祁里安打電話通知甘孛，甘孛表示會派人回收進行檢驗，但大家不抱希望。火祭男在看似凌亂的犯案現場都沒留下任何證據，不趕時間又怎麼可能粗心犯錯。

緹莉從袋子正反面做掃描，留下電子副本以供參考。她盯著平板電腦將近十分鐘，偶爾點擊螢幕或滑動手指放大，最後皺眉頭自言自語。

「怎麼了，緹莉？」史蒂芬妮問。

「我進屋子，」她說完逕自起身沒交代清楚。三人追進去，發現緹莉已經打開筆電在搜尋東西，還轉頭問華盛頓：「坡，你家裡有可以掛在牆上的白被單嗎？」

有是有，而且運氣不錯還算乾淨。祁里安幫忙掛上牆壁，緹莉架設帶來的投影機。

準備就緒，緹莉將光線打在布幕，畫面是Google首頁，她輸入「詰問符號」（Percontation Point）。起初沒反應，她道歉說是網路速度很慢。

之後跳出圖像，就是明信片上的符號，左右顛倒的問號：

底下是釋義：

詰問符號也稱為挖苦符號或反諷符號，表示句子作為修飾、諷刺或反話，或句子有字面之外的另一層意義，但已經很少使用。

「緹莉，」史蒂芬妮開口，「妳這樣做是為了——」

「科長，讓她自己說吧，」華盛頓打斷，「我想我知道她要說什麼。」

緹莉朝他露出感激神情。「謝謝，坡。史蒂芬妮．弗林督察，我要說的是，如果這樣做……」

她操作投影機讓影像失焦，「詰問符號是不是看起來不太一樣？」

雖然華盛頓心裡有數，還是瞇起眼睛觀察，順便偷瞄史蒂芬妮，看看她是否也能聯想到。

「數字五吧。」她回答。

緹莉興奮點頭。「之前我們以為兇手在麥可．詹姆斯胸前刻的是五，說不定只是聯想錯覺，意思就是——」

「我們知道聯想錯覺，緹莉。」史蒂芬妮說。

「——說服自己從沒有規則的地方看見規則，」緹莉還是說完了，「或許我們太在意數字，所以一直尋找數字？然後我寫的程式只能運算可能性，沒辦法主動辨識詰問符號，就找了最接近的圖案遞補。」

「結果變成數字5。」華盛頓接著道。

「嗯，坡。」緹莉繼續，「對機器而言，數字5的形狀最接近，再來就是字母S了。」

「能看到原本的傷口形狀嗎？」華盛頓問。

「可以的，坡。資料存在電腦裡。」

緹莉在筆電敲了幾個鍵，死者傷口的立體影像呈現在牆上。他的名字部分十分清楚，每個字母從不同掃描層獨立出來確保清晰可讀。

「只看那個符號？」華盛頓問，其實心裡已經認定不是數字。

緹莉又操作一輪。符號部分有五十張圖，從不同深度拍攝，她設定成幻燈片由淺至深播放。傷口位在燒焦的人肉，頭幾張看上去確實就像數字的5。隨著深度增加，切口邊界逐漸明確，但到了最後幾張則是胸骨上的裂痕不容易分辨。她稍微倒轉。

「停，」祁里安叫道，「就是這張。」

緹莉暫停放映，四個人緊盯布幕。原本認為的數字5，最底部確實多了個分離的小傷口，只是真的很小。也就是說火祭男畫完了勾又在下面用力捅一刀補上那個點，捅進去以後應該還扭轉了刀刃讓傷口更深更明顯。可是遺體被燒毀時，傷口邊緣支撐不足，於是勾和點連在一起，淺層掃描出來就像數字5，必須在深層才能看出原樣。或許有點自圓其說，但華盛頓暗忖就算火祭男想畫出漂亮的符號也不得其法，因為被害者肯定會扭來扭去叫個不停。

沒人判讀正確，火祭男索性送上明信片。

假如現在詮釋方向正確——華盛頓是這麼認為——那麼自己並非預定的第五號受害者。好消息到此為止，壞消息是對方連他住哪裡都一清二楚。

他開口道：「唔，科長，不知道妳怎麼想，但我敢打賭那根本不是5，是個吉問符號。」

「詰問符號啦。」緹莉糾正。

「我同意。」史蒂芬妮回答，「如果不是未免太巧。」

華盛頓情緒也微微激動起來。緹莉方才解釋過，詰問符號一種用法在於表示句子或段落有弦外之音。他拿起證物袋。「之所以收到這個，是因為我們誤解了兇手留下的訊息。關於這點，大家有共識嗎？」

史蒂芬妮思考片刻。「想不出其他理由。」

「頭兩個死者身上確定沒有任何留言？」

「沒有。」祁里安回答，「都經過反覆確認。」

「請求重案分析科支援，是在死了第二個，而且經過驗屍後？」

史蒂芬妮點頭。

「換句話說，要傳遞訊息給重案分析科，沒辦法用前兩具屍體，能選的就只有三號。」

「邏輯上無法反駁。」史蒂芬妮說，「接下來怎麼辦？」

「先重新研究一次麥可．詹姆斯胸前的傷口。」華盛頓回答，「不要挑重點，每張圖都仔細看。而且這次腦袋要多轉一轉。」

緹莉舉起手。

「轉腦袋只是比喻而已。」華盛頓直接改口，緹莉也就將手縮回去。

她叫出傷口立體影像，四個人好好觀察。祁里安先問：「只有這張嗎？」

緹莉又做出一排投影片，最後一張是切口深處，組成字母的痕跡只有片段，已經觸及肋骨。其餘影像沒那麼深，但也沒能得到什麼新發現。過了一會兒，她還是點開最初那張。

五分鐘時間沒人講話，認真思索牆上的畫面。緹莉盡量開視窗，將不同深度的照片都擺上布幕。

「有想法嗎？」史蒂芬妮問。

華盛頓盯著布幕太久覺得眼睛有點花。最表層的刀疤就像詰問符號一樣，被火燒過扭曲得特別厲害，傷口邊緣不像深處那麼清晰平整。

緹莉多打開幾個圖檔。新的又有一點不同，燒傷對中間深度影響少了些，切口線條比較銳利且精細。

華盛頓探身向前，目光集中在其中一張。「只有我覺得這裡的字母不太一樣嗎？」

緹莉率先附和：「真的耶，坡！筆跡角度和間距不一致。」她不知從哪兒拿出雷射筆，光束指著布幕。「我學過筆跡鑑定，看起來『華盛頓』（Washington）這邊第二、第三、第四個字母，然後『坡』（Poe）的第一個字母是用左手。間距變化顯示兇手先寫了這四個字母，然後換右手補上剩下的。」

華盛頓問：「史蒂芬妮，畢竟妳才是負責人，有什麼看法？」

她起身走到布幕前，伸手臨摹四個字母，接著轉身回答：「你們兩個說得沒錯，我也認為這四個字母有問題，而且是有含義的。可惜沒有多大用處。」

15

華盛頓很洩氣，但還是耐著性子聽史蒂芬妮解釋。

「是個異位字謎。」

他是聯想力旺盛但系統分析比較弱的類型，所以不擅長字謎。有趣的是祁里安明明會那麼多冷僻字卻也不諳此道。他猜想緹莉解字謎的速度可能和解高等方程式差不多吧。

當然現在不過就四個字母，自己也是有機會的。

只可惜史蒂芬妮沒打算給他慢慢想的時間。「謝普（Shap），」她公布答案，「這四個字母字體不同，用意在於確保警察找的是對的華盛頓．坡。」

華盛頓一聽反而燃起鬥志。他知道史蒂芬妮不知道的事情，與祁里安交換了個眼神之後開口：「史蒂，妳有Google過自己名字嗎？」

她雙頰微紅，卻說沒有。

最好沒有，華盛頓暗忖，每個人都幹過這種事。

連他這種不畏人言的性格都Google過自己名字。裴騰．威廉斯死了之後，局裡某人——嫌疑最大的當然是韓森副處長——將他名字透露給媒體，於是華盛頓被媒體塑造出私刑者形象，不過他卻沒受網路輿論太大影響，原因很簡單：正好是他被停職的時間點，搬到賀德威克農莊之後沒辦法靠上網打發時間。但人總是有好奇心，後來某天，他坐在謝普威爾斯酒店吧檯，一時興起連接免費WiFi以後在Google輸入了自己名字。這輩子的第一次。

搜尋結果可真嚇人。針對他的謾罵蔑視砲火猛烈。明明裴騰．威廉斯綁架殺害兩女、差點第三次犯案，許多人卻覺得華盛頓．坡更壞。他不免懷念民風淳樸的年代，以前隨便開口對自己不懂的領域大發議論是要被人笑話的。如今誰在乎事實呢，民粹和假新聞成功操作了無腦的那一半地球人。

不過呢……他Google自己有其他收穫：和自己同名的人只找得到一個，而且是一八七六年就過世的美國喬治亞洲政治人物。

他相信也有Google不到的人，但反過來說，甘孛並不需要把名字同時加上地區才能鎖定火祭男要找的華盛頓．坡。坎布里亞警隊那幾年共事過的人聽到消息恐怕會哈哈大笑。「嗯，不就那個華盛頓．坡嘛。搬到謝普那邊了？」

雖然解釋了華盛頓．坡這姓名組合十分罕見，史蒂芬妮好像不太能接受。

「這種說法假設太多，」她回答，「火祭男未必會留意這個名字在網路上有幾個身分。」

華盛頓聳肩。「我覺得應該查查看。也許火祭男藏這四個字母真的只是指引你們來找我，但多確認比較保險。」他等著看史蒂芬妮會不會做出正確判斷，還好沒失望。

史蒂芬妮點頭之後朝祁里安說：「這可能要交給聯絡官了。你能不能連上坎布里亞郡的情報系統？看看最近有沒有異常現象？」

「例如？」

「礙眼的呀，」華盛頓打斷，「看到就懂。」

「反正不對勁的都抓出來。」祁里安說，「嗯，那我過去肯德爾那邊用SLEUTH[20]查查看。」SLEUTH是坎布里亞郡警隊採用的情報系統，除了犯罪資料外還收錄相當多內容。祁里安說會順便向甘孛報告這邊的進度。

他出發之後，華盛頓問緹莉：「他忙他的，妳也試試看能挖出什麼來吧？」

「我可以回旅館弄嗎，坡？那邊WiFi訊號比較好。」

「看是我載妳回去，還是……妳想學一下怎麼開電動車？」

緹莉興奮地望向史蒂芬妮。「可以嗎，史蒂芬妮．弗林督察？拜託，拜託！」

「合適嗎？」史蒂芬妮反問。

「她學起來比較好，」華盛頓說，「也不知道得這樣往返多久，保持機動性很重要。」

「那就學吧，緹莉。」史蒂芬妮又望向華盛頓，接著朝女孩補了一句：「但別跟妳媽提起。」

華盛頓花了二十分鐘示範怎麼駕駛。除了電玩之外，緹莉完全沒有開車經驗，不過她的學習能力很強。華盛頓講解了如何啟動與關閉、如何解除剎車，還有怎樣開上路，油門在右手邊，之後就是別被撞。緹莉一路哈哈笑。

觀察五分鐘以後，他認為緹莉自己駕駛也沒問題。

兩人目送緹莉出發，彷彿為上大學的女兒送行。

「要看路喔！」華盛頓大叫。途中會穿越A6公路，技術上來說沒駕照不能走那兒，他偷瞄一眼，希望史蒂芬妮不會想起這件事。

緹莉沒回頭，舉起手揮了兩下。

四人變兩人，他們沒回報的話也沒事可做，史蒂芬妮與華盛頓一起散步遛狗。時間過中午了，感覺案子也有了些進展，明明天氣沒變化但總覺得外頭明亮了些，心理對感官的影響就是這麼微妙。

史蒂芬妮問起賀德威克農莊，尤其好奇他怎麼會搬來這兒住。

「機緣湊巧。」他回答，「原本小公寓賣掉以後得趕快找到落腳處，加上覺得自己會被炒魷魚，不能找太貴的地方。一開始在肯德爾市那邊排隊，看看能不能申請房屋補助，結果前面是個農夫，朝櫃檯小姐大呼小叫。我看不過去幫忙調停，約他到外頭喝一杯，然後這農夫告訴我說自己手上有謝普丘陵一大片地——就我們腳下這塊——但是市議會稅務部門不知道哪個摳門的傢伙居然認定賀德威克農莊是牧羊人住宅，明明兩百多年都空著還是得繳稅，稅單一聲不響出現在他家信箱裡。」

史蒂芬妮回頭望了小屋一眼。「面積不大，應該沒多少錢，他怎麼不繳了就算了？」

「房子是不大，但因為靠近肯德爾，地價稅還是挺高的。偏偏又被列為二級古蹟，想拆掉都沒辦法。」

「你就開口說要買？」

「當天下午成交，我付現，他把房子和土地全部轉移給我，足足二十英畝的荒煙蔓草。後來我買了比較耐用的發電機、請人鑿井裝幫浦，化糞池也花了一筆錢，而且看起來每隔兩年就得清

---

⑳ SLEUTH此處為系統名，原意即為「偵探」。

理。但除此之外，花費只有發電機的柴油、家裡的天然氣，再來是車子。每個月不到兩百鎊。」

「卻又被拉回現實世界了。」

「只是暫時停留。獨立警察投訴委員會那邊的案子還沒收尾，我未必能繼續幹下去。」

史蒂芬妮沒接話。她的確無法保證什麼，華盛頓也寧可別人不要粉飾太平。

換作一星期前，華盛頓能夠坦然面對革職，就讓警探生涯成為過眼雲煙。現在委任證又回到口袋，切換回「警察模式」實在太自然，他對於離開警界再度感到遲疑。但能肯定一點：賀德威克農莊就是他的家，他沒打算再搬走，華盛頓喜歡這塊土地，也享受獨處，無論未來如何都不會捨棄這座牧羊人小屋。

史蒂芬妮手機響了。她接聽後說：「緹莉打過來說沒查到線索。」

可惡。

連緹莉這種天才都沒頭緒，似乎不必對祁里安那邊抱多大指望。

❖

兩人走回小屋，緹莉正好到達，女孩停好電動車跳下來時笑容十分燦爛。看她上氣不接下氣，華盛頓還以為終於有什麼突破，片刻後意識到緹莉只是能開車太激動而已。女孩像個五歲小朋友那樣衝向艾德嘉，掏出跟旅館廚房求來的肉，轉頭望向華盛頓時一臉天真無邪。

過了一小時，祁里安返回。應該再弄輛電動車，華盛頓自忖，否則每次都得勞煩老友走上幾英里。

「有發現嗎？」史蒂芬妮問。

「很明顯地找不到。近幾年沒有懸案，資料庫也沒什麼能直接連結到火祭男的東西。」

華盛頓聽得出他話中有話。

「但是——」祁里安繼續道，「有點丟臉，不過我離開辦公室之前直接叫大家想到什麼全部說出來。」

「然後？」

「有個住謝普的人提起『圖倫男子』是在這裡發現的。」

華盛頓聽得一臉懵然。他或許不是歷史專家，但也知道所謂圖倫男子——一個兩千五百多年前自然形成的木乃伊，在丹麥被人挖到，並非坎布里亞郡。中學歷史課留在他腦袋的東西不多，圖倫男子是一個，再來大概是珍妮紡紗機與工業革命之間的關係。

「當然不是你以為的那個圖倫男子。」祁里安澄清，「一年前，有個鹽倉裡找到一具無名屍，因為泡在鹽裡面所以整個乾掉，但也因此保存良好。負責的警察取了圖倫男子這個代號，後來就都這麼叫了。整件事情從頭到尾都莫名其妙，鏟車駕駛撈起來，旁邊的人看見裡面伸出手臂嚇得大叫，他手一滑把鹽巴和屍體砸在同事身上，害同事心臟病發作跟著陪葬。」

他沒聽說過。但這一年半過的都是隱士生活，聽說的話反而奇怪。「死者是？」

「一直無法確認身分。沒有明顯外傷，法醫判斷是自然死亡。負責員警推測他是跑去偷鹽——以前公家的鹽巴和砂石都露天存放，竊盜事件頻繁。他大概摔跤跌在裡面，當場死亡或者爬不出來被凍死，遺體埋在積雪內，混在鹽巴裡經過貨車搬運還沒人發現。」

「可是屍體塞進撒鹽車㉑會卡住吧？」

「問題就出在發現地點是哈登岱爾鹽廠。M6公路三十九號交流道旁邊那棟形狀很怪的建築物。」

華盛頓倒是有印象，畢竟距離賀德威克農莊沒幾哩遠。鹽廠有個圓頂，所以他起初以為是不是防空設施，問了人才知道非常平凡，還因此有點失落感。

祁里安繼續說：「反正英格蘭公路局和地方議會簽了合約確保存量充足，後來議會決定關閉小鹽倉，於是大量存貨轉移到哈登岱爾。換句話說呢，這個『圖倫男子』一開始犯案地點是某處戶外小鹽倉，後來搭上順風車被丟進哈登岱爾。要不是因為去年冬天嚴寒、用了特別多的鹽，也許到現在他還埋在鹽堆裡沒能重見天日。」

「能肯定是自然死亡？」史蒂芬妮問。

「至少法醫這樣說。」

「後來死掉的工人？」

「顯然是突發心臟病。駕駛鏟車的人沒等老闆開口就主動辭職，檢警都沒懷疑過他。」

「無名屍為什麼查不出身分？總會有個蛛絲馬跡才對？」

「他身上什麼也沒有，然後鹽分作用導致法醫連他死亡多久都說不出。」祁里安從外套內拿出筆記本。「官方報告說法是死者身故時四十出頭，但或許已經躺了好幾年。」

「隔那麼久的失蹤人口也很難追查。」華盛頓嘆道。

「沒錯。」

緹莉快速敲打鍵盤。圖倫男子看似無關，但她想為心愛的網路扳回一點顏面。

華盛頓隨即聽見印表機啟動。緹莉將蒐集到的情報列印出來，每個人一份。《威斯摩蘭公報》下的標題是「無名屍嚇死人！哈登岱爾鹽倉案外案」，內容就是剛才祁里安描述的狀況，而且細節更少、臆測更多。

四個人靜靜讀完。

接下來華盛頓翻出法醫報告，其中指出屍體要乾燥到那個程度必須在鹽堆內放置至少三年，從衣著判斷則不會超過三十年，因為那件外套從一九八〇年代中期才開始販售。

牽涉到現在這個案子錯綜複雜的脈絡，他很難接受如此籠統草率的死因分析。有個因素得納入考慮。

「就是他，」華盛頓開口，「他是火祭男留下的線索。」

另外三個人沉默一陣。「繼續說。」史蒂芬妮出面回應。

「乾屍穿的外套不是什麼精品，」他解釋，「正常人不會打算穿個幾十年。」

史蒂芬妮點頭。

「所以死亡時間會更接近三十年前而不是三年前，對吧？」

她又點頭。「可以這麼說，但代表什麼？」

「華盛頓你既然想到了就別賣關子。」祁里安附和。

㉑ 此處意指高緯度國家冬季除雪使用的鹽。

「重點來了，科長，」他答道，「這個『圖倫男子』如果能活到現在，不就與火祭男目前為止的目標屬於同個年齡層嗎……」

16

「嘖嘖，這回我不買帳喔，華盛頓。」祁里安說，「只是巧合而已吧，」他看看兩女，「妳們不覺得很牽強？」

「我同意瑞德警佐的說法，」史蒂芬妮跟著說，「感覺不出來兩者相關。首先你猜的死亡時間要正確，這要證實非常困難，再者法醫判斷是自然死亡。」

華盛頓並不喜歡碰巧，但又還沒死心，因為案發在謝普，謝普只有一千兩百人口，這種小地方還能出怪事彼此很難沒關聯。詰問符號指向圖倫男子，或者至少可以說需要更進一步調查，沒收尾、沒結論的細節更惱人。

「妳們說的不是沒道理，」他以退為進，「可是手邊沒有別的線索，還不如先朝這方向試試看，當作試誤也好，對吧？」

雖然史蒂芬妮點了頭，華盛頓感覺得出來她心裡並不贊同。「查查看，但其他東西也別拋下不管。」

「那我能幫什麼？」祁里安站起來伸懶腰。「需要的話我去把相關檔案印出來，都在系統裡。」

「開電動車下山吧，祁里安。」華盛頓說。

祁里安二度離開，緹莉打開筆電卻沒立刻開始打字。「坡，我要不要查失蹤人口資料庫？」

「欸，我都忘記了。」他回答，「緹莉妳快連上去看看。」

國家刑事局成立於二〇一三年，前身之一就是英國失蹤人口調查局，以前所有失蹤案、無名屍都會向那兒報告，圖倫男子也不例外才對。

「需要多久，緹莉？」平均每月十五具無名屍、資料庫堆積的懸案總是超過一千件，鎖定目標沒那麼容易。資料庫給他們編號並公開基本資訊以便大眾指認。

「找到了，」她回答，「案號一六〇〇四五二八，我印一份出來。」印表機吐了兩張紙，緹莉抽出遞過去。

沒有圖片，不過早期這類案件很多都不附圖。臥軌自殺的大半難以辨認，被沖上岸經過風吹日曬的那種更慘。偶爾會聘請畫家嘗試描繪出死者生前的模樣，但圖倫男子這種泡在鹽巴裡徹底乾燥、不知道該說是石頭還是什麼玩意兒的木乃伊另當別論，就算照片放上網或猜測有水分的生前容貌似乎也沒意義。

檔案內容絕大多數重複了報紙報導。通常協尋網站會列出大概的年紀、身高、體型、推測死亡日期等等，圖倫男子幾乎每個項目都是「不詳」，只有頭髮標示為褐色並描述發現時的衣著，但很難根據這些做推論。總不可能有人跳出來說：「這是我家老吉姆！因為他每天都戴大帽子披綠圍巾！」

身上攜帶物品那欄是空白。

緹莉連到資料庫更深層不對社會大眾公開的部分，但沒找到其他有意義的東西。國家刑事局權限能調出一張照片，可是看起來不像人類，比較像恐怖片道具。華盛頓不期待能從照片看出端倪。

「之後得找時間看看這屍體。」他開口。

史蒂芬妮視線射過去。

他聳肩。「別無選擇。如果兩個案子有關，那就不是意外死亡，得把遺體用你們那機器掃描一遍，才能確定狀況。」

「多切片電腦斷層？」

「對、對。」

「你知道那個檢驗多貴嗎？」

華盛頓是知道的，距離自己擔任科長也沒那麼久，當時應該就有這個技術。但他只能搖搖頭。

「斷層掃描要先跟醫院預約，此外法律規定不可以讓遺體佔了病人的順位，也就是說醫檢師、技師和其他人員都得領加班費，半夜處理這件事。」

「做一次大概兩萬英鎊。」史蒂芬妮說。

他不想管成本，了不起自己出錢——

……是很了不起。

「我可不打算把檢驗相關預算都丟在一個臆測上。」

「不是臆測，」華盛頓嘀咕，「一定有關。」但他必須承認史蒂芬妮的考量很合理，自己實在沒立場強求。

「以前不是你最強調區辨事實、意見和臆測的嗎？」她口氣稍微激動起來，「現在這是臆測啊，華盛頓，沒有根據的臆測。我不能把預算花在你的猜測上。」

他很想回一句「別拿我的話堵我」，但知道何時該閉嘴。科長確實有義務避免部屬的天馬行空導致預算崩潰，可是圖倫男子年齡符合這點在他看來不容忽視。

「我們不能只挑簡單的查，要挑重要的查。」

「你說什麼？」史蒂芬妮語氣更惱怒。

他明白有時候妥協比堅持、沉默比解釋更有用。兩個人大眼瞪小眼時祁里安回來了。

祁里安瞬間察覺氣氛有異。「怎麼了嗎？」

「沒事！」史蒂芬妮低吼。

「稍微意見不合而已。」華盛頓補充。

祁里安厲害的地方就在於不受這種氣氛影響。他自顧自從包包取出檔案夾放在桌上。「我自己還沒時間讀。」

史蒂芬妮情緒不好，懶得伸手。

華盛頓拿來掃了大概。裡面有現場拍攝的乾屍照片，這個有空可以詳細研究。最後幾頁按照時間記錄警方採取的行動，肯德爾警局的警司簽署結案，而且才一個月前的事。

「搞什麼！」

史蒂芬妮聽了還是忍不住。「怎麼了？」

華盛頓沒回她話，直接轉頭問祁里安：「坎布里亞郡不是規定無名屍要保存一個月才做後續處置嗎？」

「以前是，最近政策改了，確定火化的會保存十八個月，安排土葬的只放九個月。」

華盛頓朝史蒂芬妮使眼色。

「不可能！」她叫道。

「但只有這個辦法能肯定。」

「肯定什麼呢，你傻了嗎？就算我願意丟官，問題在於當初宣布自然死亡的是法醫，現在能授權開棺驗屍的還是法醫啊！難不成你以為自己可以大搖大擺走進去說：喂，你們都搞錯嘍，圖倫男子活到現在的話是個老頭了？人家也是講證據的，神經兮兮的陰謀論要怎麼說服他們？」

「得想個辦法。」他不死心。

「他媽的就是沒辦法，」史蒂芬妮火氣更大，「也不必想什麼鬼辦法，趕快忘記這件事。去申請一個沒可能通過、通過也沒用的開棺驗屍只是丟刑事局的臉，門兒也沒有。」

華盛頓只能以沉默表達沮喪。可是史蒂芬妮說得沒錯，除非能讓甘孛總警司認為兩個案子有關聯、由他出面申請重新驗屍，否則法醫不可能批准。以甘孛查案的模式來看，他現在不可能認同。開棺驗屍本來就罕見，辦案程序的假設是警察和法醫第一次就會將事情做完美。

然而華盛頓心裡非常確定圖倫男子與火祭男有關。自己名字出現在麥可・詹姆斯胸前絕非偶然。某人朝自己一點一滴洩露情報，圖倫男子是最新的線索，他不想半途而廢。即使受到情勢所迫暫時放棄，別條路子碰壁時他也會轉回這邊。史蒂芬妮遲早能理解。華盛頓再打開檔案找靈感，留意到另一個人物：發現圖倫男子時駕駛鏟車的是個未成年人，父親出面才讓政府同意他去工作。年輕人看見屍體嚇得手忙腳亂弄翻鏟斗，直接砸在地上就算了，偏偏朝著同事斜過去，倒霉的德瑞克・貝立夫先生驚嚇過度心臟病發當場身亡。

「那我想和證人談談。」

「證人？」史蒂芬妮問。

「法蘭西斯・沙普，發現乾屍時意外害死同事的那名工人。不能檢查遺體，至少可以和見過的人談談看。當時還沒有火祭男的案件，現在未必問不出關聯。」華盛頓使出話術，「史蒂，妳是個好主管，應該知道什麼時候要變通。」

「唉，好吧。」她沉吟之後答應了，「不過我一起去。」

17

緹莉留在賀德威克農莊裡，華盛頓就不必又把艾德嘉寄放給鄰居。雖然她答應不會一直餵，但華盛頓還是只裝一盤其餘藏好。狗兒太會撒嬌，緹莉看上去根本沒有抵抗力。

祁里安傳簡訊過來告知沙普住址。以前他和父母同住，鹽倉事故之後自己搬到卡萊爾市，現在做什麼工作則沒留下紀錄。

他比較熟悉路線，這次就沒開史蒂芬妮的車，兩人很快上了A6，幾英里之後轉到M6。華盛頓沒有再駛進連接橋，反而停在一扇熟鐵柵門前，熄火之後解釋：「裡頭就是哈登岱爾鹽倉，發現圖倫男子的地方。」

兩人下車，沒幾步路就抵達倉庫。圓頂建築物外觀神似天文臺或現代風格音樂廳，每天成千上萬駕駛人路過這一帶都會好奇。柵門上了鎖，天氣暖和的月份恐怕沒什麼機會打開，但繞這一小段路並非毫無意義，不到十分鐘卻強化了他與遺體之間的聯繫——至少華盛頓本人這樣想。

「那邊，」他指著來時路，「就是我家。直線距離不到八英里。」

史蒂芬妮不同意。「這不代表什麼啊，華盛頓。祁里安不都說了，圖倫男子死亡地點並不是這個鹽倉。」

華盛頓沒搭腔。

❖

四十分鐘以後，車子停在法蘭西斯．沙普住處外，是史坦威區精華地段的改裝排屋，附近很多餐廳與小酒吧。

「河北岸，」華盛頓說，「很高級。」

「是嗎？」史蒂芬妮問。

「以卡萊爾市而言。雖然比不上伊登谷或國家公園那邊的小村小鎮，但大部分行政區還行。」史蒂芬妮遮著眼睛伸長脖子探頭望。「你覺得法蘭西斯．沙普是做什麼的？」

「天知道。哲學系畢業的，要我猜就是領失業補助吧。」

她笑著按下標有沙普姓氏的對講機按鈕。華盛頓注意到旁邊不知道誰用原子筆特別註記了「哲學學士」。

微弱聲音傳來。「喂？」

兩人互望，史蒂芬妮眼珠轉了下，湊到話筒前每個字咬得很清晰。「沙普先生，我們是國家刑事局探員，有事想請教。」

中斷很久。每個民眾都是這種反應。雖然和同行美國FBI比起來沒有那麼威名顯赫，但英國刑事局還是足以震懾許多人。等了好一陣子，門終於打開。

沙普住頂樓，在門口等候，是個身材精實的年輕人。他沒開口問證件，兩人主動出示了。沙普沒講話也沒多看一眼，掉頭進入屋內，他們跟了過去。

屋子外面是喬治亞風格，裡頭卻非常二十一世紀。客廳寬敞，橡木地板閃亮，白色石灰漿牆壁上掛了幾幅現代藝術，窗戶那一側擺著大辦公桌，桌上有台蘋果筆電。旁邊落地書架很有意思：托爾斯泰的《戰爭與和平》，杜斯妥也夫斯基的《罪與罰》，古英語版《貝奧武夫》。更有趣的是書脊一點摺痕也沒有，想也知道純粹裝飾用。

他先伸手。「朋友都叫我法蘭。」

輪到華盛頓眼珠子轉了圈，而且沙普一定看見了。掃視之後他開口：「請問我們按電鈴時，你在做什麼？」

「工作。」沙普回答。

華盛頓可不信，筆電還在睡眠模式，藍光播放器電源燈卻還亮著。《變形金剛》的藍光影碟盒子沒關，大電視機前面長條茶几上擱著咖啡。他沒等主任開口，大搖大擺在栗色皮沙發坐下。沙普給了個白眼。這人長得有點滑稽，下巴那撮說是鬍子卻更像陰毛，嘴唇上方又零零星星長著雜毛，然而喉結大得彷彿一個三角形卡在頸部。頭髮稀疏，偏偏還要綁馬尾。短褲、T恤、皮涼鞋，耳朵後側骨頭露出刺青。

這傢伙成績還可以，為什麼會跑去公家單位打工？而且渾身上下沒一處符合粗工形象。

史蒂芬妮解釋來意，沙普聽完一怔，似乎記憶猶新。他搔搔頭髮，史蒂芬妮追問他是否想得起來什麼線索。華盛頓近距離觀察：沙普手指不斷撫摸刺青，摸了很久才出聲回溯當初事情經過。

他坦承自己失手，本該先將鏟斗降至地面，但居然向外翻倒。德瑞克・貝立夫對他而言亦師亦友，害死對方造成他心理非常大陰影。但他不記得什麼特殊或奇怪的地方，有關的應該都告訴警方了。沙普說自己看見的根本不多，最初就是鹽堆裡插著手臂，鏟斗裡的東西都倒出來也一樣，遺體大部分仍舊埋在鹽巴底下，搬運過程他也沒有參與，然後沒等老闆開口就主動辭職。

感覺得出沙普重複這故事很多遍，回憶細節毫無猶豫。但正因如此簡直像是稿子背得很熟，華盛頓忍不住懷疑他有所隱瞞。其實是常態，多數人注重自身形象，沙普這種注重表面的人尤其如此。

也就是說，得設法殺他個措手不及。「沙普先生，那刺青是？」要他叫對方名字稱兄道弟似地，不如逼他吃加油站賣的壽司。

沙普轉過身秀給兩人看。史蒂芬妮湊近。「圓環？」

「銜尾蛇，咬著自己的尾巴，象徵生命循環和——」

「我知道。」華盛頓打斷。

「那件事情之後去刺的，算是提醒自己生命脆弱。」

「我早八百年前就忘了自己的座右銘。」華盛頓咕噥，暗忖得開始見縫插針、亂他陣腳、逼他不經大腦直接回話。「而且提醒自己個屁，你刺在耳朵後面每個人都會問，分明是提醒大家才對吧？你就希望別人開口問呀，不就是這輩子最刺激的事情嗎。」

「不是這樣！」

得咄咄逼人、不留餘地。

「沙普先生在做什麼？」

「不是說了剛剛在工作嗎？」

「我是問你做什麼行業？」

「作家，最近主題是世界縮小、哲學的意義反而放大。」

「出版過？」

「還沒，但提案得到的回應不錯。」

「能看嗎？」

「看什麼？」

「出版社和經紀人的郵件。」

「坡警佐，你不瞭解出版業，現在這些東西都先口頭進行。」

「哼，你就繼續胡說八道啊。」

沙普正想反駁，史蒂芬妮也有意介入，華盛頓話鋒卻陡然一轉。「你隱瞞了什麼？」

沙普面色一白，視線飄向史蒂芬妮。她目光可利了。「沒——沒隱瞞啊。」

「你住這兒多久？」

「大概三個月。」

「之前？」

「跟爸媽。」

「還不肯招？」華盛頓又改口，「遲早會被掀出來的。」

沙普不動聲色，華盛頓心想，又是棍子與蘿蔔那一套，不來個恩威並施很難讓對方吐實。話說回來，這種受過高等教育的人其實不難對付，再半個鐘頭就行，麻煩在於沙普也意識到窘境，於是急於抽身。「抱歉幫不上忙，我得繼續工作了。」

華盛頓不想起身，但史蒂芬妮開口道謝，他也不得不離開。

「可以逼他說出來的。」下樓時他嘀咕。

「是有可能，可是他從一開始就不是嫌犯。不能因為你討厭偽文青就想逼他俯首認罪吧？」

華盛頓沒講話，心裡知道史蒂芬妮沒說錯。自己就是看沙普不順眼。

「先這樣吧，」史蒂芬妮繼續說，「今天就到這兒。」

雖然想過要不要帶史蒂去卡萊爾一間不錯的印度餐館，華盛頓卻發覺自己只想回家。他需要思考，而且他知道案情膠著原因是火祭男太聰明手腕太高竿，命案手冊那套搬出來無用武之地，偏偏甘孛和史蒂芬妮都是照本宣科、很好預測的警官。

得設法突破現狀。

18

華盛頓回到賀德威克農莊，看見緹莉還坐在電腦前面。艾德嘉蜷縮在她腳邊呼呼大睡，像個小胖子。她也沒查到圖倫男子更多消息，儘管知道緹莉願意留下來繼續工作，但華盛頓還是堅持先送她回旅館。有人陪不錯，不過他更需要專心思考。

再回到家，他吹口哨叫來艾德嘉一起出去散步——對他而言這是整理思緒最好的辦法。一開始速度拉得比較快，稍微出了汗之後才放慢腳步，接下來這種節奏他可以連續走上幾個鐘頭。望向天際，大概再兩小時太陽下山，在山壁找到平坦大石之後他坐下休息，從口袋掏出豬肉餅掰成兩塊，一塊給自己、一塊給艾德嘉。不到一秒就被狗兒吞下。

華盛頓對這一帶很熟悉，心裡把此處叫做靜思場，特徵是有兩道作為邊界的石牆在此交會，建築風格截然不同但都是好手藝。

他凝視面前那堵牆，開始集中注意力。乾石牆不靠任何黏著劑成形，本質是大型立體拼圖，兩道牆之間塞了較小的石塊。華盛頓看著這畫面，彷彿看見偵辦複雜兇案的兩個面向：其一就是甘孛和史蒂芬妮系統化累積證據，憑藉細心和耐心將一塊塊石頭往上疊，但另一邊則是自己與祁里安發揮直覺，將石塊塞進縫隙反覆調整直到嵌合為止。他們兩個比較願意嘗試不同做法。兩道牆都有存在意義，沒有史蒂芬妮和甘孛那樣的人撐不住整體結構，但沒有自己與祁里安這種人某些案子永遠無法偵破。

再來雖然有點為賦新詞強說愁的嫌疑，華盛頓從石牆看到另一個道理在於「穿石」，也就是穿越兩堵牆將其接合固定的樞紐。他要找的就是穿石，一個兩組人馬都需要的證據。

穿石就是鹽堆中的遺體。一則是設法挖出來檢查，另一則是找理由向沙普問個清楚。做不到的話，字謎這條線索變成毫無意義，案子查不下去。

除非……

開車從卡萊爾市回來途中，一個想法閃過腦海。證人不老實，上司拉不下臉，似乎只能這麼幹……清涼晚風沒能吹散那念頭。

華盛頓知道自己在蒐證手段這方面惡名昭彰。別人以為他是自命清高、自以為追求公理正義、凌駕其他三流警探之類。其實沒那麼多內心戲，就只是他有玉石俱焚的性格罷了，肩膀上小惡魔聲音總是蓋過小天使。此時此刻天使連說話都懶……

他表情越來越像花崗石般冷硬。捨我其誰？總得有人出面，別人不願意髒了自己的手，只好由他來。

他伸手掏出手機，確定有訊號才撥。響了三聲就接通。

「祁里安，幫我個忙，但別說出去。」

19

華盛頓走回賀德威克農莊，又拿了餅與艾德嘉分了吃，然後坐下來等待。沒有等太久，半小時之後祁里安來電，需要的東西弄到了，華盛頓也解釋自己用意，抄好之後他道謝掛電話。捲動螢幕找到孜爾的號碼，他想了幾套說詞，但還是決定直接說實話。

才響一聲孜爾就接聽，華盛頓直接提出要求。處長不愛拐彎抹角，是個腦袋精明的厲害角色，向華盛頓再三確認時他都如實回答。

之後處長沉默片刻才再開口：「有十足把握嗎？」

「報告長官，沒有。」

孜爾悶哼：「但你能肯定就是了？」

自己究竟多肯定？是有根據的猜測，還是快溺水了有什麼抓什麼？華盛頓腦袋將整件事情理一遍。

「坡——」孜爾語氣略微兇悍起來。

「長官，」華盛頓回答，「我認為這是最妥當的做法。」

「沒別條路？」

「我認為沒有。」

「好吧，」孜爾嘆息，「你手邊有的是？」

「十二頁表格，」華盛頓說，「我填寫完畢會傳過去。」

「你現在在家裡吧？」

「是，長官。」

「等你過去旅館連上WiFi都浪費半小時了，」孜爾說，「這種事情應該是越快越好？」

明明隔著電話，華盛頓還是本能點了頭。「是的，長官。」

「這邊直接幫你填吧，最後還不是要我簽名。想加快腳步的話，這段時間我去找些適合的人。」

「長官，有我能幫忙的地方嗎？」

「你休息一會兒吧。有什麼要問的會打給你，沒事的話你去旅館就會收到傳真。」

掛電話之後華盛頓才意識到孜爾完全沒提起史蒂芬妮。好極了，不然還得撒謊。

有點棘手，但如果都照計畫進行，就不會惹出任何事端。

❖

兩小時後沒進一步消息，華盛頓決定到旅館等，不然渾身緊繃、拿著小說也一個字都讀不進腦袋，就算想休息也不可能睡得著。

傳真大概不會那麼快，但可以看看緹莉睡了沒，還醒著的話也許能拜託她挖挖看沙普這人有沒有馬腳，他可還沒想放過那混蛋的意思。

穿上外套之後，華盛頓問艾德嘉：「想不想找緹莉玩呀？」

狗兒用力搖尾巴，意思很明顯了。

❖

華盛頓告訴接待員自己正在等傳真，請對方幫忙撥電話到緹莉房間試試看。沒接。櫃檯後面時鐘顯示十點，他猜緹莉已經睡了、把話筒拿起來不想被干擾。自己老是失眠，但不代表別人也不睡。

正想討杯咖啡的時候，負責顧吧檯的達倫跑到接待處。

「值班經理在哪？」他問。

「去應付澡堂那邊客人，」接待員回答，「怎麼了？」

謝普威爾斯酒店的澡堂……真的就是個澡堂，一棟獨立於本館前方的建築，後來提供給有隱私需求的房客使用。

達倫神情焦躁。

「到底怎麼回事？」接待員又問了一遍。

「吧檯那邊有人鬧事。」

儘管不隸屬當地警隊了，華盛頓畢竟還是個警察。

「帶我過去吧。」他語調沒有讓達倫拒絕的意思，對方便領他走到酒吧那頭。古風裝潢已經有點陳舊，看上去就是一般酒館，不過客人階層挺混雜。華盛頓自己過來喝酒的話都躲在接待處左邊另一個小吧檯，只有需要網路才到大酒吧。

「我有過去勸那幾位不要騷擾那個小姐了，」達倫解釋，「但他們叫我別多管閒事。」

華盛頓朝酒保指的地方一瞥，呼吸立刻加速，藏在體內的獸性蠢蠢欲動。緹莉．布雷蕭好不容易才踏出那一步……

她坐在窗邊，對著筆電玩遊戲。華盛頓認得那副耳麥，她打電動的時候會與其他玩家對話。三個大男人圍在旁邊，身上還掛著名牌。跑會議的很多不是什麼好東西，以為離自己家夠遠就可以拋棄社會規範。這幾個混蛋看起來喝了整天，其中一人當著華盛頓的面硬是拔下緹莉的耳麥，還湊到她耳邊講了悄悄話。

「還來！」她搶了回去，眼睛還是盯著螢幕。那男人又出手摘她耳麥，緹莉再奪回去。三個大男人哈哈笑了起來。

另一人拿了罐啤酒硬推到緹莉嘴邊想要她喝，她搖搖頭結果酒灑在T恤上。那群人又笑了。

「坡先生，我是不是該報警？」

「交給我吧，達倫。」

華盛頓過去之後其中一人留意到了，對兩個夥伴耳語，三人一起轉過身，臉上表情像是偷穿媽媽衣服被看見的小男孩。緹莉嬌小瘦弱……但眼神卻堅毅得多。她沒哭沒叫，勇敢面對。

「幾位玩得挺開心？」華盛頓語氣平淡，意圖卻很明顯。緹莉見到他時鬆了好大一口氣，那模樣會一輩子刻在他心底。

想搶緹莉耳機那男人說：「和這位吱吱叫的小姐聊天而已。」南方口音很重，咬字糊成一團。

華盛頓根本沒理他。「緹莉，妳沒事吧？」

她點點頭，臉色比平日更白，但情緒還算鎮定。膽量並不差，華盛頓暗自讚許，畢竟他知道有些警察遇上這狀況都會慌。

「『緹莉』？怎麼這渾小子都知道妳名字，妳就不肯告訴老卡爾呢？」醉漢問，「這麼討厭我嗎？我最討厭別人討厭我了。」

夠了……

「緹莉，妳先到吧檯那邊吧？我一會兒過去。」

她要起身，自稱卡爾的男人伸手按住她肩膀壓回去。「親愛的妳哪兒也別去。」

潛藏的獸性又抬頭，獠牙利爪蓄勢待發……他知道亮出國家刑事局證件整件事情會立刻落幕，但也知道自己不會那麼做。有些教訓不透過身體是記不住的。「沒事，緹莉，」他說，「這幾位先生要走了。」

「走？」卡爾站起來，確實是個大塊頭，被華盛頓打量時得意冷笑。「兄弟你怎麼不自己閃邊涼快去？」他繼續道，「我還沒搞清楚這這啞巴娘兒們要吞還是要吐[22]呢。」說完之後卡爾拎起空酒瓶，恫嚇意味夠明顯了。

華盛頓望過去，但話是對三個人一起撂下的。「把酒放下，離開，別再來這間店。」他低吼著。

三人之中有一個相對清醒些，華盛頓從名牌上看見「組長」的頭銜。「喂，該走了。」那人

[22] 英語粗話（英國人較常用），描述口交後男性射精在女性口腔之後的反應。

開口。兩個酩酊大醉的同僚尚未察覺大禍臨頭。

「坐下！」卡爾也吼了起來，「咱們哪兒也不去！給這北部猴子一點顏色瞧瞧。」

華盛頓故作客氣笑了笑。

「操他媽的那張臉看了就有氣，給我滾！」

他繼續笑著不說話。

卡爾額頭開始冒汗。「給你最後一次機會，」他說，「快滾。」

最後一次？第一次是什麼時候的事？

「我數到五，」華盛頓開口，「不會給你們更久。」

「卡爾！」旁邊那人叫道，「走了！」

但卡爾已經拉不下臉。「你數到五又怎樣？」

「一，」華盛頓開始數了。

「嚇得我尿褲子了呢。」

「我知道，」華盛頓回答，「二。」

卡爾這種人很少有備案。

「三……四……」

卡爾眉心緊蹙，被華盛頓逼得無路可退，只能硬著頭皮上。

很好。

身高體重不如對方，但華盛頓終究曾在坎布里亞警隊執勤將近十年，徒手鬥毆早已是本能反應，很清楚對手要拿酒瓶砸過來時如何應付。他身體動得比腦袋更快，立刻扣住卡爾手掌。卡爾自然而然握得更緊。

可惜中計了。

華盛頓並非想奪下酒瓶。他就希望卡爾牢牢抓緊瓶子，方便自己順勢朝桌面扳下去。

酒瓶碎裂。

玻璃四散，緹莉趕緊將筆電挪開，除此之外沒人來得及反應。吧檯那邊幾個酒客望過來，與華盛頓目光交接之後立刻掉頭喝自己的酒。

他還拽著卡爾的手。卡爾開始發抖，神情中醉意散去，取而代之是劇痛，整張臉慘白，喉頭微微嗚咽。

拿酒瓶當武器是電影特權。酒瓶在桌子敲碎後恰巧剩下好握的瓶頸、刀刃般的裂口都不是現實法則。卡爾親身體會了：玻璃不僅易碎還難料，碎多少並非自己所能控制。本想以手中兇器傷害別人，誰知它化作一團鋒利渣滓扎進自己皮肉，鮮血從指縫汩汩流下。

華盛頓用力一擰，卡爾失聲慘叫。

他知道一不小心可能會造成永久傷害，但懶得管那麼多。和卡爾這種人一拳換一拳沒意義，讓他們嘗嘗現世報能有多沉重才會頓悟。

華盛頓手朝下一劃，卡爾彷彿中彈般整個人跪在地上並再度哀號。另一手朝口袋探去，華盛頓取出證件夾甩開。

「幾位晚安，」他開口，「我是華盛頓・坡，職階警佐，方才三位騷擾的不僅是我朋友，也是我在國家刑事局的同事。請問三位明白自己的立場了嗎？」

最清醒那人點點頭。

華盛頓探身仔細讀了名牌。「MWC電腦工程？沒聽過——」

「我們做——」

「我沒要問，別多嘴。」他打斷，「卡爾老兄想保住手的話現在就得去醫院，可不能等你們早上酒醒再說。」隨後一陣沉默，只有卡爾抽噎。「你們可以滾蛋了。」

華盛頓扯著卡爾重傷的手掌，拖著三人穿過酒吧回到接待處。那個組長轉身想上樓。「你還想去哪兒？」

「拿包包。」

「別想太多，」華盛頓回答，「叫你們滾就是現在滾，不是等你們高興了才滾。」

「可是我們行李……還有電腦……」他被華盛頓瞪到不敢繼續說下去。

華盛頓轉頭對接待員說：「柔伊，幫這幾位叫計程車吧？跟司機說不必開過來，這三個呆瓜會自己走去A6，剛好醒醒酒。」隨即又對醉漢們道：「坐計程車去醫院吧。要是我的話會動作快，走到大馬路至少一英里遠。」

他鬆開卡爾的手，三人跌跌撞撞朝外頭走。「等等，你們身上有多少錢？」

「你還想搶錢嗎？」清醒那人問。

華盛頓回答：「卡爾的血弄髒酒吧地毯，你們覺得這成本該讓店家負擔？」

❖

緹莉還在酒吧那頭。她微微顫抖，但看見華盛頓回來露出笑容，一直摸著艾德嘉的頭。主人辦事的時候，狗兒一直乖乖待在旁邊。他點了酒，酒保沒要錢。

「妳沒事吧？」華盛頓問。「抱歉場面不好看。」

「幹嘛一直幫我啊，坡？兩次了。」

他笑了起來，緹莉卻沒跟著笑。她很認真。

「沒那麼嚴重，」華盛頓回答，「而且我就討厭霸凌。」

「喔。」緹莉有點洩氣的感覺。

「何況就算第一次見面氣氛不太好，我們是朋友啊，這妳總知道的吧？」

她突然沉默下來，華盛頓暗忖難道自己說錯什麼，尤其居然看見一滴眼淚順著女孩臉頰滑落。

「緹莉——」

「我一直都沒朋友。」她終於出聲。

華盛頓不知道該怎麼安慰，只能擠出一句：「唔，現在有了啊。」

「謝謝，坡。」

「那，」他改口，「下次輪到妳救我。」

「好啊。」緹莉忽然蹙眉，「坡，要吞要吐什麼啊？那句話什麼意思？」

幸虧接待員及時解圍，她拿著一疊紙過來。華盛頓揚眉，柔伊點點頭。果然是給自己的，他朝封面瞥一眼。

不知道為什麼設定在五點十八分。接下來幾個鐘頭主要是準備工作，理論上他不必在場，但他想過去看看。

「我得走了，緹莉。」華盛頓起身，也忘了要她幫忙調查法蘭西斯．沙普的事情。「妳這邊沒問題吧？」

「沒問題。」

他想了想又補上一段話：「緹莉，那幾個混帳的事情妳不必放在心上。今天就算不是妳，他們也會去找別人麻煩。換個角度看，至少妳是刑事局的人，別人遇上他們不會比較好。就是很多人說的半杯水的故事那樣。」

緹莉取下眼鏡，從包包拿拭鏡布擦了擦，重新戴好之後她將頭髮撥到耳後說：「坡，不是只裝半杯、也不是空著半杯。」

「那是？」

她笑道：「是杯子比預期大了一倍。」

這女孩沒問題。

20

肯德爾市只有兩所公立墓地，園畔是其一。華盛頓來這裡參加過喪禮，所以不必特別查地圖也能找到。面積很大，囊括園畔路兩側，位置根據死者身分和宗教排列。

目的地在K段，距離墓地教堂和停車場都最遠。理所當然，誰會去祭拜那邊的人？

找墳墓比預期來得困難。雖然有點雲層讓凌晨沒那麼涼，卻也導致墓地真的一片漆黑。伸手不見五指，華盛頓怪自己竟忘了帶個真的手電筒，車上的已經沒電了只能拿來敲人，黑莓機的閃光燈在這種黑暗中有和沒有一樣。

摸索半小時，幾度被樹根絆倒、踩進蜘蛛網內，他終於來到K段。前面有幾塊區域被林蔭覆蓋，K段則是一片空地。

華盛頓默唸碑文。這邊很多古墳，有些石碑沒刻字、有些經過風吹雨打看不清楚，其餘則刻著死者姓名、忌日加上一小段紀念語，偶爾會附上軍階。墓碑或許乾淨、或許長了青苔，還有五六個完全埋在植物底下。歷史久遠的靠在一起彷彿老友。他走了一陣後微微顫抖，暗忖這地方可謂極致的熱鬧卻也是極致的寂寥。

最後是在K段裡一開始根本不會注意的角落找到，因為前面有個大型集合陵墓擋著，而且埋在這兒的人沒立石碑。

只有一棵楓樹作為標記。華盛頓低頭算了算，七塊木板排列整齊。肯定沒錯。

按照邏輯——處置無名屍通常很現實的——他直接朝最邊邊走過去，也嗅到新翻土壤的氣味。手機燈光朝最右邊位置一照，果然不出所料。

木板只寫著「無名男性」，旁邊註解字很小，包括下葬日期與一串八位數編號，符合祁里安給的資料、也列在孜爾送來的傳真上。

他退後一步，掃視四周。其實沒有特定目標，此刻也看不出任何異狀。不過之所以要搶先地方政府人員過來就是這個用意，華盛頓想確認這個墳有沒有被挖開或動過手腳。似乎一切正常，圖倫男子的墳墓雖然新，但並非剛埋下去那種新。

要有線索大概就在地底了。

他坐下等，看手錶應該也不必等多久。

❖

來支援的衛生督察叫做芙芮亞．艾可利，一頭薑黃色頭髮，講起話帶著新堡市那邊口音，見到現場已經有人似乎挺開心。「坡警佐嗎？」

華盛頓亮出證件。「大鬧之前有準備作業？」

她點頭。「通常要花五天審核才對。不過兩個鐘頭之前，南湖區的衛生局長把我叫醒，說司法部有重要的事情不能拖。」

口吻不是埋怨，而是緊張。華盛頓看得出來她大概第一次監督掘屍作業。艾可利從包包取出很大一個檔案夾，翻開案件總覽那頁。

「得先找到墳墓。」她說。

「那邊，」華盛頓指著道，「最右邊新的那個。」

艾可利從檔案取下一頁，孜爾的傳真裡有同樣東西。她過去用手電筒照亮木牌檢查，對了三次才將華盛頓叫過去。

「確認此處就是掘屍申請的目標。」

「同意。」

「麻煩你複述掘屍理由？」

華盛頓唸出傳真內容。「協助重大案件調查。」

「為什麼這麼緊急？」

理由一樣，所以他又重複。對方白了一眼，他也沒話好說。

艾可利低頭繼續跑流程。「基於死者身分不明，無法尋求家屬同意，我在此見證墓地並未遭到褻瀆，並非登記在案的戰場亂葬崗，作業過程無須擾亂破壞其他遺體，墓地管理單位沒有提出異議。」

「所以可以開始了？」

「是。負責動手的人馬上到，預計五點十八分開挖。」

華盛頓朝她露出好奇神情，之前就覺得這個時間安排很古怪。

「是表定的日出時間。這個時間之後行動就不必申請專業照明，換句話說不需要衛生局批准發電機、聚光燈、電纜線，大量減少公文數量和動用的人力。」

明明是公務員卻不愛跑公文？華盛頓最欣賞這種人。

21

凌晨四點三十分，掘墓小組抵達，一共三人，熟門熟路，立刻挪開周邊墳墓的花束供品，架起藍色塑膠帷幕避免外人目睹經過。準備就緒，三人離開片刻，回來時手中多出所有人的防護衣。按照計畫就只有他們五個人，圖倫男子早就經過完整驗屍，因此沒必要、華盛頓也不想要有其他刑警在場。開棺是為了滿足自己的好奇心，如果真的找到線索，他反而會立刻喊停，打電話要史蒂芬妮過來參與。

公文僅授權就地檢查，所以兩個工人搬了新的棺材過來。這玩意兒被大家叫做「殼」，木材製成，內側以柏油、鍍鋅、防水塑膠膜做好三層保護。挖出來的圖倫男子連同舊棺材和其他物品都直接轉移到殼裡，檢查完畢後把殼封好整個重新埋回去。

艾可利之前提到正常要五天審核的就是這個殼。她確認蓋子上死者資料沒寫錯，與墳地木板、掘屍申請書都一致，也請華盛頓複審。

前置作業完成，只待日出。艾可利抓緊時間，因為還要宣讀很多條款。衛生督察不僅得確保工作過程尊重死者，更重要的是保護公共衛生，所以必須告知工人與華盛頓接觸遺體與周邊土壤會有什麼危險，比方說庫賈氏症（俗稱「狂牛症」）、破傷風，甚至天花都有可能經由屍體傳染。她拿著稿子唸，對華盛頓就像航班安全宣導左耳進右耳出。圖倫男子埋在鹽巴幾十年還經過各種檢驗，什麼細菌病毒都不必擔心，而且入土也沒多久，恐怕還沒開始腐化。

看看手錶，總算到了官方認定的早晨：五點十八分。他閉上眼睛鎮定情緒，試著將「**前刑警淪為盜墓賊**」這種醜聞標題拋諸腦後。

沒想到就在此時有人湊近耳邊低吼：「華盛頓，你搞什麼鬼？」

❖

猛然睜開眼睛就對上史蒂芬妮怒目相向，沒見過她這麼憤怒的模樣。

他嘴才張開又被打斷。「豈有此理！」

「史蒂，不是妳——」

「夠了！」她吼道，「沒什麼好說！」

他還是得解釋。「是我緊急聯絡孜爾，他幫忙授權和調動人馬就是為了盡快做完，」華盛頓解釋，「抱歉箭在弦上了。」

「直接跳過我是吧？」史蒂芬妮壓低聲音。

華盛頓聳肩。「不是那個意思。」

「不然是什麼意思？」

其實他沒有答案，也不想找藉口搪塞。的確，兩人立場對調的話自己也會勃然大怒，問題在於火祭男刻在死者身上的名字不是她，華盛頓沒有應付繁文縟節的餘裕。「史蒂，兇手指名的不是妳、不是甘孛，而是衝著我來。妳知道我是怎樣的人，也很清楚孜爾為什麼把我叫回來。只要有證據，我就追到底，所以現在才會站在這裡。」

「漂亮話就省省吧，」史蒂芬妮反唇相譏，「你可不是什麼初出茅廬的小夥子，不會不懂這裡面的利害關係。案子是甘孛管的，他發現刑事局一聲不吭就開棺驗屍會有什麼反應？這會鬧得天翻地覆。」

「算在我頭上。」華盛頓回答。

「不然呢？不然能算在誰頭上？」

也對。感覺和裴騰・威廉斯那時候一樣，明明做對了也要成為眾矢之的。他將傳真公文交給史蒂芬妮。

「而且孜爾這個人……讓我帶隊，然後當我不存在？」她口氣稍微軟了些，或許因為木已成舟不得不接受，反正臉也丟了還不如一起看看結果。

「史蒂，孜爾應該沒那意思，大概以為是妳吩咐我的。」

但他心裡有數：孜爾精明幹練，過程沒提到史蒂芬妮顯然是刻意迴避，否則華盛頓會被迫謊報上級旨意。處長很清楚華盛頓有自己一套查案手法，或許覺得他沒違法偷挖已是萬幸。可是身為處長，孜爾不能真的將指揮鏈棄之不顧，後果不堪設想，於是選擇在遺體重見天日的時刻讓史蒂芬妮到達現場。「我猜是他打電話通知妳？」

史蒂芬妮點頭。「劈頭就說什麼掘屍公文已經在旅館櫃檯，你覺得我聽了該怎麼想。」

他的確懂，差點笑出來，還好忍住了。現在想和解還太早，得讓史蒂芬妮再發洩一會兒。

她繼續說：「這案子結束之後，分析科搞不好會交回你手上。我無所謂，在你底下當警佐沒什麼不好。可是現在掛名的還是我呀？以前我都很尊重你吧，你就不能也尊重一下我的立場嗎?」

華盛頓這才驚覺誤會大了。史蒂芬妮以為自己越級呈報是因為看不起她、心裡依舊當她是下屬?這可不妙,他真的沒那意思,史蒂芬妮是優秀的警佐也是能幹的科長,甚至可能是華盛頓警界生涯最好的上司。也難怪她情緒如此激動。

於是他將心裡話都說出來。史蒂芬妮聽了雙頰微紅,看來還有轉圜餘地。「史蒂,我來扛就好,甘孛來吵架的時候讓他罵我一個人,妳就老實說妳不知情。」

「想得美,」史蒂芬妮嘆口氣,「他沒那麼好打發。」她瞄了下手錶,「差不多了,開工吧。」

❖

泥地濕軟,工人動作看起來毫不費力,長鏟飛快移開大片墳土。華盛頓也不知道正常棺材埋多深,雖然俗話說是「六呎之下」,但到底從棺材頂端還是底部算呢?或許現代墓地根本不管古人習俗?挖了十分鐘,工人將鏟子丟開,一個人下去用手撥開沙土暴露底下的木頭。棺木入土時用的繩網吸了很多水分,但尚未腐爛,可見距離下葬真的沒過多久。既然還能用,工人也就不必拿新的,將繩子遞向夥伴。

「坡警佐,接下來會將遺體連同棺木一起拉出來放進『殼』內,」艾可利解釋,「然後你們就可以開棺檢查,檢查完畢我們會將洞挖大一圈重新埋好。」

工人爬出來,三個拉著繩子準備將棺材拖出墓坑。就在這時,他腳被繩索絆到,重心不穩往棺材撞過去。

棺蓋晃了。

不對勁。棺蓋不是洋芋片罐子那種結構吧？正常應該要上釘？

「棺蓋是鬆的！」華盛頓開口，所有視線集中過去。

同時一股微甜屍臭竄出。

史蒂芬妮鼻頭一皺。「什麼味道？」她趕緊從口袋掏出手帕掩住口鼻。

會有味道本身就不尋常。

「無論如何不是泡在鹽巴將近三十年該有的味道。」華盛頓心想這氣味絕不屬於乾屍……太新鮮了。

坑內那人下意識就要掀開棺蓋。「住手！」華盛頓大叫制止，過去扣住工人手掌將他拉出坑外，接著對他們三個說：「你們可以放下工具、脫掉防護衣了。」然後又轉頭告知衛生督察：「芙芮亞妳也是。掘屍作業到此為止，現在開始這裡視為犯罪現場。」

22

棺材裡面出乎意料並非早就乾硬的無名屍，而是火祭男手下另一名受害者。從氣味判斷死了一段時間，與科克茅斯鎮的遺體同樣被燒得很慘，差別是之前現場味道噁心但沒太多腐臭，這次是噁心中帶著濃烈的腐味。

「第五名死者，」華盛頓說，「至少是我們發現的第五個。」

史蒂芬妮似乎無法將視線從墳墓裡的焦屍挪開。

「我想，現在我說兩個案子有關，妳該不會質疑了？」

「到底怎麼回事啊，華盛頓？那個『圖倫男子』跑哪兒去了？」

他怎麼知道呢？

不過史蒂芬妮的問題有另一層意義：發現新屍體是意外，對分析科這邊沒意義，接下來的工作得交給甘孛和刑警隊。華盛頓心知肚明，火祭男偷天換日目的不會只是好玩，他想阻止華盛頓查出圖倫男子的身分。

既然如此，一開始為什麼留下線索……？

除非……另一個可能性是火祭男沒料到華盛頓能夠這麼快開棺驗屍。繞道找孜爾幫忙，跳過正式程序，他不用幾週而是幾小時就將墳墓挖開，看來這次背著史蒂芬妮行動帶來意想不到的優勢。

通往真相的橋梁已經搭好，就看自己能否走到另一頭。

❖

一個鐘頭後，坎布里亞刑警隊包圍墓園。甘孛與祁里安率先登場，鑑識組和法醫緊追在後。過不了多久熙攘騷動壞了K段原本的清幽。

帳篷直接設在墳上，內側封鎖圈連接周圍墓碑，外側則將K段整個對外隔絕。

甘孛明白事情經過之後氣得面紅耳赤。史蒂芬妮過去出示公文試圖緩頰，但沒太大作用，反被對方搶了以後走到華盛頓面前。「這他媽的怎麼回事？」

華盛頓瞟了一眼，上面有司法部法醫和南湖區議會的墓園管理處簽署，理由註明為「需盡快查驗棺內狀況」。文件還有不少內容，大意就是刑事局認為連續殺人案的相關證據藏在棺材裡，最高授權來自情報處長艾德華・凡・孜爾。

「這是掘屍申請啊，總警司。」

「別跟我講屁話！」甘孛大吼，「為什麼上頭沒有弗林督察的簽名？為什麼『申請人』底下填了你的名字？」

史蒂芬妮追過來。

「總警司，這個我可以解釋。」她趕緊介入，「剛剛提到過，昨天坡警佐收到怪異的明信片，我們據此判斷這個墳墓裡面可能會有與調查相關的證據，想打電話通知你但手機收訊不好。我認為你應該會想盡快處理，所以就直接找自己這邊的人問問看，他一聽到就幫忙擺平中間流程，省了好幾天時間。」

甘孛怎會聽不出她是刻意袒護，但鬧下去只會更難看。「混帳東西……」他忍耐幾秒之後改口：「弗林督察，中午之前我要在HOLMES㉓看到你們那邊的報告，」接著轉頭瞪著華盛頓，「然後把這傢伙攆出去！」

等甘孛走遠，史蒂芬妮開口：「抱歉，華盛頓……」

「嗯？」他驚呼，「這又不是甘孛能決定——」

「處長那邊下命令了。我剛才和孜爾通過電話，這回你越級不只繞過我，也繞過甘孛。就算是處長也沒辦法公然與坎布里亞警方對立，目前沒辦法合理堅持你留下來幫忙。」

華盛頓的手機響了。是孜爾。

本還猜想是不是要演齣戲，假裝罵自己個狗血淋頭，結果猜錯了。「坡警佐，我昨天和人資部門研究過，」處長單刀直入，「你停職期間沒有與任何同僚聯絡，更重要的是局裡也沒與你聯絡，變成你累積的休假超過十二個月。要轉成薪資也行，但如果你現在口頭申請，我可以直接批准，相信弗林督察也不會反對。」

華盛頓聽完很錯愕。「呃……什麼意思？」

「你要不要先休假，」孜爾將語速放得很慢很慢，「如果不休假，你就得在今天內立刻回來漢普郡報到喔？」

㉓ 英國「內政部大型重要查詢系統」的縮寫，讀音同「福爾摩斯」，主要用於重大調查。

「呃……所以，要？」

「很好，那就這麼辦。現在開始你放一個月長假。」

「長官，為什──」電話掛斷了。

華盛頓盯著手機。史蒂芬妮走近，甘孛也跑來。

「他為什麼還沒滾蛋？」甘孛低吼。

「總警司，坡警佐已經被調走了，」史蒂芬妮回答，「不過據我所知他現在先休假。對吧，警佐？」

他點頭。甘孛故作得意，悶哼一聲掉頭走開。看來史蒂芬妮與處長演的是另一套劇本，既為甘孛保留顏面也讓華盛頓可以留在當地。兩人還是希望他協助辦案，但此刻開始就不具正式身分了。

對他而言反而方便。

華盛頓也已經想好下一步，拿起手機在通訊錄找到最新一筆按下撥號。時間還很早，居然立刻接通了，而且對方聲音不帶一絲睡意。

「有興趣進一步參與現場調查嗎，緹莉？」

23

華盛頓安頓好艾德嘉，在旅館大門接到緹莉，等待中引擎都懶得熄火。緹莉果然是天才——知道他一夜沒睡，帶了煎蛋捲和一罐咖啡上車。華盛頓吃了早餐，咖啡很燙起初只能小口喝。

走M6不到半小時，早上八點兩人已經到達史坦威區，停好車之後走到公寓前面。華盛頓指著對講機，法蘭西斯・沙普的名字底下註明Bphil，「緹莉妳知道這什麼意思嗎？」

「就是哲學學士啊，坡。」

他搖頭。「意思是這人很跩。」說完就狂按電鈴，一直按到有個睡意濃重的聲音應答。

「誰啊？」

「看吧。」華盛頓告訴沙普兩人已經在樓下等著，對沙普嚷嚷公民權被踐踏什麼的絲毫不予理會，最後成功進了對方家裡。

像上次一樣，沙普站在門口等。不知道是原本就穿短褲睡覺，還是趁兩人爬樓梯趕緊穿上，臉上倒沒有上次那種狗眼看人低的神情，擠出的笑容顯然很緊張。

這回華盛頓沒道理再客客氣氣，沙普不老實的話他就霸著不走了。

「你隱瞞的事情已經進入命案調查程序了。」

「我沒隱——」

「再鬼扯嘛，」華盛頓挑釁道，「我幹這行十五年，撒謊技巧這麼爛的倒是第一次見識。」

「你胡說什麼！」

「不重要。」華盛頓還無法判斷沙普的情緒是源於自己態度、還是訝異於竟有人不信他。「你想怎麼演就怎麼演，法蘭小朋友，但我會以協助重刑犯和妨礙司法公正兩項罪名逮捕你。」搶在沙普辯駁前，他打鐵趁熱。「現階段你是唯一與本案有關、而且警方已經確定沒說實話的人。現在我正式告知你——你是五椿命案的嫌疑犯，就算不是主嫌也會是共犯。」

這串話根本瞎掰，但他賭的是沙普並沒那麼懂法律。「換衣服吧，該走了。」

沙普渾身顫抖，眼眶泛淚。華盛頓環視屋內，渾小子前夜在寫書，或至少他想營造這種印象，參考資料整整齊齊疊在筆電旁邊，其中有他的手稿。可是華盛頓更注意的是：這種擺法，任何人一進來就會看見了。他拿起第一張，標題是「世界越小，哲學的地位越重要」。

「電腦很棒耶，沙普先生。」緹莉也留意到那台蘋果筆電，「最新款的。」

兩人聊起電腦，華盛頓藉機觀察公寓內奢華的裝潢，又想起地段也是一流。上回就很好奇了，還沒著作出版的哲學系畢業生竟然過著這種生活。

「沙普先生，你怎麼有財力負擔電腦和房子？」他視線飄向地板，「如果有必要，我會呼叫鑑識組的人，幾小時就能趕到。他們會徹查你這兒每樣東西，什麼都不會放過。我建議你自己招供，事情會簡單些。」

沙普支支吾吾說了什麼，太小聲了華盛頓沒能聽清楚。

還好緹莉靠比較近。「他說他從屍體那兒拿了東西。」

華盛頓點頭。「拿了什麼？」

「手錶。」沙普嗓子都啞了。

儘管不懂時尚或精品，華盛頓也聽說過名錶價格令人咋舌。「品牌型號？」

「一九六二年的百年靈（Breitling）七六五。我不小心把鏟斗往德瑞克身上倒之前錶帶大概就壞了，後來順手收在口袋免得被人踩壞。」

「怕踩壞啊。」

「是啊。」

「然後就忘記交出來了？」

「不是忘記，是事後才意識到這樣可能被警察當成小偷。」

「真的是呢。」華盛頓諷刺道，「東西呢？」

他沒立刻回答，不難猜想是拿去賣掉。沙普眼睛盯著地板。

「我問——」

「不在我手上了！」

「我要序號和照片。」華盛頓說完轉過頭，他很快養成習慣：想搜尋網路的話就找緹莉。緹莉也已經拿出手機。

「價格是？」他問。

「一九六二年的百年靈名錶，價值大約一萬英鎊喔，坡。」聽起來她第一趟現場行動還挺開心的，但華盛頓遲早得解釋自己已經不具正式身分，往後是否繼續支援就由她本人決定，但之後再說。

華盛頓回頭問沙普：「賣給誰？」

「我要協商。」

他嗤之以鼻，連緹莉也吃吃笑。

「沙普先生，你影集看多了，那都是假的。」他回答，「這裡可不是美國，沒人會跟你協商，最多只有減刑，前提是法官覺得你不是光做壞事都沒悔改。想要減刑的話，唯一辦法就是讓我找到那支破手錶，所以快點告訴我東西賣給誰了。」

「這沒辦法啊，」沙普聲音變很小，「是透過專門交易手錶的網站，賣給匿名的美國收藏家。」

「緹莉？」

「麻煩讓讓，」她推開沙普啟動了對方的麥金塔筆電。「請問密碼是？」

沙普乖乖告訴她。

緹莉上網搜尋同時，華盛頓繼續追問：「你賣多少錢？」

「不到一萬啦！」他一副自己被敲詐了的樣子。「才五千美元，換算過來也就三千多英鎊。」

沙普望著緹莉很是焦躁，「她在幹嘛？」

華盛頓回答：「沙普先生，很多人不知道在電腦上刪除檔案是沒用的，全部都能復原。緹莉小姐會把你電腦上和那支百年靈手錶有關的一切資訊都調出來看。緹莉，要多久？」

「已經找到了。」她說，「沙普先生，有印表機嗎？」

沙普拉開櫃子抽屜按了按鈕，綠燈亮起、機器嗡嗡作響準備就緒。「無線的。」

緹莉轉了轉眼珠。「嘖。」

她印了幾份東西出來，看也沒看便遞給華盛頓。

華盛頓掃一眼。彩色的，前面幾頁就非常有用——足夠給沙普安個罪名了。但最後兩頁才命中紅心。

買方想隔空驗貨，沙普自然配合。一頁三張、總共六張彩色照片，第五張看得華盛頓嘴角上揚。

是錶殼背面。

清清楚楚顯示了產品流水號。

24

兩人叫沙普留在家裡等著制服員警過去逮捕。未來或許有可能，但至少是華盛頓查到手錶原主何人以後的事。

他告訴緹莉自己形式上已經進入休假，所以她可以回去謝普那邊，但緹莉也想把百年靈腕錶這件事情查清楚，華盛頓便由著她。兩人決定先去森寶利（Sainsbury）[24]附設餐廳用早餐，華盛頓點了英式全套，緹莉也一樣，不過是素食，然後共享一壺茶。

酥脆培根的鹹味像炸彈在嘴裡爆開，他們一邊吃一邊討論如何有效率追蹤到手錶原始持有者。緹莉認為直接問百年靈就好，總公司應該有詳細資料庫，不過華盛頓對這個做法有疑慮。畢竟對方是大企業，客戶遍及全球、其中一部分是社會最頂層，站在百年靈的立場不大可能因為英國國家安全局的小警察開口就唯命是從供出客人隱私。他認為從本地高端精品商下手，不斷恫嚇直到有結果比較可行。而且目標並不多，如果圖倫男子原本就住在坎布里亞郡，手錶當然也很可能就在這裡買的。

他拿烤麵包蘸蛋黃吃，緹莉問起為什麼忽然休假。

「需要點個人時間而已。」

「真的不是因為我的關係嗎，坡？」

「啊？……當然不是，為什麼會跟妳有關係？」

「大家都嫌我煩。」

「嫌妳的人是笨蛋。」他回答，「唔，真正的理由是昨天晚上甘孛總警司要求我離開調查團隊。」

「所以史蒂芬妮・弗林督察特地打電話，跟我說要是你找我幫忙就盡量配合，也是因為這件事？」

「我不知道她特別吩咐過妳。」

「她叫我不要跟你提起。」

「那？」

「朋友不會互相隱瞞呀，坡。」

他點點頭若有所思。「嗯，趕快吃乾淨吧，那些店家差不多要開門了。」

聊天同時緹莉沒放過餐廳的免費WiFi。她查了本地老字號、有信譽的珠寶名錶商行並整理成表單，完成後切到新聞頻道關心一下。早上九點，今天的頭條剛出爐，她看著螢幕嘴巴合不攏低呼道：「不對……不對……怎麼可以這樣！」

「什麼不對？」華盛頓心不在焉，餐刀戳不起盤裡一顆滑來滑去的豆子。

「坡，你看！」緹莉將平板電腦轉過來兩個人一起看，調高音量之後按下播放。

畫面上，一堆攝影機與大型麥克風圍著西裝筆挺的甘孛，模樣完全看不出他在肯德爾市的墓

㉔ 英國第二大連鎖超市。

園待了三個鐘頭。主播旁白解釋：「警方表示今晨於肯德爾市一座墓園發現可疑屍體，推測是『火祭男』案件最新受害者。坎布里亞郡警隊舉行記者會，由偵查總警司伊恩・甘孛進行簡短說明。」

立刻接到甘孛的發言：「坎布里亞郡警隊詳細調查後掌握最新線索，於是向肯德爾市申請園畔墓地的挖掘許可。墳墓內原本應該是去年哈登岱爾鹽倉發現的無名男屍，然而我們掌握情報，認為有人挪動遺體，開挖後確認棺木內原本死者失蹤，變成火祭男一案最新受害者，身分目前仍在追查。」

簡單明快的稿子，前後沒有矛盾，因為通篇鬼扯。反正國家刑事局不敢出面爭功，否則越權一事會被放大檢視。這種事情華盛頓看多了。

「讓他們耍猴戲吧，」他說，「我們做我們的。」

❖

雖然知道實際上手錶可能是從別的地區購得，華盛頓認為既然人在卡萊爾市就先從這兒查起。運氣好的話，或許是在網路購物尚未風行、實體購物為主的時代售出。

不夠高檔的店家直接跳過，兩人注意力放在小型但市場頂尖的連鎖以及家族企業，結果發現有做手錶這門生意的並不多。為了保險起見，目前不賣手錶的店也多查了幾家，以免對方以前賣手錶只是現在不賣了而已，但沒什麼特殊發現。

除了一間店，其餘全部願意提供銷售紀錄給緹莉查詢。那間拒絕的店則提出證明，他們從未販賣百年靈產品，連二手也沒有。

產品流水號BR-050608在各個資料庫內都沒出現，麻煩則在於許多店家並未將舊帳本轉換為電子資料，只能人工慢慢翻閱。

其中一個老闆堆著笑臉，搬出十本帳冊放在桌上，每一本都比黃頁電話簿還厚。華盛頓看了喉頭發出哀鳴，緹莉似乎不以為意。畢竟大腦能力不同，她反而喜歡做這種比對搜尋的工作。

即便如此，努力不保證收穫。只有七本記錄了幾年前出售百年靈腕錶，翻遍之後華盛頓喊停，都午餐時間了，而且他沒事做晾在旁邊感覺更餓。

兩人先回去延長停車時間，之後晃到一間客人不多的傳統咖啡廳，華盛頓前陣子才發現的好店。「天才咖啡」位於聖庫思博巷內，就在中世紀古跡西牆附近，特徵是墊高的櫃檯、看上去價值不菲的鉻鋼機器，供應多種手工蛋糕和司康麵包，咖啡豆也自己烘焙，對挑嘴的人是天堂。店裡的香味就能讓華盛頓像是醉了一樣：新沖好的咖啡、義式濃縮的醇厚、焦糖和巧克力的甜美、然後摻雜一絲肉桂……才走進來就不停流口水。

中午人很多，幸好還是在窗邊找到座位。華盛頓點了一壺慢釀祕魯黑咖啡與每日主廚三明治——今天餡料是手撕豬肉與焦糖烤洋蔥。緹莉點了熱可可，問自己可不可以點每日特餐，有附湯和三明治。

「想吃就點啊，緹莉。我請客。」

她很開心猛點頭，叫了餐之後像停在樹梢的鳥兒東張西望。對緹莉而言外出就是種新鮮體驗，她母親特地提醒過：女孩進入重案分析科之前簡直與世隔絕。不過華盛頓一直無法想像緹莉到底未經世事到什麼地步？等餐點同時，緹莉問起他對早上搜查狀況有什麼想法。

「算是白費工夫。」他回答是開始懷疑方向是否正確，大好時光都化作泡影。

「不會啦，坡。」緹莉回答，「需要時間的，只要有線索我一定會查出來。」說完她就向店員問了WiFi密碼並拿出平板電腦，幾秒鐘之後整顆腦袋沉浸其中。坡見過那神情，心想得等食物來了才會再聽見她開口講話。

店員送上飲料，還在桌上擺了三聯式小沙漏，從左到右對應由淡到濃。他盯著右邊的沙子一粒粒落下，覺得心靈得到療癒、糾結逐漸解開。看來自己也該買一個。時間到，他倒出自己的咖啡。

十分鐘後上三明治，緹莉拍照傳給母親。「她想知道我都在幹嘛。」

華盛頓開始習慣這女孩身上種種不同，沒多說什麼。緹莉摺好餐巾開始大快朵頤：「好棒哦對不對，坡？我通常都是一個人吃午餐。」

吃完以後兩人又點了別的熱飲。

他喜歡這間店另一點是店員樂意放下手邊事情陪客人聊聊。緹莉繼續用電腦，他跟店員聊起自己買豆子在家研磨的優缺點。

「您是什麼職業？」

華盛頓老實說了，只是細節故意略過。「今天是在搜查一支古董名錶的原主人究竟是誰。」

店員決定坐下仔細聽。華盛頓跳過謀殺案部分說明了他們遭遇的困境。

「有種大海撈針的感覺？」店員說。

「是啊。」

對方笑了笑。

「何況有些珠寶鐘錶行可能關門了，網路上也不會有資料。」

店員稍稍湊近。「有對夫妻每星期會來我們店裡一兩次，雖然退休了，但那位先生以前是做相關生意。我會知道是因為自己剛訂婚，他很好心告訴我去哪裡買婚戒不會被敲竹槓。」

「知道那位先生姓名嗎？」

「查爾斯，老婆都叫他老查。」店員轉頭。「店長來了，她可能知道，我過去問問。」

兩分鐘後店員拿著便條紙回來。「查爾斯．諾蘭。店長說幾乎都是週三和週六過來，應該是去馬莎百貨之後順便。你留下名字電話，我可以幫你轉告？」

華盛頓沒留言，因為沒空等。他道個歉走到外頭撥電話。

祁里安．瑞德立刻接聽。

「伯克和海爾您好！[25]」他毫無預兆冒出這句。

「哈哈哈不好笑，」華盛頓回答，「應該沒牽連到你吧？早上看新聞，甘孛侃侃而談，分明知道我是幫了他大忙。」

「有意義嗎，他還是氣得半死。」

「有事找你幫忙。」

[25] 指一八二八年愛丁堡的伯克和海爾謀殺案。

「這樣……」祁里安問，「你不是休假嗎？」戒備也是理所當然，被甘孛發現掘屍這主意來自他的情報恐怕連工作都會丟掉。

「是啊，只是無聊研究研究，不會有誰不爽的事情。」

「你得說清楚點。」

華盛頓不太想多說。祁里安是朋友、但也是認真的警察，如果他判斷該讓刑警隊負責的話，會二話不說將這條線索整個搶走。

「你還是不知道的好。」

「白痴。」祁里安回答，「只講一句『有事找你幫忙』有屁用，又沒告訴我要幫什麼忙？」

25

不到一小時，祁里安將當地所有名字C開頭、姓氏諾蘭的資料都傳給華盛頓。主要是坎布里亞郡稅務處能找到的查理和查爾斯，總共十四人。他把名單交給緹莉，緹莉詢問怎樣縮小範圍。

這簡單。排除休息站之後整個坎布里亞郡也才四間馬莎百貨，接著再排除西坎布里亞或伊登居民，因為他們會選沃金頓或彭里斯分店。基於同樣邏輯，他要緹莉也刪掉住在M6公路三十九號交流道附近的人，肯德爾市離坎布里亞郡南部民眾比較近。

也就是留下卡萊爾市周邊，結果只有四個人。住在市中心的也先跳過，既然目標是退休珠寶商，多半不會待在這裡人擠人，坎布里亞郊區有很多風景如畫的好地方。

剩下三人裡有一個住在布蘭普敦市，還有兩個住在小村莊，分別是沃里克橋與康惠頓。既然無法確認誰是誰，華盛頓會從最近的開始，找錯人就繼續向外。所以首先是沃里克橋，卡萊爾市郊的寧靜小村，然後是康惠頓村，最後再去布蘭普敦。

❖

結果第一個就中了。但華盛頓忍不住對緹莉說：都已經縮小到四分之一，一次就中也算不得多幸運。

應門的男子十分溫和客氣，年紀六十出頭，穿著舊羊毛衫、厚鏡片底下笑容溫暖。他說自己確實每星期有兩天會過去喝咖啡，老太太還燒了開水堅持請兩人進去用蛋糕。

「『華盛頓』？感覺像是外交大使的名字，會在什麼機密文件上看見、一唸出來就能讓兩國休戰之類。名字背後是不是有什麼故事呀？」

怎麼每個人都他媽的喜歡說文解字……

「坡，你自己也不知道吧？」緹莉無意的一句話省了他的尷尬。

他朝緹莉微笑搖搖頭。「對啊，緹莉，我自己也搞不清楚。」

「呵，」諾蘭先生接著說，「那找我有什麼事呢？」

「我們正在調查一支手錶的來源。」華盛頓解釋。

「應該不是什麼機密外交事件吧？」

「當然不是，我上司可不相信我的外交能力。」華盛頓嚐了口蛋糕，味道真不錯。他說明自己想調查什麼。

「聽起來這手錶被偷了？」

「算是。」

「國家刑事局現在連竊盜案也要管？」對方眼神若有深意。

華盛頓沒回話。

「唔，反正我盡量配合。以前我管三間店，而且都賣高檔貨。」

「怎麼不做了？」

他甩甩手。「關節炎，做這行的職業傷害。加上視力也退化，所以比銅板小的東西不管要拿穩還是看清楚都變得很難，只好退休養生了。」諾蘭先生嘆息，「反正賺夠了也沒什麼好抱怨。你們想找的錶是？」

緹莉遞上照片，裡面有百年靈腕錶背面序號。

「我們正在追蹤這支的下落，」華盛頓說，「需要型號和年份嗎？」

「有的話最好。」諾蘭說，「不過百年靈用的流水號是單一制，意思就是即便型號不同也不會出現相同序號。只是知道款式或許更容易想起來。」

華盛頓心裡舒坦不少，看樣子真的找到專家了。

諾蘭繼續說：「我打電話問問看，有些業界同仁還保持聯繫，說不定能給你們點方向。」

「十分感激。」華盛頓在照片旁邊留下姓名和聯絡方式，起身與諾蘭握手。

「有消息會立刻通知坡警佐。」

諾蘭太太送兩人到門口。「這樣也好，他下午才有事做，不然退休之後老是閒得發慌。」

「接下來？」回到車上，緹莉開口問。

「等。」

❖

其實沒等多久，才兩小時諾蘭就打電話過來。

「坡警佐，好像查到東西了。」

諾蘭先生話說從頭：他打電話給以前也開過珠寶店和小型連鎖的朋友，大部分並不販售高端商品，畢竟考慮到進貨價格若賣不出去壓力會很大，何況主力市場是訂製，都是自家生產，對公司貨興趣不大。

「不過現在訂製珠寶也凋零啦，」諾蘭先生感慨，「現在都是電腦設計、雷射雕刻，成品完美無瑕，這點來看是進步啦，只是問我的話，我會覺得少了點靈魂吧。」

華盛頓很想叫他說重點，但暗忖還是維持風度比較好。

「總而言之，有個朋友認識專門做鐘錶生意的人，和各大品牌合作，新品或古董都賣。而且他的模式類似寄賣，會在珠寶行、鐘錶行放傳單或型錄，客人有興趣的話跟店家說，店家再向他叫貨，做成生意的話他抽佣金。好處是避免囤貨，又能自稱正式代理。」

華盛頓暗忖大家商業頭腦都很好。一支名錶動輒三萬英鎊，擺在店面簡直引誘犯罪。

「那位盤商叫做艾勒斯泰・弗格森，也退休了。」

「那？」

「我剛和他通過電話，他會親自過來，但從愛丁堡出發所以還要兩個鐘頭吧。你和布雷蕭小姐可以先在我家喝茶等。」

「他認得那支錶？」

「嗯，他說手邊沒有序號紀錄，但應該知道你在找哪一支。」

「為什麼？」

「我才提到百年靈，他就說他等了二十六年才等到這通電話……」

26

艾勒斯泰・弗格森講話帶有濃厚的蘇格蘭口音。個頭雖小，但一身三件式西裝烘托出貴氣，不愧出身於講究體面的上個世代。他從諾蘭手中接過一小杯威士忌，開始吐露自己所知一切。

他認為那支手錶由某間已經歇業的商家售出，兩間店面都位在凱西克鎮，一間主打觀光客的平價珠寶路線，另一間則是傳統經營。

那位老闆曾經為客人訂購百年靈，預算開得頗高。為此艾勒斯泰・弗格森帶著整個保險箱的名錶從愛丁堡開車南下，想到能賺一大筆佣金滿心歡喜。

「記得客人是誰嗎？」華盛頓問。

弗格森點點頭。「卡萊爾市的主教。」

接下來好幾秒沒人出聲。華盛頓心裡只想著：看來又要變成「政治」問題。

弗格森繼續：「但應該不是他本人要的，而且也並非私下交易。他用教會支票付款，還明確要求有署名的收據。」

「買給誰的知道嗎？」華盛頓追問。

弗格森從口袋掏出剪報，已經泛黃了但保存狀態還不錯。華盛頓接過一看，是卡萊爾當地小報《新聞與明星》第八版填充版面的小篇幅報導，應當只有相關人士才會留意，上面日期確實是二十六年前。

讀完以後他用手機拍照再遞給緹莉，緹莉也操作平板留下副本。華盛頓偷瞄一眼，發現她螢幕上的圖像可真是清晰。

為彰顯德溫夏[26]座堂牧師昆丁．卡邁柯慈善義舉，卡萊爾市主教本日於玫瑰堡舉辦表揚儀式並贈以名錶以資鼓勵。

昆丁．卡邁柯因定期舉辦德溫湖慈善旅遊而聞名，德溫湖與凱西克鎮相距不遠。當年他四十五歲，在宗教界前途無量。

華盛頓朝緹莉瞟一眼，想知道她是否也察覺到了。兩人很有默契，緹莉早就在等他眼神：二十六年前四十五歲，代表現在落入火祭男的目標年齡層。

懷疑得到證實。

若卡邁柯牽扯進來，則華盛頓的理論成立，火祭男並非隨機犯案，而是瞄準特定對象。若能查出動機，就有機會推敲出兇手真實身分。

華盛頓望向弗格森。「之前跟諾蘭先生通電話，他提到你說自己一直在等人問起這件事？」

弗格森點頭，從口袋取出另一張剪報給他過目。

仍舊是卡邁柯的新聞，但可就不光彩了。標題是「神職人員昆丁．卡邁柯涉嫌盜用公款逃亡海外」，內容充斥記者管用的「據傳」、「消息來源指出」這種詞彙，指控內容倒是很明確：卡邁柯貪污一事曝光在即，媒體推測他提前出國逃避法律制裁，不算充分的根據是護照與支票簿跟著人一起消失。報導內容其餘部分不大重要，華盛頓在心裡記著之後得設法調出警方檔案確認。

「你因為卡邁柯先生涉嫌貪瀆，一直等警方展開調查？」

「也不盡然。」

華盛頓等他自己解釋。

「我會留著這些東西，是因為覺得那個人有點不對勁。收到手錶以後不久，卡邁柯曾經要求和我見面，通常會這麼做的人是單純想道聲謝，運氣好的話則是收藏家打算再多買幾樣。」

「聽起來，卡邁柯並非這兩種意圖？」

「的確不是。昆丁・卡邁柯居然是為了打聽那支錶多少錢。我表示不能告知，他勃然大怒，還表示願意用三分之二價錢賣回給我。那買賣牽扯不只我一個人，我沒法答應，就說需要的話可以為他找別的買家，但他卻氣沖沖跑掉了。」

「在你看來，他竊佔公款應該是真有其事了吧？」

「當然，感覺那人眼裡只有錢。」

案情指向錢，現在要做的就是循線追查。「抱歉我去打個電話。」客廳夠大，他起身走向安靜角落，同時諾蘭太太端著一壺茶和一碟蛋糕進來。這案子辦著辦著不小心可能會肥上十幾公斤。

㉖ 原文Derwentshire，經查英格蘭並無此地名。根據下文提及德溫湖判斷其原型或許為「德溫河畔區」（Derwentside），該行政區於二〇〇九年廢除，併入德漢郡（Durham County）議會管轄。

華盛頓又打給祁里安。

「伯克你又來啦，這回要幹嘛？」

他說明最新進度，問祁里安是否能幫忙。「我想確認卡邁柯貪污案調查到什麼地方，都二十五、六年前的事情了。」華盛頓壓低聲音，免得諾蘭或弗格森意識到自己不具正式調查職權，居然要透過私人管道求援。

「教會？你嫌惹的麻煩太少是嗎？」

「拜託。」

「查這個不驚動別人很難哩。登入系統都有紀錄，你也知道的。」

「那就告訴甘孛吧。反正我也會告訴弗林。」

「確定？」

「對。」他撒謊。

「那晚點告訴你。」祁里安說完掛斷。

華盛頓回到座位喝完茶，向弗格森多確認了些細節，但畢竟他只是賣了一支錶，知道的也就僅此而已。對諾蘭太太的招待致謝之後，兩人便起身先走一步。

走回車上那一小段路，華盛頓撥電話給史蒂芬妮，轉到語音信箱他反而鬆口氣，簡單交代情況後掛掉。現在只能玩硬的，妨礙越少越好。

還沒離開沃里克橋鎮，緹莉手機響了。她低聲應答之後蹙眉：「坡，找你的。」

汽車停在公車站邊後他接過電話。「喂？」

「坡，我是總警司甘孛。你他媽的又搞什麼鬼？不是休假嗎？」

有時候否認到底是最好的辦法，例如現在。「抱歉，我聽不懂你在說什麼？」

甘孛悶哼：「瑞德警佐剛才告訴我，你查到『圖倫男子』的身分了？」

「昆丁・卡邁柯，二十五年前失蹤。」

「你認為和火祭男有關？」

「是。」

「怎麼判斷的？」

這點華盛頓自己也無法解釋，只能坦承不知道。甘孛問不出名堂感覺更煩躁。「那人名字你在哪兒看到的？」

「總警司，我會給弗林督察一份完整報告，透過她比較合適。」

甘孛或許沒察覺、也或許不在乎自己被敷衍了。「我話先說在前頭——你絕對不准去找教會高層，聽懂沒？我這邊會透過正常管道調查，有需要自然會去問話。」

華盛頓沒回話。

「聽見沒？你別去動教會！」

「抱歉警司，手機訊號不太好。」他直接按了結束通話，把手機遞給緹莉。緹莉一拿到就按來按去。

「手機沒壞，緹莉。我不想聽而已，有時候這樣比較簡單。」

「喔，」她回答，「他說什麼啊，坡？」

「沒什麼。」

「那接下來呢？」

華盛頓皺起眉頭。他是認為當有人特別想阻止自己，反而代表自己走對路的機率很高，問題是……不該帶著緹莉一起冒險，女孩傻氣憨直但還有大好未來。於是他開口說下一步要自己處理。

緹莉卻不答應。

他盯著緹莉，試圖理解這女孩是真心想幫忙，還是短暫相處中產生什麼認知偏差、對自己有了盲目的忠誠？可是在她眼中能看見的只有堅定意志。華盛頓嘆口氣，暗忖：有何不可？畢竟自己名義上正在休假，帶新朋友在湖區觀光很合理吧？會出現在凱西克鎮卡萊爾主教寓所附近也只是巧合……

27

自一二三〇年到二〇〇九年，卡萊爾主教寓所就在達爾斯頓村附近佔地遼闊的玫瑰堡，它同時也是充滿文化內涵、極受教會珍視的古蹟。然而現任主教認為包含教區神職在內許多人生活困苦，自己住在那種豪華地點十分不妥，於是選擇搬遷。

這件事情上了頭條，華盛頓還印象深刻。緹莉很快便從網路查到主教住址，就在凱西克鎮且命名為「主教之家」。他沒去過，但知道那條路。

一整天沒睡覺，華盛頓卻精神振奮。正常警探都不會在案情突破之際倦怠。上路後二十分鐘緹莉的手機又開始響，這次是史蒂芬妮要兩人別找教會麻煩。

「跟她說我在開車，手騰不出來，」他打發掉史蒂芬妮，「等有信號就會打給她。說我們人在國家公園吃冰淇淋，這裡訊號比較差。」

史蒂芬妮罵他的聲音隔著一個人還是能聽見。也罷，無可挽回，何況既然他在休假，史蒂芬妮打過來本身也不對。當然問題就在於緹莉怎麼跟在身邊，自己一個人亂來無所謂，什麼後果他都擔得起，但大狗互咬卻是小狗遭殃。另一方面，這路線上沒有合適的公共交通工具讓她回去，華盛頓又不願意花兩小時繞回謝普，想了想決定折衷：載緹莉到凱西克鎮上，找個舒服酒吧放她待著，他自毀前程以後再回去接她走。

說了自己的想法，又被緹莉否決。

她雙手抱在胸前一聲不吭。華盛頓試著解釋會有什麼後果，但她堅持到底。回不了頭了。

儘管緹莉確實不懂人情世故，但她是成年人，與大家一樣可以為自己作主、即便因此鋌而走險。另一方面，兩人有種奇怪默契，他懷疑是邊緣人對得上彼此電波。

緹莉的手機再次響起。

「又是史蒂芬妮．弗林督察。」她看了來電顯示。

「接吧。妳不必陪我惹人厭。」

她卻關了靜音放回口袋。「沒訊號啊。」

華盛頓心臟停了一下。自己幹了什麼好事……？

❖

主教自願放棄玫瑰堡，另一住處仍然談不上簡樸。主教之家這名字毫無新意，位在凱西克鎮中央安布賽德路，採用湖區常見的挑高多面石板設計，外觀頗有氣勢，前方一英畝花園還要幾年才能長滿花草。找不到明顯的車道或停車格，華盛頓只好看看路邊有沒有公用停車場。

繞了片刻才在布蘭卡瑟拉街找到剛空出來的位置。他拿出停車盤㉗擺在儀表板上，又取了張紙寫下「警方事務」。要是來開單的人是新手或許瞞得過去。

他和緹莉走回安布賽德路，踏過主教之家前面一大片石子地。有門鈴，但也有很大的黑色門環，華盛頓還是選擇按鈴。

沒有事先告知，所以也不知道有沒有人在。應該說華盛頓對教會階級根本不熟，但可以肯定主教位高權重，常因公外出也不意外。

換作華盛頓自己家，如果有人敲門過了十秒還沒反應，那應該是他不在或者已經死了。換作主教家，他願意等個三分鐘再放棄。只不過才一分鐘，他就暗忖敲門是否有奇效，便抓起門環撞下去。

接著華盛頓就和緹莉面面相覷，因為敲出來的音量超乎想像，連死人都會驚醒才對。幾秒之後大門打開，一個圓胖男人望出來，被午後斜陽刺得瞇起眼。他應該六十多歲，穿著有點皺的羊毛衫，眼鏡皮繩垂到脖子，臉上露出好奇的微笑。過來途中緹莉查了主教近照，所以他們知道面前這位就是尼可拉斯·奧瓦特主教閣下。

「想必你就是坡警佐，」對方先開口，「有人提醒過你大概會上門。」主教蹙眉，「不過也提到你是私自行動。」

華盛頓來不及阻止，緹莉上前一步行屈膝禮。「主教閣下您好，我是麥緹莉妲·布雷蕭。」

他不禁蹙眉，但奧瓦特主教笑了笑說：「叫我尼可拉斯就好了，麥緹莉妲。你們先進來吧，無論找我什麼事，聽起來其實挺有趣的。我第一次和警察講那麼多話呢，總警司打給我兩次，不到十五分鐘前又有一個刑事局的人也特地聯絡我，好像叫做史蒂芬妮·菲林。」

「尼可拉斯，她是史蒂芬妮·弗林督察，我們在SCAS的主管。SCAS就是『重案分析科』。」

㉗ 歐洲使用的免費停車計時裝置。

緹莉解釋，「重案分析科隸屬國家刑事局，對吧，坡？」

他點頭。「沒錯，緹莉。」

「總而言之呢，那兩位都希望我們別見面。」奧瓦特說，「我也搞不懂怎麼回事？」

主教領兩人穿過兩個廳、一條長廊來到書房，看來工作到一半被打斷了，檯燈還亮著，桌上幾本書沒合起來。

奧瓦特走到書桌前面坐下，朝房間裡隨便擺放的椅子揮揮手。「我太太去倫敦，管家今天也沒來。口渴的話，我泡咖啡吧？」

正常情況華盛頓會婉拒，但他又希望氣氛不要太正式。「方便的話那我就不客氣了，緹莉妳呢？」

「尼可拉斯，有果茶嗎？」

「我太太偶爾會泡甘草茶，可以嗎？」

緹莉竟然搖頭。「不了，謝謝，尼可拉斯。我喝甘草茶會拉肚子。」

這什麼態度……

主教微笑道：「那小妹妹還是別喝的好。不過到了我這種年紀可就安全不怕。」

「很正常喔，尼可拉斯。老年人便祕比例很高。」

華盛頓朝她瞪大眼睛。

「怎麼了？」看見他神情，緹莉繼續說：「本來就是啊，銀髮族有三成一週排便不到三次喔。」

華盛頓將臉埋進雙掌，然後趕快對主教解釋：「緹莉有時候想到什麼就說什麼。」

幸好主教似乎覺得非常有趣，哈哈大笑回答：「好吧，那只能給妳倒杯溫開水嘍？」

緹莉回答：「好的，謝謝，尼可拉斯。」

主教去準備飲料，笑聲在走廊迴盪。華盛頓轉頭朝緹莉舉起大拇指微微點頭讚許：「幹得好。」

「什麼啊，坡？」

「沒事。」

五分鐘後主教端著整盤子東西回來，有咖啡、熱開水與一碟餅乾。華盛頓取了一塊嚐嚐，唔……濃茶口味，想吃餅乾但不知道該挑甜的還是鹹的就會選這個。他將餅乾放在自己的碟子邊緣，還是咖啡就好。

然後看看四周，書房內很多罕見的古書與手稿。在這種地方打翻咖啡後果不堪設想，他意識到自己就拿著一杯咖啡以後心驚膽跳。主教順著他的視線說道：

「我正在寫一封陳情書給上議院，說明教會在難民危機中可以扮演什麼角色，所以要查些歷史前例出來佐證。正確的決策或許得不到民意支持，但我希望能說服他們。」

「那我盡量長話短說吧，」華盛頓回答，「想請教關於昆丁・卡邁柯這個人的事情。」

「查到什麼了嗎？」

主教態度並不戒備，華盛頓暗忖製造錯愕的老套路不會有效。如果處理得宜，主教會是強大的盟友。以往他對外人傾向透露越少越好，但有時候得憑直覺判斷……「我想跟您說個故事，關於一支下落不明的手錶，希望您能耐心聽完。」

奧瓦特主教微笑。「看樣子這個傍晚不會悶了。」

他交代來龍去脈，緹莉穿插一些技術說明。奧瓦特聽完身子前傾、指尖交觸呈塔狀，提了一些頗細膩的問題，華盛頓感覺他不僅真的理解情況，甚至因此釐清了埋在心底的部分困惑。

「你知道嗎？贈與手錶已經是前前任主教的事情，而且購買的費用是好幾個慈善團體共同負擔。教會的立場不會花錢買這種奢侈品送人。」

華盛頓點頭。

「再來，不確定你知不知道，警方與教會雙方都調查過，但沒發現他侵吞公款的證據。」

華盛頓的假設則是教會藏得太好，導致警方查不出任何線索。天主教會都能隱瞞性侵兒童了，英國國教要遮掩貪污又有何難。

「啊，」奧瓦特說破，「你以為是我們在保護自己的名聲？」

「確實有這種想法。」

奧瓦特從檔案櫃取出一冊薄夾並攤開交給華盛頓。「教會的資產明細，你可以詳細看。」

報表繁複龐大就算了，底下數字極為驚人，不是百萬計而是幾十億。他完全不知道教會財力如此雄厚。

「知道給你看這個的理由嗎？」

華盛頓第一反應以為是想展示教會的力量有多大，但這答案到了唇邊又吞回去。奧瓦特臉上並無怒意，或許自己太小人之心。

「別誤會，沒打算靠教會的龐大勢力壓下這件事。」

這位主教簡直會讀心……

「不敢那樣想。」

「我是想證明教會做得很好，例如聘請了國內最優秀的會計師做帳。另一方面，神職人員薪資確實不算豐厚，偶爾會有人走偏，然而每次都能揪出來。所以剛才說教會內部調查過了是真的，而且沒有粉飾太平，這點你大可放心。教會的財務控管極其嚴格。」

華盛頓再拿起報表研究，覺得主教所言應當不虛。而且越有錢的人越會抓緊每分每毫的流向，反倒是自己這種老百姓不夠仔細。「唔，那請您解釋一下事情背景吧，尤其為什麼媒體會說他盜用公款呢？」

奧瓦特似乎也在思索一些事情。「坡警佐，請問……你真的是警察嗎？」

「是。為何有此一問？」

「因為你好像沒讀過警方自己的檔案。」

「主教，我們是國家刑事局的人，和其他單位關係不融洽，尤其現在……內部溝通都有點矛盾了。」

奧瓦特點點頭。華盛頓暗忖他是明白人，絕對猜得到事情不單純，但好像仍樂意幫忙。

「坡警佐，卡邁柯人不見的時候銀行帳戶內還有五十萬英鎊，可是並非從教會竊取所得。時至今日，依舊沒人知道錢從哪兒來。」

華盛頓身子前傾。「請再解釋清楚些。」

「昆丁・卡邁柯在教會內地位頗高。」主教說，「他想往上爬，這本身也並非壞事。」奧瓦特去另一個房間拿了一只大牛皮卷宗過來，可能是人事資料，打開稍微讀了讀以後介紹了卡邁柯其人生平。

「所以他最高到了座堂牧師的等級？」

主教點頭。「執掌德溫夏教區和阿勒岱爾大半，是郡內特別富裕的區塊。」

「然後他是因為慈善事業而獲贈手錶？」

「這件事情倒是公開透明，也經過教會核准。調查顯示募款沒有任何一分進入他能動用的帳戶，而且執行上他通常只是出面帶頭，運作細節交給別人打理。」

華盛頓遲疑後說：「有沒有可能從慈善單位那邊訛詐？比方說，『給我多少錢我就幫你們募到十倍金額回來』之類？」

「警方有想過，但查不出疑點，帳目也清清楚楚，所以不會是那一端出問題。」

「帳目可以造假。」華盛頓提醒。

「當然，但警察也是認真對待，你認為超過二十個慈善機構全部都能瞞天過海嗎？」

「機率確實太低了。」

「他是個高調的人。失蹤之後一下子就被查出來路不明的資金，在媒體看來沒有其他可能，自然而然朝著侵吞公款的路線報導。」

「那筆錢後來？」若錢是犯案動機，順藤摸瓜也許會找到兇手，或至少釐清卡邁柯與其他死者的關係。

「剛才交代他生平，有提到他幾個孩子的說法吧？」主教問。

「聲稱卡邁柯受上帝感召，去非洲傳教？」

「沒錯。」

「您信嗎？」華盛頓問。

「當時不信，現在也不信。」

「還說他死於……瘧疾？還是什麼病？」

「登革熱。但根本沒有證據。」

「法院卻解凍那筆錢。」

「對。」奧瓦特嘆口氣，「這個你就得站在他小孩的角度想。父親人不見了，戶頭裡卻有那麼大一筆錢，警察沒辦法證明那是不法所得，他們自然想以無遺囑死亡的模式處理。卡邁柯的妻子也走了，只要說他已經過世，就可以繼承遺產。」

「所以造假嗎？」

「動機很難論斷。從一些紀錄看起來，因為媒體騷擾的關係，幾個孩子學生時代過得滿辛苦，久而久之他們自己設法解釋父親失蹤也不算怪事。至於是否一開始就設想到要繼承那筆錢，這我說不準。」

「那您認為護照與支票簿是他們藏起來嗎？」

「不無可能。而且如果他們開始說謊，就只能一直圓下去。」

但三個小孩一起說謊還不被警察盤問出來其實很少見。會成功的話，多半是只有其中一個知道真相，另外兩個人也被蒙在鼓裡。

「我讀了他們的供詞，」奧瓦特繼續，「他們非常字斟句酌，從不直接表示父親離開英國。一貫說法是他們認為父親已經不在國內了。」

「對警察表達自己的推論確實不違法，」華盛頓說出主教弦外之音，「但登革熱又是怎麼回事？這可以查到病歷吧？」

「很多傳教士去非洲之後回不來喔。主要有三個因素：戰爭、強盜，再來就是疾病了。」奧瓦特解釋，「如果那幾個孩子捏造，表示他們腦袋很好。」

「怎麼說？」

「坡警佐，你對登革熱瞭解多少？」

他直接搖搖頭。

「那只要聽懂兩點。首先死狀淒慘，再來就是傳染力極強。在非洲死於這種疾病的人會立刻火化。」

「意思是——」

「他們只要找到身分不明、年紀吻合的白人死亡紀錄，就可以聲稱是自己父親病歿。非洲許多國家，特別是還在戰亂的地方，根本沒有你所謂的病歷資料。」

華盛頓沒講話。

「別忘了，卡邁柯失蹤很多年。他孩子準備好那些間接證據，直到二〇〇七年才請法庭發出死亡證明並取得遺產。」

「接下來呢？被敗光了嗎？」

「不不不，事情不是這樣發展的。」

「不然呢？」

奧瓦特神情似乎是在心裡做了個決定。「坡警佐，感覺你是窮追不捨的類型呢。」

「確實是有這種性格缺陷。」他坦承。

「是好事。」奧瓦特說。

「什麼意思？」

「上帝眷顧你。」他笑道，「你有西裝吧？」

29

華盛頓將緹莉送回謝普威爾斯酒店，坎布里亞的天氣露出真面目，東風越來越強勁。艾德嘉對著昏暗天空嚎叫，不過散步片刻後牠就開心搖尾巴。

風勢大到薄外套擋不住了，他心想是不是該折返。其實沒有壞天氣，只是衣服穿錯。回程途中手機跳出訊息，史蒂芬妮告知：我待會兒到你家，得談談。

她要談什麼不言而喻，也來不及在房子周圍建造護城河了。到了門口看見裡頭有燈光，明明是自己家他還是敲門才進去。

史蒂芬妮怒氣騰騰。「你究竟上哪兒去？」

華盛頓沒立刻回話，走進去轉開瓦斯桶活門，爐子生火開始燒水以後才回頭。「怎麼了，總不可能休假期間還有活動範圍限制吧？」

她沒被挑釁，華盛頓也知道她沒那麼傻。「別扯開話題，你未經授權私自接觸證人。」

「證人？誰？」他來不及收口。

還好史蒂芬妮也以為他是故意裝蒜。「你心知肚明。法蘭西斯．沙普打電話到卡萊爾警局，問警方什麼時候要去逮捕他。」

該死……後來根本忘了那傢伙。他忍著笑。

「華盛頓，這不好笑！你害他們跟白痴一樣。」

「他們就白痴啊。」

「華盛頓，你自己想清楚。他們面對沒有線索的案情，還受到全國媒體放大檢視，一步都錯不得。證人遭到脅迫，甘孛之後還要怎麼辦下去？」

「但是孜爾——」

「孜爾要你留下來是幫忙想辦法，因為你能突破大家的盲點。」她打斷，「但孜爾可沒有要你自行其是捅婁子。他才剛和總警司通了整整一小時電話。」

「抱歉，」他妥協，「妳說得對。是沒有理由，該知會你們的。」

史蒂芬妮聽了似乎情緒軟化些。「交代一下查出什麼吧，語音留言解釋得不夠清楚。」

華盛頓說明一天行程，只是跳過最後和主教的會晤。那個行動直接違反她的命令，史蒂芬妮的性子很難容忍，尤其有過掘屍的前例。緹莉說不定會說出來，華盛頓沒來得及交代她別透露。但話又說回來，自己正在休假，主教住處位在合理的觀光路線上。

雖然還是氣，史蒂芬妮聽完好像對案情進展挺樂觀。

水壺響了，兩人稍微休息。等咖啡涼的一兩分鐘，華盛頓封好窗戶遮板、去外頭晃了圈確定自己的東西有固定。屋子本身倒不必擔心，都幾百年歷史了，古人建造的東西通常反而牢靠，而他做的改建裝修都是室內與地下工程。抬頭望去，居然還有綿羊大口吃草，絲毫無懼於風勢。想想也是，賀德威克綿羊壯得跟什麼似的，就算遇上暴風雪都能靠吃自己的羊毛撐上好幾週，這點天氣算得了什麼。

艾德嘉衝出來看主人在幹嘛，但很快就垂著耳朵躲回去。華盛頓把備用瓦斯罐也綁好之後告一段落，跟著進屋關門。

史蒂芬妮喝咖啡同時盯著釘在牆上的案情圖。上回造訪至今還沒更動。

「外頭風很大喔。」他脫下外套。

史蒂芬妮喝完，馬克杯放在小水槽。「下一步是？」

「妳確定想知道？」

「不想，但還是得問。」

「我和緹莉會陪卡萊爾主教參加一場慈善活動。」

史蒂芬妮臉埋進手掌哀號。

30

送史蒂芬妮回去酒店之後，華盛頓開始打理以前為工作準備的舊西裝。起了毛球還泛油光，重點是太大，自己都不知道回到故鄉之後瘦了多少，以前還嫌太緊會在皮膚箍出痕跡，現在掛在身上居然還會飄，彷彿他是個衣架。感覺可以給減肥藥做廣告，使用前使用後對比一目瞭然。和這一年整頓新家的各種勞動也脫不了關係。

但結論就是得弄套新的。還好那個慈善活動是隔天晚上，整個白天可以找地方買。他打電話問緹莉有沒有適合的禮服。

緹莉說沒有。

「肯德爾市區一定有賣，」華盛頓說，「十點過去接妳？」

「好的，坡。我們還能一起吃午餐嗎？」

「呃……當然可以。」

「好。」

「妳和弗林督察碰面了沒？」

「還沒，待會會一起喝茶。」

「嗯，記住，她問妳什麼都別撒謊。」

「好的。」

夜裡天氣從大風進展到狂風，但他睡得卻很好，醒來還以為都是自己幻想。開窗戶透氣，外頭陽光普照、天空蔚藍，撲面而來的風溫暖得好比新鮮麵包。

華盛頓換上舊衣服，出門繞繞看看強風是否造成損害，很快點頭稱是，屋子毫髮無傷，連綿羊都停佇在前一夜同個位置繼續吃草，頭都懶得抬起來。

回到屋內，他拿起昨晚整理的檔案與筆記重新讀一遍，看看是否找得出新頭緒。完全沒有，索性好好吃早餐。以前他會帶艾德嘉散步到謝普威爾斯酒店，在那邊用餐，今天擔心見到史蒂芬妮還是別去為妙。昨天好不容易算是和平收場，他怕說多了又要吵架。

今天給自己準備的是品質不錯的黑布丁[28]、兩顆新鮮鴨蛋搭配奶油吐司。

一小時後他在酒店外等緹莉。

兩人分頭採購，說好午餐時間再碰頭。華盛頓找了一間店就直接買，原本考慮盛裝打扮，但這一年多養成的簡樸習慣獲得勝利，他還是挑了價格合理而且可以機洗的西裝。

距離與緹莉會合還有一小時要打發，他溜達到肯德爾市警局找祁里安。

結果不僅祁里安不在，櫃檯駐警還明言不歡迎他進來閒聊。「快滾」這兩個字應該沒得誤會，所以華盛頓就在市區到處走走，反正天氣好、他休假。

午餐時緹莉給他看了自己買的衣服，洋裝上滿滿的紅色金色綠色，定睛一瞧原來是漫畫封面拼貼而成，還真適合她。

「很棒，緹莉。好繽紛。」他伸手從袋子取了個東西丟過去，「我買了東西送妳。」

緹莉打開的時候還笑個不停，看見T恤上寫著「宅力」字樣笑意逐漸收斂。華盛頓暗忖自己是不是弄巧成拙。

「抱歉，」他小聲說，「我以為妳會喜歡。」

「我很喜歡啊，坡！」她忽然激動起來，小心翼翼將衣服摺好收在袋子最底下。上頭是那件超級英雄小禮服，華盛頓望過去和蜘蛛人對到眼。

今天晚上可有趣了……

㉘在英國稱為黑布丁（black pudding），實際上是以動物血、內臟、碎肉製成的香腸，又稱為血腸。

31

華盛頓以前沒來過湖邊劇場。明明後來才蓋的，卻和市政大樓那種古蹟神似，還好採用湖區生產的石材稍微增添了點魅力，而且建築呆板卻能靠環境烘托。地點是凱西克鎮邊緣德溫河畔，背後就是西郊丘陵。他一直覺得包圍凱西克、安布賽德、格拉斯米爾三個村落的這片山麓形狀太巧，巧到像是攝影師用Photoshop合成在照片背景。個人欣賞的是更西邊更南邊那種有野性的地形，遊客對謝普周邊風景不是茫然就是激昂。

但回到劇場來說，確實漂亮。

坎布里亞郡的上流與精英——至少如此自詡的一群人今天湧入劇場。男性有一半是黑領帶、另一半則像是展示現代西裝設計能夠多浮誇，藍色、綠色甚至紫色都來了，還有人戴著土耳其圓筒氈帽。

*譁眾取寵，*華盛頓心裡罵道：*越想與眾不同反而越落俗套。*

相較眾賓客的審美，他和緹莉反倒最顯眼。華盛頓知道自己不夠體面，衣服看起來廉價，因為真的就廉價。連門口接待的裝扮都比較高級。

*隨便，*他是來查案，不是來交朋友的。

緹莉處境好一些。之前總是束個緊緊的馬尾，現在頭髮放下來披在肩膀，搭配漫畫風格洋裝顯得活潑可愛，哈利波特厚鏡片也摘下來換成隱形眼鏡。有些男子似乎對她頗有好感，但她本人渾然不覺。

華盛頓視線鎖定遠處，「抬頭嘍，」他提醒緹莉，「主教來了。」

尼可拉斯．奧瓦特之前說的上帝眷顧，是指今天要為威斯摩蘭古郡的貧困兒童舉辦募款餐會，主持人正好是昆丁．卡邁柯的兒女。

華盛頓問了卡邁柯三個孩子如何處理鉅款。答案揭曉：他們成立了卡邁柯基金會。

「二〇〇七年，他們每人取走十萬英鎊，剩餘用來成立這個非營利基金會。」主教當初這麼告訴他。

「善心人士。」華盛頓說。

「其實未必。二〇〇七年那時候超過三十萬英鎊的話遺產稅高達四成，他們每個人領十萬，剩下的成立基金會，等於完全不必繳稅。」

「想必三個人都列席董事會，大概還當到董事長。」

「年薪頗為豐厚，」奧瓦特附和，「但我覺得不能說他們貪婪，三個孩子為父親收爛攤子，自然也想保障自己的權益。何況，基金會也是有在做事。」

卡萊爾主教閣下今天並非公務身分，所以沒做神職裝扮，身上是古風西裝，不過仍舊比華盛頓體面二十倍。

瞥見兩人，奧瓦特眨眼示意。不知道他對兩人穿著是否有意見，總之沒表現在臉上。主教主動過來開口：「果然是黑衛士出身，時間拿捏特別準。」

有趣，主教調查過自己卻還是露面。這回或許找到靠山。

奧瓦特從西裝內裡取出鍍金邊的請柬。「進去吧？」

活動名義是慶祝基金會成立十週年。精緻點心和香檳一字排開，場面浩大，華盛頓不知威斯摩蘭那邊的困苦孩童會有何感想，至少他自己看了很不舒服。

「覺得挺罪過的是嗎？」奧瓦特問，他點點頭。「其實沒有看起來那麼糟，」主教手輕輕一比，「不討好這些人，怎麼叫他們拿錢出來呢？這是慈善界行之有年的小技巧——讓來賓感覺機構非常有錢，捐少了會被瞧不起。前面肯在酥餅和魚子醬花錢，結算出來的金額才會高。」

既然如此他也無話可說，反正慈善並非華盛頓生活內容，雖然定期捐款給英國皇家軍團㉙、捐衣服給樂施會，這種活動與自己是絕緣的。

主教繼續說：「我得去和一些人握手寒暄，還要上台致辭。之後吧檯碰面喝杯威士忌吧？想認識誰，到時候我都能介紹，建議你這一個鐘頭左右就好好享受。」

可惜華盛頓終究享受不起來，卡邁柯家準備的佳餚有些他看不出是什麼、其餘的他都不喜歡，比方說生蠔對他而言就像吞一口有鹹味的痰，龍蝦真的就是蝦子巨大版。素食部分同樣華而不實，他和緹莉決定投靠喝到飽的免費酒吧，分別叫了一品脫坎伯蘭麥芽酒和一杯氣泡水。

兩人拿著飲料在劇場內部晃蕩。大部分地方開放，禮堂設置好講台，左右沿著牆壁設置鋪好布巾的桌子。要捐款的在左邊派對，人數還不少。右邊桌子上是昆丁．卡邁柯的介紹，說明基金會成立淵源。

華盛頓走到左邊拿了個捐款信封，上面要填寫郵遞區號。如果他填了，基金會能根據國家的贈與規定得到減稅。他沒填，住家也沒有郵遞區號，隨手丟了二十英鎊進去就封起來，連名字都不寫。穿著燕尾服的男人留意到了，不停上下打量他。

「有意見？」華盛頓問完瞪著對方，直到那人自己臉紅走開。

王八蛋。

隨即感覺還有視線停在自己身上。

正要如法炮製瞪過去，驚覺對方是什麼來頭。

「該死。」華盛頓嘀咕。

「坡，怎麼了？」緹莉問。

「坎布里亞警署署長。」

「喔，」她回答，「所以呢？」

「他看我不順眼得很。」

「怎麼會呢？你那麼討人喜歡。」

呃……這是緹莉．布雷蕭嗎？她居然會開玩笑了，真稀奇。華盛頓咧嘴一笑表示不在意。

「他就心眼小啊，當初想把我卡在坎布里亞，不讓我進刑事局。」再轉頭，「糟糕，他朝這邊過來了。」

署長走路那模樣感覺需要軟便劑。他穿著全套制服，帽子夾在腋下，衣服掛滿勛章，華盛頓肯定有些絕對是借來的。明明頭髮稀疏，橫梳的髮型反而欲蓋彌彰。除了酒糟鼻，還有特別突出

㉙為支持軍隊成員、退伍軍人及其眷屬的慈善組織。

的下巴，遠看就像小丑靴。雷奧納．塔平頗有當年東德邊境衛兵的神采。

「坡。」對方先開口。

「雷奧納。」他回答。

塔平鼻孔撐開。「你該叫我『署長』。」

華盛頓暗忖自己現在又不歸他管，但想想還是算了沒多嘴，總覺得如今這份成熟可能是受了緹莉影響。

「你他媽的怎麼會出現在這種場合？」來不及回答，他又補上一句：「還以為卡邁柯家有點格調。」

「看來是沒有。」華盛頓故意一邊啜飲一邊說，「緹莉和我是客人。」

緹莉伸手，塔平視而不見。

「哪個白痴居然邀你？我該好好教育一下。」

「可以啊。」他轉身說，「緹莉，麻煩妳幫個忙，去問問卡萊爾主教是否方便過來？」

塔平一聽臉色少了幾分血色。

她點頭。「要跟他說原因嗎？」

「當然。就告訴主教，坎布里亞警局署長說想教育他。」

塔平臉色更蒼白，先睨了緹莉一眼又轉頭朝華盛頓低吼：「你沒那個膽！何況明明上頭就叫你不准接觸主教！」

「唔，所以是甘孛總警司的意思？情況不妙呢。」

緹莉朝主教那邊走。

「卡萊爾主教常常直接會見大主教閣下，對吧？不知道被當成白痴是什麼滋味？」

塔平咬緊下顎。

「大主教好像是倫敦警察廳顧問委員，身兼代理副總監？」

塔平想出頭也是人盡皆知，他自己並不想留在坎布里亞郡這種鄉下地方。

「夠了！」署長忍不住吼出聲，周圍許多人望過來。

緹莉看著華盛頓等他進一步指示，但他沒講話。

「別這樣……」塔平聲音都快哭了。

「緹莉——」

「坡，什麼事？」

「妳請主教過來之後，經過櫃檯麻煩再幫我要一品脫坎伯蘭麥芽酒好嗎？」

「沒問題，坡。」她轉身一直線走去，主教身旁正好沒人。

兩人無言看著女孩接近尼可拉斯．奧瓦特，輕輕拍了下老人家的手臂。主教轉身，稍稍彎腰聽完緹莉講話，一齊望向華盛頓與塔平。華盛頓揮了揮手，塔平沒動作。接著緹莉帶著奧瓦特回來，走得有些慢，因為太多人想和主教攀談。

「操他媽的……」塔平想發作又無能為力：「給我記住！」

「其實你還有三十秒。」

「三十秒幹嘛？」他掩飾不了恐慌。

「買通我。」

「買通你什麼呀？」塔平眼睛離不開一步步走近的主教。

「我可以不跟主教說，你不僅羞辱他的客人，還說他是白痴。」

「怎麼做？」他飛快追問。

「我要回到火祭男案件的調查團隊。」

又過兩秒，主教繼續逼近。

「好啦！」

「今天晚上，」華盛頓說，「就要接到我們科長的電話，說你們坎布里亞郡回心轉意了，給我同樣權限。」

塔平咬牙切齒。「給就給！」

「雷奧納，換作我是你，擠也要擠出笑臉。主教影響力有多大你比我還清楚……」

❖

「太有趣了，」華盛頓對緹莉這麼說。主教要上台致辭，塔平躲起來打電話。「現在，」他繼續，「我們認識認識卡邁柯一家人吧，今天晚上就得跟三個都講到話。」

說起來容易，實際上撇開卡萊爾主教的話他們三個是主秀，上去拍馬屁的不但沒變少還越來越多。華盛頓和緹莉等不到機會，先走到禮堂右邊那排展示櫃。

他們從遠離講台一側向前走，走著走著華盛頓意識到整場布置是按照時間排列，但自己走錯了方向，最先看見的展示就是今晚活動邀請函，接著是卡邁柯三人與許多官員以及小咖藝人的合照，大家一同捧著放大幾十倍的支票，不然就是人手一只香檳酒杯。

看完最近十年的展示品，有人輕輕拉了下他的手肘。是主教。

「坡警佐，給你介紹珍妮．卡邁柯。」

珍妮．卡邁柯四十出頭、身材高挑，金髮高高盤在頭上，禮服雖然低調但可能比賀德威克農莊還貴。

她淺笑伸手，手掌卻不像一般人直直地伸過來，而是掌心朝下，彷彿自己是貴族。華盛頓看了差點沒鞠躬親吻，但只是輕輕握了下對方手指。珍妮．卡邁柯對緹莉視若無睹，緹莉也一樣不為所動，自己走到旁邊。

「你好，」珍妮．卡邁柯先開口，「不知道坡警佐怎麼忽然賞臉蒞臨？」

他沒講話，視線停在緹莉身上。

珍妮．卡邁柯輕咳，顯然很不習慣被人晾著。可是緹莉盯著一個展示櫃，臉上神情變得非常古怪，最後轉頭回來望向華盛頓。

她找到線索了。

「華盛頓，怎麼了嗎？」奧瓦特見狀疑惑。

「容我失陪。」他回答之後走向緹莉，主教跟了過去。

「緹莉，怎麼了？」一走到她身旁華盛頓才出聲，手機隨即響了起來。來電顯示是史蒂芬妮．弗林，所以署長沒食言。他把黑莓機關靜音。

緹莉眼睛還是離不開櫃子裡一張照片。鏡頭拍到船，看外形是湖泊觀光常見的蒸汽遊艇。華盛頓湊過去仔細研究，蹙起眉頭。他不懂緹莉究竟為什麼情緒激動。

主教也探身查看。

「照片怎麼了嗎，緹莉？」華盛頓問，「跟我說妳究竟看到什麼。」

「坡，你看。」她伸手一指，結果並不是華盛頓剛才留意的照片，而是照片底下那張請柬。同樣是慈善活動，在奧斯湖的遊艇上舉辦，時間早於基金會成立，推測是昆丁・卡邁柯本人主導的最後一場募款。

華盛頓靠得更近，讀了上頭內容，感覺除了印刷和現在的請帖沒有太大差異。距離現在二十六年，主題是慈善義賣，所得捐給當地孤兒院，活動名稱為「試試手氣？」。類似活動全國各地都有，拍賣品由企業和商家捐贈，與會的有錢人出價競標，標的常常是奢華餐廳的雙人宴、週末度假招待一類東西，他並不覺得特別奇怪。

請帖註明「邀請制」。

「女孩兒，妳到底發覺什麼啦？」奧瓦特問。

主教才說完，彷彿烏雲散開、陽光普照，華盛頓頓悟，明白了緹莉為何這種反應。問題出在活動名稱。「試試手氣？」他第一遍讀到的就這麼簡單，明明線索在眼前卻視而不見。

「我的天……」他低聲驚呼。本來以為今天這趟是要跟暴發戶唇槍舌劍，沒想到發展出乎意料。

「怎麼了，華盛頓？你們看到什麼？」尼可拉斯．奧瓦特問。

「都看見了，尼可拉斯，」他輕聲回答，「看清楚了。」

看清楚了。「試試手氣」後面不是問號。

是詰問號。

33

華盛頓起初認為自己在昆丁．卡邁柯的棺木內找到另一名死者，經由這個發現才能找出真相，現在則看見另一條路。縱然遭遇很多阻礙，華盛頓始終相信是火祭男指引自己前往肯德爾市墓園，即便沒料到他動作那麼快，但終歸是等著開棺驗屍。

可是今天晚上找到的線索不像事前安排好的。火祭男再精明都無所謂，緹莉能在一張二十六年歷史的請帖上注意到詰問號不在他計畫內。換言之，整個案情中火祭男第一次失去主導權。華盛頓不確定是否能說兇手失誤，但就算不稱之為失誤也十分接近。

如此一來所有展示櫃與展示品都成了兇案證據。華盛頓請署長動用職權封鎖現場，塔平走來走去也看不出多大作用，珍妮．卡邁柯找了哥哥鄧肯過來大罵華盛頓毀了好好的活動。

鄧肯是個滿臉橫肉大塊頭。「知不知道我是誰？」

華盛頓嗤之以鼻，明知道沒必要還是轉身說：「緹莉，幫忙打電話給精神衛生局好嗎？這裡有人不知道自己是誰。」

「好的，坡。」

他眼角餘光注意到緹莉拿出平板操作。

「緹莉——」

「坡，什麼事？」

「平板收起來吧。」

「好的，坡。」

接著派翠莎也來了，卡邁柯三個孩子到齊，一同譴責華盛頓擾亂會場。他不為所動。

「鬧夠了沒啊！你根本是流氓吧！」鄧肯罵道。華盛頓心想待會兒對方說話就會更不客氣。他想撥電話給史蒂芬妮，指著自己手機。「噓。」

「喔，受夠這個渾球了！」派翠莎．卡邁柯叫道，「我去請尼可拉斯幫忙。」

「我是主教閣下帶進來的。」華盛頓電話沒被接聽。

他都那麼說了，派翠莎．卡邁柯還是過去向主教求援。奧瓦特努力安撫，但很明顯支持華盛頓將案子查清楚。

主教似乎相信自己的判斷。

而且連警署署長都跟著站到他這邊。雷奧納．塔平或許只顧自己升官，但也說明他的腦袋並不笨。華盛頓指出火祭男身分或許藏在展品內，換言之和卡邁柯這家人走得太近未來未必是好事，於是塔平便以署長身分呼叫警員過來現場。卡邁柯一家三人還想爭執，他索性揚言再阻攔就逮捕。

之後塔平竄到華盛頓身旁低語：「這回你最好別搞砸。」

緹莉隔著玻璃拍攝櫃子裡面的東西，這麼做才能確保自己手上有參考資料，不必全部看甘字臉色。但華盛頓暗忖，重點不過就是那個神祕的詰問號罷了。

乍看之下那符號沒有意義，置於慈善拍賣會這情境更是毫無矛盾。問題是……上回看見這符號，他被帶入兇殺案更深的黑幕中，這回肯定也一樣。

要從二十六年前的慈善活動挖出情報，難度很難估計。如果網路上有線索，緹莉一定能找到。卡邁柯這家人大概可以放棄，與他們自身利益關係太大，何況當年年紀都還小。

一道低沉嗓音傳來，華盛頓意識回到會場。甘孛來了，祁里安跟在後面，史蒂芬妮想必不會拖太久。總警司當他空氣，直接過去找署長談話。華盛頓聽不懂兩人討論什麼，從激動的肢體動作判斷，甘孛那邊應該沒什麼收穫。講完話，總警司大步來到他面前。

「不知道你用了什麼手段，坡，但署長想讓你回來調查。」甘孛雙唇抿得很緊。

之後好幾秒，兩人大眼瞪小眼。華盛頓知道甘孛心裡不滿，尤其氣憤自己手下為什麼總是跟不上進度，但事實上兩邊根本不是敵對關係。他覺得根本沒有衝突的必要，和解方為上策。

「總警司，我完全明白要為調查負責的人是你，」他試圖談和，「而且願意盡我所能協助偵辦這個案子。但同時也請你考慮重案分析科存在的意義，我們原本就應該在分析與情報方面提供輔佐。」

「也罷。」甘孛說完，招手要祁里安上前。「瑞德警佐，你重新擔任與重案分析科之間的聯絡人。這回別再亂搞了。」

「是。」祁里安一臉正色。華盛頓掘屍完又毀了名流活動，雖然嚴格來說不是祁里安的錯，但識時務的他自然懂得別多嘴。

緹莉打斷他們對話。「坡，都拍好了。」

他點頭。「那我們走吧。」

祁里安問：「上哪兒？」

「酒吧，」他回答，「我想喝一杯。」

❖

凱西克鎮上的兄弟會酒吧這時間還有供餐，而且和募款餐會不同，是能吃飽的東西。三人在酒吧的瓷磚地板花園找了個僻靜角落，俯瞰風景是附近某座停車場。華盛頓點一份大的約克郡布丁[30]和燉羊肉與祁里安分著吃，然後給緹莉點了蔬菜千層麵。

「接下來該朝哪個方向呢？」他問。

「兄弟，」祁里安開口，「我連現在走到哪兒都不清楚。」

「也對。」之後半小時，華盛頓和緹莉解釋自己休假期間的事情經過，說完時餐點正好也送到。繼續聊下去會口沫橫飛，他叫兩人暫停，乖乖吃完免得滿身湯汁。

飲料續杯之後，一直盯著平板的緹莉說：「二十六年前有兩間公司經營奧斯湖的遊湖行程，其中一間幾年前停止營運，原因是業主死亡——不必問，是自然死亡——他孩子不想繼承就收了。另外一間還在，業績很好，歷史長達一百五十年。」

華盛頓說：「好，目前假設那次遊艇活動很關鍵，所以兩間公司都得徹查。」

「交給我。」祁里安回答，「從伊登區議會的營業登記就能找到，需要追蹤的話我再多叫兩

[30] 搭配肉類的鹹糕點（外形與口感其實接近麵包，傳統搭配的是烤牛肉）。

個人幫忙。」

華盛頓點點頭，他本就希望祁里安負責這件事，由坎布里亞郡當地人出面比較好。

「你認為在遊艇上有什麼事件是嗎？意外事故之類？」祁里安問，「有錢人幹了傻事通常特別笨，第一反應就是掩蓋事實。」

華盛頓則搖頭。「未必。真有什麼事情，那個詰問號代表事前就有策劃，至少有一個人心知肚明。」

「昆丁．卡邁柯？」祁里安追問。

「有可能，但不是百分之百。」

「推測是？」

「多數命案追根究柢原因都是金錢或性，可是目前看不出端倪。昆丁．卡邁柯死亡時戶頭裡還有大約五十萬英鎊之多，沒道理為錢鋌而走險。」

「那……？」

「我想得先找育幼院的人談談，確認拍賣會所得真的有到他們手上。」

34

翌日早上八點鐘，緹莉、祁里安與史蒂芬妮到賀德威克農莊集合，不過史蒂芬妮待會兒就得先走。昆丁・卡邁柯涉案掀起政治風暴，他兒子女兒毫不意外開始動用一切資源阻止警方瞄準自己父親，其中包括西敏寺人脈——有些人與卡邁柯家過從甚密，所以也是自保——某個小部長為此叫刑事局局長過去談，局長要求重案分析科派出代表隨行。

史蒂芬妮意思是緹莉也該跟著回到總部，但緹莉不肯。「這樣旅館房間沒辦法報公帳的，」她提醒，「而且妳在總部能做的事情一樣多。」

「我跟坡、跟艾德嘉住就好了呀。」緹莉反駁。

華盛頓本想解釋：年輕單純女孩與牛脾氣中年男子，這組合不大好。可是史蒂芬妮搶先一步，眼珠子轉了圈竟然妥協了。「好吧，但只能幾天。」科長要三人繼續認真辦案，盡量別再跟別人起摩擦。

他苦笑說無法保證。

緹莉大半夜耗在網路，也的確有了些頭緒。請帖上受贈育幼院叫做七松之家，已經關了，不過原本就隸屬坎布里亞郡某個宗教組織，而且所有兒童安置機構都受地方政府監督。

關門這點使華盛頓更懷疑，但他打電話給卡萊爾市兒童福利處，執勤社工給了合理解釋：「坡警佐，坎布里亞郡已經沒有兒童安置機構了哦。現在孩子都交給寄養家庭，一方面是成本考量，另一方面環境反而更好。倘若真的有孩子需要安置卻找不到地方，基本上就送到郡外了，只是背後費用很高。」

「這樣啊，」華盛頓上了一課，「我想瞭解七松之家和以前他們的慈善募款，應該找誰比較好？」

「是我就職之前的事情了呢。」對方回答。幸好她也並非想推諉，答應會向資深人員詢問，留下華盛頓的電話號碼表示之後聯繫。

等消息的空檔，華盛頓煮了一壺濃咖啡放在桌上。這回連緹莉也喝了。祁里安帶了甜甜圈和一包剛磨好的咖啡豆過來，說是補充前幾天消耗的。華盛頓聞了聞心裡感慨：品質很好的瓜地馬拉咖啡豆，手工烘焙，而且還是他原本就會去的店家。謝過之後暗忖其實真沒必要，活了大半輩子住處從來不缺咖啡，存量永遠足夠。終歸是對方一番心意，華盛頓就刻意擺得前面些，這樣下次泡咖啡會記得拿來用。除了點心與咖啡，祁里安也帶來昆丁．卡邁柯的檔案，三人花了半小時熟悉內容。說真的沒重點，華盛頓慶幸的是當年調查沒明顯漏洞，那筆錢確實來歷不明，卻也無法證實涉及犯罪。緹莉同樣將所有資料留檔在平板電腦，以後就不必帶著紙本在身邊。

祁里安手機響起，他看了螢幕以後伸手指抵著嘴唇示意。「是甘孛，」提醒後他接聽，「我是瑞德警佐。」

華盛頓想偷聽，但自己的手機也響了。來電顯示開頭是01228，卡萊爾的區號。他按下綠色接聽鍵。

「請問是坡警佐嗎？」

「我就是。」

「你好，我叫奧黛麗．傑克森，是兒童照護處副處長，有志工反映你曾經致電詢問，想瞭解關於七松兒童之家的事情是嗎？」

華盛頓表示的確如此。

「能請教理由嗎？」

「與兇殺案調查有關。」

「這樣啊……」聽得出來對方始料未及。「但你好像不是坎布里亞郡警隊人員？」

華盛頓解釋自己隸屬國家刑事局，目前與坎布里亞警方的調查小組合作。對方回答：「你方便出門嗎？如果中午可以到卡萊爾市公民中心的話就直接見面，我可以去檔案庫把資料調出來。」

「檔案庫有財務紀錄嗎？」有的話更好追蹤。

「內容我沒讀過，待會兒我可以查，不過要查到什麼時間點？」

「二十六年前。」他回答。

與奧黛麗．傑克森結束通話之後，祁里安那邊也告一段落。「老闆打來的，」他說，「卡邁柯棺材裡面裝的人找到身分了，叫做賽貝欽．道爾，六十八歲。大家都以為他與家人移居澳洲，所以沒有失蹤通報。」

「其他條件也符合嗎？」

「目前只知道這些，甘孛說有新消息會隨時通知。」

華盛頓沒再多說什麼。新的被害人、同樣年齡區間，一切線索都指向昆丁・卡邁柯當初舉辦的慈善遊湖。他起身。「該走了，不然中午會遲到。」

35

市政中心大樓舉辦過多次慈善繩降活動，即便如此，在華盛頓眼中仍舊是坎布里亞郡最沒有靈魂的建築物。他認為死板的環境造就死板的思考，這棟十二層大樓是坎布里亞最高決策者的辦公地點，結果可想而知。明明威廉．華茲渥斯和碧雅翠絲．波特都是本地出身，他真不明白當年誰批准在這塊歷史城區建造如此礙眼的鬼玩意兒，希望趕快有人提案拆除、全部搬走。

一行人被帶到委員會C會議室，內部毫無特徵、毫無冒犯人的可能性，就是一張橢圓長桌、幾張塑膠椅子以及透明壓克力裱起來的政策宣傳海報，天花板上燈光暗淡閃爍。接待人員送上茶、咖啡以及小點心，祁里安拆開巧克力小餅乾，正好三包大家分了吃。

奧黛麗．傑克森準時中午才露面，身邊跟著戴眼鏡的男子。華盛頓等人自我介紹完，留意到對方兩人都刻意繞到桌子另一側入座。

而且他們手上根本沒有文件。

奧黛麗．傑克森隔壁的男子先開口：「我叫尼爾．伊凡斯，是議會法務部門。坡警佐，我必須請你提供確切理由，說明為何七松兒童之家會與命案扯上關係。」

「不是在電話裡和傑克森女士解釋過嗎？」

「恐怕得請你對我重複一遍了。」伊凡斯回答，「縱使並非政府經營，坎布里亞郡議會有義務保護七松兒童之家收容的每個院童。他們最小的今年已滿二十一歲沒錯，然而政府仍舊必須遵守個資法。」

「但已經進入命案調查階段了。」華盛頓提醒。

「儘管如此，」傑克森女士介入，「坡警佐你得明白待過安置機構的人背負了社會烙印。以前有過類似情況，警察想要的根本不是證據，而是從院童紀錄內找到最符合罪犯側寫的候選人。」

華盛頓沉吟。這確實是個問題。

「所以萬一你們採取了亂槍打鳥的做法，伊凡斯先生就會根據法令，阻止警方逼迫議會交出以前的院童名單。」

華盛頓解釋至此為止的來龍去脈以及為何三人要跑這一趟，說完後補充：「傑克森女士，其實我想看的並非院童名單，目前焦點在於那次遊湖活動，然而知道詳情的人已經死亡。妳聽說過昆丁．卡邁柯嗎？」

從兩人交換的眼神就知道答案。

他們並未否認。

伊凡斯回應道：「抱歉，坡警佐，但你提供的資訊尚未跨過合理性門檻，我的工作就是不讓議會暴露在風險中，所以無法答應讓你調閱紀錄。雖然你十分坦誠，但之後還是會針對院童相關資訊特別加以管制。如果你真的非看不可，就麻煩你申請搜索票。」

換作以前，華盛頓可能悶得跑去捶牆壁。但這回伊凡斯說的不無道理，於是他換個策略。

「那些紀錄是否值得勞師動眾取得搜索票呢？」

伊凡斯與他四目相交，微乎其微點了點頭。

他問祁里安：「要花多久？」

「你也看過刑警隊模式。甘孛當總警司不差，但做事太謹慎，不會第一時間答應。」

華盛頓早就猜到了。可是他沒時間也沒心情等甘孛慢慢跟上進度，便走出會議室撥電話給史蒂芬妮。

首先他向史蒂芬妮解釋為何碰壁，然後表明自己認為紀錄裡面應該有線索。「史蒂，我想要搜索票，不能等甘孛拖拖拉拉。妳有辦法從孜爾那邊弄到嗎？傳真到卡萊爾市政中心大樓，我請瑞德警佐直接去法院用印簽名，過馬路就到了，兩分鐘的事情。」

「沒有搜索票絕對不肯給？」

「嗯。議會的法務擔心事情鬧大。」

「怎麼鬧大法？」

「我也好奇。」華盛頓說。

「交給我。」史蒂芬妮回答。

他回去會議室表明自己已經提出申請，伊凡斯也願意等。

「祁里安，推事[31]對坎布里亞當地警官會比較信賴，麻煩你到樓下處理。」

「要不要通知甘孛？」

---

[31] 原文magistrate，專門審理輕度的刑事罪案，職權和階級都比法官（Judge）要低。

華盛頓搖頭，認為必須先確保檔案內容。「查到東西再告訴他。」

「他會氣炸……」祁里安提醒，「都第幾次了？」

「我知道。」華盛頓點點頭不以為意。

看得出來祁里安也覺得無妨，逕自下樓到接待處等傳真。華盛頓可以想想不出五分鐘接待處小姐就會對他服服貼貼、殷勤送上飲料蛋糕，傳真出來之前祁里安會連對方丈夫有什麼癖好、小孩未來的志向都問出來。要是他想的話，甚至能陪對方一家人上館子用餐飲酒……

華盛頓問了些關於七松的簡單問題。

「既然背後是慈善單位，為什麼相關紀錄到了你們手上呢？」

「法律規定。」伊凡斯也覺得還在安全範圍，可以回答。「形式上我們不是買下私人照護機構的床位，而是採取合作夥伴模式，但也因此金流需要處長階級的官員核銷。」

「同時也保障議會能掌握需要照顧的兒童人數，」傑克森女士補充，「不能安置之後就拋諸腦後，還是要密切追蹤。」

很有道理。

「二十六年前的負責人是誰？」

傑克森女士看了伊凡斯一眼，伊凡斯點頭示意。

「希拉蕊・綏夫特，人事任命經過議會審核。那時候擔任兒童機構負責人也得持有社工證照。」

「還在政府任職嗎？」

「退休了。」

華盛頓示意，想多瞭解些。一般而言，提起前同事總是會多說兩句，無論好的壞的，不會結束在這種地方。感覺她或許有所隱瞞。

不過奧黛麗・傑克森並非靠嘴巴上位的類型，雙臂放在胸前守口如瓶。

伊凡斯出面解圍。「坡警佐，現任與退休的政府人員都一樣受到個資法保護。」

門打開，祁里安進來遞上一張紙。華盛頓掃了眼，搜索票對象設定為過去三十年間七松兒童之家所有紀錄。他交給伊凡斯，伊凡斯換了老花眼鏡好好檢查之後說：「既然如此，東西就在我辦公室。早預料大概會走到這步，所以事前已經整理好。只不過可能得請個人過去一起搬……」

「祁里安？」

「好，」他起身，「伊凡斯先生請帶路吧。」

法務離開之前回頭說：「奧黛麗，妳想跟坡警佐說些什麼的話儘管說沒關係。」

華盛頓望向桌子對面。傑克森女士把手放下來。「警佐，當初的事情我略知一二。」

36

「希拉蕊．綏夫特後來辭職了。」奧黛麗．傑克森解釋，「並不是服務多年功成身退，而是『妳不辭職後果自負』那種情況。一切就是從那場慈善活動開始。」

華盛頓心跳加快一拍。他身子前傾。「奧斯湖？」

緹莉在平板電腦上滑來滑去，找到晚宴時拍攝請帖最清楚一張照片給對方看。

傑克森女士輕輕掃一眼。「沒錯。」

「這麼肯定？」

「對。我之所以知道，是因為當初我參與調查。」

華盛頓一臉困惑。「社工進行調查，為什麼？如果懷疑盜用善款之類的，不是應該交給政府的財務或法務處理才對嗎？」

她蹙眉。「坡警佐，財務的確不是我的專長，」她答道，「而且雖然我沒讀過檔案，根據伊凡斯先生說法，金流部分沒有疑點。我想七松之家在這方面沒太大問題。」

輪到華盛頓蹙眉。這樣跟自己的假設又矛盾了。但上帝關了一扇門，就……

「我參與調查是針對活動之後的事情。」

「請詳細說給我聽。」

傑克森女士回答：「你們只看請帖不會知道內情，上面沒有寫。那場拍賣名義上是為七松之家募款，但事實上也是七松之家自己主辦。」

緹莉繼續翻找照片，看完以後對華盛頓搖頭示意。

傑克森女士說了下去：「而且我的意思就是希拉蕊・綏夫特涉入很深。活動從頭到尾都是七松之家自理，意思是他們自己包船、打點餐飲，為了節省開支還找了四名院童上船擔任侍者，為客人端盤子倒酒之類。」

「這算虐童嗎？」華盛頓問。

「還好。七松之家每年有好幾次類似安排，參與的院童其實很開心。」

「為什麼開心呢，奧黛麗？」緹莉問。

「那些孩子比較早熟，明白別人怎麼看待自己、懂得裝出天真乖巧的模樣討好大人，可以拿到小費。調查過程中我問過希拉蕊・綏夫特，她印象中那些孩子每個人都拿到超過五百英鎊。」

「小費？」華盛頓低呼。二十六年前這數字對小孩來說不得了。

「沒錯，小費。」對方肯定，「單論邏輯也不算奇怪。客人本來就是為了支持育幼院才參加活動，孩子人就在現場，錢直接給他們有何不可？」

「要說有何不可，我想得到幾個理由。」華盛頓回答，「例如，他們幾歲？」

「十、十一左右。」

「這就是問題。」他轉頭問：「緹莉，二十六年前的五百英鎊換算現在是多少？」

緹莉搜尋之後說：「根據英格蘭銀行的通貨膨脹計算公式，約等於現在的兩千英鎊喔，坡。」

華盛頓回頭望向傑克森。「一下子拿到兩千英鎊，有多少孩子、尤其出身環境惡劣的孩子，能夠不走偏？」

「你拿我當初的質疑來問我，我還真的回答不了。」

「所以出了什麼狀況？」

「你認為呢？」

酗酒、毒品，反正絕非好事。華盛頓在腦海整理一遍，原本設定的行兇動機是錢，但不代表只能往那個方向思考，辦案很少能夠一直線。如果查下去出現別條路，就走走看。

「傑克森女士，我需要與當年上船的院童談談，」他開口，「或許可以更瞭解那天晚上究竟出了什麼事。檔案裡面應該有個人資料吧？」

「警佐，偏偏就是這點很難。」

「什麼意思？」

「坡警佐，拍賣隔天這四個孩子都買了車票去倫敦。跑掉不久寄過一些明信片給希拉蕊，但後來音訊全無。」

37

華盛頓反覆思索。祁里安和伊凡斯回來，手裡捧著幾疊文件。

祁里安留意到他表情。「怎麼了嗎？」

華盛頓抿著嘴唇，不想在外人面前隨便提出案情假設。他沒回答祁里安，繼續向傑克森女士提問：「後來情況是？我想就是孩子不見，所以才展開內部調查？」

「那是一部分原因。船上工作人員提到看見孩子們喝酒，從酒吧拿到飲料都先偷嚐。我猜是小孩子嬉鬧，比賽誰喝最多之類的。」

華盛頓年輕時也不是乖寶寶，完全能理解免錢的酒放在面前，要那種歲數的人忍住幾乎是天方夜譚。「法規不允許才對？」

「當然。」傑克森說，「家庭照顧與政府照顧最大的差別就在這裡，政府沒辦法每個場合進行獨立裁量。法定飲酒年齡是十八，偷喝或淺嚐也一樣禁止，任何人都不可以鼓吹或通融。」

很合理，站在政府立場如果還要管控機構負責人太困難。今天讓孩子喝酒，明天會不會讓孩子吸大麻或性氾濫？「希拉蕊．綏夫特沒有阻止？」

「她人不在現場。法規制訂得很清楚，她必須跟孩子一起過去，不能讓院童參與缺乏監護的活動。」

「那——」

「為什麼她不在場是嗎？這當然是調查目的之一，坡警佐。希拉蕊．綏夫特聲稱女兒忽然發燒，加上那天院裡一半孩子上船，院內本來就沒留人，所以臨時找不到工作人員去現場支援。調查取證很多次，有一次面談中她強調船上的賓客都是社會中流砥柱，那些孩子不可能遭遇危險。」

祁里安開口：「強詞奪理。」

「我們瞭解，瑞德警佐。」傑克森女士回答，「沒有親自監督、院童在船上飲酒，種種疏失加起來導致希拉蕊．綏夫特除了辭職沒有第二條路。院童逃離機構、甚至成年前一直躲避政府追蹤都不算罕見，即便如此我們還是要盡力避免。」

「應該報案了吧？」華盛頓問。

「唔，不是我處理，但當然報了案，」她回答，「警方也有採取行動。那個年代發生這種事情，對社工圈而言並非所謂的白人女孩失蹤症候群[32]，中產階級小孩逃家就要鬧大。是機構收容的兒童不見，不能用『不然呢？他們就是想跑啊』這種敷衍態度看待。」

華盛頓明白她說的道理。就算警察協尋，一定會有很多孩子沒被找回來，可是社會黑暗角落太多有心人等著獵物出現，七松之家四個孩子就是目標。希望他們能夠平安長大、過著正常生活。之前讀過報導：從十六歲起到年老色衰找不到客人為止，被迫賣淫的孩子為皮條客賺的錢超過二十萬英鎊。考慮到即使是倫敦，口交一次可能才二十英鎊，不難想像遭剝削的人必須接客多少次。

祁里安插話：「這個案子其實我有點印象，負責調查的警官滿認真的。那四個孩子買的車票是遊湖活動隔天早上第一班，卡萊爾出發。坎布里亞警隊聯絡了倫敦警察廳，請那邊協助搜索。」

「我們也和倫敦全部三十四個區議會都聯繫過，」傑克森補充，「說明四個院童失蹤，倘若有孩子尋求協助請立刻告知。他們失蹤過了幾個月，希拉蕊收到明信片，上頭寫說四個人在倫敦過得很好。雖然搜尋沒有因此取消，但當然會鬆懈很多。」

「就這樣？」緹莉問，「不能就這樣算了吧，坡？不行吧？」

「緹莉，收容機構的兒童跑到外面過活雖然很冒險，」他解釋，「但有時候是他們自己的堅持。傑克森女士這種身分能夠介入的也有限。」

傑克森點頭。「院方一直希望他們會現身，但終究杳無音信。或許他們安然無恙……」

「也或許沒有。」華盛頓幫她說完。

緹莉望向他，眼眶濕了。女孩情緒很激動，但華盛頓無法給她慰藉。社會大眾常有種想像，以為兒童失蹤就該啟動警報，問題在於根本沒有這樣一個警報系統可用。何況就算有，孩子或許是為了逃離更悲慘的處境，強制他們回歸照護體系未必絕對正確。也不是第一次了，華盛頓常懷疑社工如何調適，她們的努力通常得不到感謝。警察的待遇也差不多，但至少能在「糟糕」和「糟透」之間擺盪。社工比警察更慘，完全沒有喘息機會：帶走人家的小孩被說成泯滅人性，將小孩留在惡劣環境又要被說罔顧兒童權益。

操他媽的……

㉜ 指西方民眾與媒體對於「白人、女性、年紀小」這種失蹤人口特徵的組合會呈現過度恐慌，卻對其他案件沒有同樣程度關注的社會心理學現象。

傑克森女士也明白緹莉的疑惑沒有答案，回到正題繼續說：「調查顯示希拉蕊．綏夫特違反了多條預防院童逃走的規範，比方說讓他們有機會喝酒——從時間距離來推敲，四個孩子上火車去倫敦的當下一定還沒酒醒。再來就是她讓兒童有機會拿到鉅額金錢。」

「還有嗎？」華盛頓問。

「還有就是她不適任兒童機構的管理職，過度投入社會經營層面。管理者確實得努力提高機構能見度，善款和政府補助一樣重要，可是從紀錄來看她簡直沉迷其中。我們懷疑就算她在活動現場，要是有錢有勢的人覺得給小孩灌酒很好玩，希拉蕊．綏夫特恐怕也不會出面阻攔。」

華盛頓覺得該換個討論方向了。院童跑到倫敦或許重要也或許不重要，當務之急顯然是確認擺在桌上的檔案。他轉頭問伊凡斯：「我想你已經知道內容了？」

「無論有沒有搜索票，我都必須檢查對外揭露的資訊。」

「麻煩告訴我，你覺得什麼地方值得看？」

原本最上面就放了一本薄薄檔案，伊凡斯推到華盛頓面前。「我印了一些你可能想趕快看到的文件，」說完他看了看手錶，「法院還沒關，你看完第一頁說不定會想再申請一張搜索票。」

華盛頓翻開取出第一張A4紙，上面是二十六年前七松之家的銀行帳單，內容十分普通，與常人每月開銷無異。食物、電視、水電一類，金額列在右邊。左側有另外一組數字，明顯比較大，是資金來源。那個月金源有三筆：第一筆看來沒變動，是七松之家背後慈善機構固定撥款，再來是地方政府補助金，似乎根據院童數量調整。

第三筆引起他注意。是支票。

華盛頓查了伊凡斯提供的帳簿。開支票的人是昆丁．卡邁柯，名目是「試試手氣」活動的善款，高達九千英鎊。

當然也列出了卡邁柯的帳戶。

這什麼……？

他呼吸急促起來。

「怎麼了，坡？」緹莉越來越能看懂他表情。

華盛頓將影印推過去。緹莉盯了會兒，沒能立刻察覺問題。

「妳有備份警方調查卡邁柯金流的文件對吧？」

她點頭。

「比對一下這張支票的帳戶。」其實華盛頓已經肯定了，他總能記得案情的重要細節。

緹莉開了平板找圖檔，不像平常那樣立刻回應，好一會兒才抬起頭，臉上寫滿困惑。「找不到。」

「沒錯。」華盛頓告訴她，「昆丁．卡邁柯這個匯款帳戶完全沒人知道。」

38

銀行的公關主任到底是做什麼華盛頓不大清楚。可是分行經理收到總部確認搜索票有效，接著轉頭就將三人交給一位傑佛遜小姐處理。華盛頓看得出來分行經理不想管，但更大問題似乎在於他沒那麼擅長自家的電腦系統。

傑佛遜小姐要他們直呼自己名字羅娜。她在電腦查到那個不明帳戶，隨即蹙眉道：「有點奇怪。」

羅娜列印一些表單，裝訂後交給三人查看。「照紀錄看來，卡邁柯在那年五月開啟帳戶，卻才一個月就關閉。」她將自己手上的副本轉過來，指出發現的異狀。

華盛頓找到以後開始研究。遊湖活動前帳戶活動頻繁，六筆存入都是兩萬五千英鎊。遊湖結束隔天，又有三筆存入，分別是十萬、二十五萬和三十萬。加總起來多達八十萬英鎊。

「有提款嗎？」

「第二頁。」羅娜指點。

華盛頓翻過去繼續看，兩筆提款則是九千英鎊支票，對象為七松兒童之家，其餘七十九萬零一千元以現金取走。餘額歸零，於是帳戶結清關閉。

卡邁柯到底在幹嘛？

「羅娜，我注意到所有存入都是支票或轉帳，」華盛頓問，「可以給我交易對象嗎？」

她猶豫起來。「我得確認你的搜索票是否授權這件事。」

「那麻煩妳。」

羅娜是個好員工，離開房間前懂得鎖住電腦。華盛頓見狀竊笑，如果沒鎖的話自己確實會趁她不在將螢幕轉過來偷看。

所幸最後沒差，與總行確認之後，結論是搜索票授權調查這個帳戶，代表可以查詢與帳戶互動的名字。然而若華盛頓知道名字以後要調查其餘帳戶內容，就必須申請新的搜索票。

回來以後羅娜印出名單。

房間空氣瞬間冰冷。華盛頓盯著前面五個名字，腦袋自動加上地點：

葛拉罕．羅素，凱西克鎮，卡索里格巨石陣
喬．羅威，佛內斯半島布勞頓鎮，史溫賽德巨石陣
麥可．詹姆斯，彭里斯鎮，長梅格與女兒們
克雷門．歐文斯，科克茅斯鎮，埃爾瓦草原石圈
賽貝欽．道爾，昆丁．卡邁柯棺材內的遺體

五個男人。

都死了。

華盛頓終於找到被害人之間的連結。

遊湖活動前，他們都曾經存入兩萬五千英鎊到卡邁柯的帳戶內。活動結束後，其中三個人投了更可觀的金額進去。尤其掘屍找到的那位賽貝欽・道爾付了最多，足足三十萬英鎊。最少的則是麥可・詹姆斯，只多給十萬。克雷門・歐文斯那筆是二十五萬。

名單最後一個人叫做蒙塔古・普萊斯。他和喬・羅威、葛拉罕・羅素一樣，事前放了兩萬五千英鎊到帳戶裡，但事後沒有任何動作。

得請史蒂芬妮透過坎布里亞郡的HOLMES 2資料庫確認，不過其實華盛頓很肯定普萊斯這人尚未在調查中出現過。事實上名單前五人也要被燒死之後才查到名字。

他與緹莉面面相覷沒說話，祁里安則盯著名單看。打從一開始，華盛頓就不相信兇手是隨機犯案，卻也沒料到能像現在一下子找到鐵證。

手上名單等同死者名單。

盯著名單的祁里安也面色凝重。「不可思議，」他開口，「真給你查出來了。」

緹莉神情恐懼中帶著興奮。大案露出曙光時確實會產生強烈情緒。「坡，你覺得這代表什麼呢？」

他重新看一遍。那天晚上六個人上船，五個人已死。

「只有兩種可能，緹莉。」華盛頓回答，「蒙塔古・普萊斯會是下個死者，不然的話……」

「不然？」

「他就是火祭男本人。」

39

之後甘孛接手正合華盛頓的意。確認兇手身分之後的追蹤如同大錘，而自己的任務更像手術刀；前者勞力，後者勞心。於是他立刻通知甘孛最新發現與死者之間有何關聯，這回甘孛也終於沒再大吼大叫。

史蒂芬妮回到坎布里亞以後堅持要華盛頓做報告。大家在謝普威爾斯旅館酒吧見面，聽完之後她對自己不在場期間的進展似乎頗為滿意，如此一來重案分析科在終點前保住顏面。至於處長與高官間的事情，她說有空再解釋。

緹莉說明案情裡的金融細節，史蒂芬妮認真做筆記，畢竟最後還要由她本人代表重案分析科撰寫正式紀錄，而且牽涉到後續起訴，鉅細靡遺才不會出紕漏。祁里安中途到場，等兩人討論結束。

「警佐也有報告嗎？」簡單一句話重建應有的從屬關係，本來這就該是科長的主場，警佐是執行命令的人。

「失蹤。」

「蒙塔古．普萊斯？」華盛頓問。

「對。我跟著參加現場突襲，屋子裡沒人，跡象顯示他離開得很匆忙。」

「然後？」

與祁里安說話要習慣有然後，他就愛賣關子。

祁里安微微一笑。「然後……就是他沒錯了。鑑識組在衣物發現血跡，立刻比對DNA。而且我們推測屋裡的空瓶裝過助燃劑，還有一罐怪東西不知道是什麼，感覺是藥物，送去化驗了。」

他忽然朝著史蒂芬妮伸手。「另外我代表刑警隊正式表達謝意。甘孛總警司當然正在忙，但特別吩咐不能失禮。他很清楚重案分析科在這次偵辦過程厥功至偉。」

接著又轉頭看向華盛頓。「你也是，甘孛要我轉告，雖然他還是覺得你很白痴但是——」

「白痴？輪得到他說我？」

「是我的修飾。他原文說你人很『雞』什麼的，女士在場不太方便明講。」

緹莉笑了起來，連史蒂芬妮也嘴角上揚。

好久沒有這種氣氛。案子結束以後大夥兒總會亢奮一陣，什麼笑話都加倍。還沒找到普萊斯，但只是時間問題。甘孛的性子會使盡所有手段，今天晚上就會開記者會，嫌犯照片已經發到媒體。換作華盛頓也會採取同樣做法，開始收網，讓普萊斯懷疑到處都是警方耳目無處可躲。儘管高智慧又心理變態，他不會料到一瞬間自己成為全國最受矚目的人。

華盛頓走向吧檯。大家都該喝一杯。他等酒保時回頭看看朋友，三個人有說有笑，沉浸在成功的愉悅中。

為什麼自己感受不同？

他其實知道答案。彷彿床墊下的豌豆，卡邁柯那些錢如鯁在喉。

祕密帳戶最後被領出的鉅款與遺產數字不合。名單上的六個人明明給了他八十萬英鎊，能查到流向的卻只有五十萬，撇開捐給七松之家的九千，還有將近三十萬英鎊下落不明。

更何況，兇手為什麼要將自己名字刻在被害人胸口？

他不喜歡虎頭蛇尾，有時候棋差一著會全盤皆輸。

別人歡欣鼓舞，華盛頓卻陷入長考。

40

華盛頓和祁里安待到很晚。史蒂芬妮先離席寫報告，緹莉熬到一點忽然叫道自己還有事。等緹莉離開，祁里安挑眉問：「大半夜的她忙什麼？」

「應該是電腦遊戲。」華盛頓回答。

後來祁里安索性不走了，訂了個房間，兩人在威士忌與雪茄相伴之下度過夜晚，聊著甘孛要如何搜捕蒙塔古・普萊斯。晚上十點鐘總警司又上了夜間新聞，相信之後還會不斷面對媒體。私底下他是謝了重案分析科，對外半句話也沒提，好像都是因為他意志卓絕、領導英明、底下警探們個個幹練才能水落石出。

也罷，華盛頓並非為了建功而來。

❖

滿肚子威士忌又凌晨才睡，早上醒來身體感覺不大妙。才八點鐘，艾德嘉吵醒他，臉上寫著：拜託帶我尿尿散步吃早餐。

華盛頓呻吟一陣，下床開門還以為眼睛會被大太陽刺瞎，卻只見外頭起了濃霧朦朦朧朧。換上舊跑鞋，他緩緩走到外頭看看天氣究竟如何。謝普這地方的霧也稱得上傳奇：一年到頭都能起大霧，困在其中真的會迷路。今天的霧挺美，彷彿七四七客機經過雲層時的窗外景象，艾德嘉一溜煙消失在白茫茫中。能見度不過幾碼，霧氣如橡皮擦抹去整個世界，謝普威爾斯旅館被遮住了。其實伸手不見五指。

霧沒散可沒辦法出門，容易出意外。他煎了幾片培根配烤麵包，艾德嘉聞到味道大概就會回來。

手機響了，是史蒂芬妮。「老闆早。」

「找到了。」

聽了他腸胃一陣翻騰。和宿醉無關。「普萊斯？」

「嗯。」

「哪裡逮到的？」

「不是警察抓到他，他自己帶著律師在四十五分鐘前走進卡萊爾警署。」

以火祭男的行為模式不可能自首，華盛頓忍不住低呼：「麻煩大了。」

「確實。」史蒂芬妮附和。

「他怎麼說？」

「還不知道，與律師關在房間。甘孛問你要不要親自過去聽他口供？」

沒興趣。剛好也有適當藉口，坎布里亞人都知道謝普起霧不是開玩笑的事，甘孛當然能體諒。

「今天的霧真的很濃，」聽他婉拒以後史蒂芬妮又附和，「那就我代表重案分析科到場，山下勉強還能開車。」

「明白。之後告訴我狀況。」

「好。」

❖

用過早餐，華盛頓坐在院子喝咖啡，艾德嘉又轉來轉去。十點鐘，陽光總算沖散大霧，他決定去旅館看看祁里安起床沒。

走到一半電話又響了。開頭〇二〇，倫敦區碼。接聽之後，居然是情報處長愛德華．凡．孜爾向他道早安。

「坡警佐，你在跟誰講話？」孜爾問。

他停下腳步，看了螢幕上的未知聯絡人，茫然答道：「呃……您是情報處長孜爾沒錯吧。」

孜爾卻說：「坡警佐你肯定誤會了，我們最後一次對話是你休假前。」

「懂了……」

「普萊斯人在拘留所，聽說了吧？」

「聽說了，長官。」

「你的判斷是？」

華盛頓深呼吸後回答：「長官，金額對不上這點我十分在意，足足三十萬英鎊憑空消失。」

沉默一陣後孜爾才繼續。「你認為普萊斯是兇手嗎？」

華盛頓也遲疑片刻。「不無可能。」

「只是可能？」

「長官，證據確實存在，但我無法找出動機。說是錢也可以，但又為什麼等到現在？一切得問過他之後才能釐清。」

「唔……也是辦法。坡警佐，你和弗林督察聊過我們的部長辦公室行程嗎？」

「還沒有。」

「那就別問。直接跟你說：你查出的名單讓某些人成了驚弓之鳥，他們擔心你會挖出更多東西，希望整件事情能夠無聲無息盡早落幕。」

華盛頓聽不出這究竟是威脅還是鼓勵。

孜爾繼續說：「昆丁．卡邁柯辦過的活動並不只有那一場，參與過的客人有些已經在政府身居要職，擔心自己會被牽扯進去。幾個資歷深厚的官員特地讀過檔案，得知普萊斯投案之後就要求盡快定罪。他們對皇家檢察署施加壓力，提出異議的都被趕跑了。目前檢方認定昆丁．卡邁柯是普萊斯手下第一名受害者。」

「是同一夥人的說法吧，長官？」

「沒錯。我們怎麼想不重要，蒙塔古．普萊斯符合他們需求，能讓案子合理收尾。」

又好幾秒鐘兩人都沒講話，之後孜爾才開口。「坡警佐，這應該不符合國家刑事局的理念吧？」

「的確，長官。」

「既然結案了，與重案分析科也不再有關，你應該想把休假用光吧？」

「是，長官，謝謝。」

「為什麼謝我？坡警佐，我們不是很久沒通電話了嗎……」

❖

緹莉醒了，戴著耳機盯著平板，察覺華盛頓出現揮了揮手。沒看見祁里安，他向櫃檯問到房號直接去敲門。

「別吵我。」

華盛頓再敲一次。

門開了條縫，眼睛佈滿血絲的祁里安朝外望。華盛頓暗自希望他只是看起來憔悴，人沒真的生病。

「下來吧，我先給你叫吃的。」

「我還要睡。」祁里安滿口威士忌味道。

「蒙塔古．普萊斯人在拘留所，今天一大早自己投案。」

祁里安睜大那雙紅眼。「等我十分鐘。」

「十五分鐘再下來就好，」華盛頓說，「記得要刷牙。」

❖

結果二十分鐘後洗過澡的祁里安才在餐廳露面。緹莉依舊注視平板，華盛頓無法分辨是打擊犯罪還是打擊怪物，她做這兩件事的專注程度不相上下。給每個人倒了熱飲以後，華盛頓遞了一盒頭痛藥給祁里安。

祁里安等不及咖啡放涼，直接吞了兩顆，然後視線沒入虛空好幾分鐘沒出聲。唯一嫌犯落網，身為警探這種反應未免太安靜。最後他轉頭問：「你覺得說得通嗎？」

祁里安頭腦聰明，直覺更是敏銳。如果兩人都懷疑普萊斯並非兇手，恐怕真相會叫甘孛失望。儘管孜爾提議用休假作掩護，華盛頓暗忖或許安排得太早。甘孛有可能想再查清楚一點，而且他不做的話自己也會行動。

「在我看來有兩種可能，」祁里安說，「一種是普萊斯被真兇設計，另一種是——」

「——他的確是真兇，但認為沒人能給他定罪。」華盛頓幫他說完，「要是他真那麼想，我們就得假設他有那個本事。總而言之，調查尚未結束。」

「下一步怎麼走？」

「其實昨天就該去見一個人，」華盛頓回答，「希拉蕊．綏夫特。」

祁里安面露難色。「這恐怕會出問題。對方會成為檢方證人的話，我們不能隨便跑去談話，至少得等到普萊斯的詢問結束。」

華盛頓盯著他看。

祁里安嘆氣。「我打電話給甘孛吧。畢竟是他負責。」

這話說得沒錯，有權作主的是總警司不是祁里安。「我跟他說吧。」華盛頓提議。

「請便，但他應該會叫你滾越遠越好。」

華盛頓走到窗邊訊號好點的位置撥號過去。甘孛大概正拿著手機，立刻接起來。

「總警司，我明白重案分析科已經與調查無關，不過我和瑞德警佐都認為需要與希拉蕊・綏夫特面談。」

「你倒是說說為什麼？」

「取得事件脈絡，就是釐清案情一些疑點。就算她本人當天沒上船，但或許事前就知道普萊斯是賓客之一。」

「協商？」

「等刑警隊問了普萊斯再說。他跟律師想和檢察官做協商。」

「是啊，很莫名其妙吧？」甘孛回答，「但他要嘗試，我們也攔不住。反正他該交代的交代完，就等著被檢察署關一輩子。」

「或許吧。」華盛頓說。

「你好像覺得事有蹊蹺？」

「總警司說了，得聽完他的說法再判斷。」

「案子沒有你走不到今天這一步。雖然我和你處不來，這點我還是心知肚明的。」

華盛頓要的不是總警司的讚美而是授權，但無可奈何必須打官腔。

「總警司太客氣了，我們只是提供其他切入角度，最後實際辦案靠的還是刑警隊的工夫。」

「你去找她吧。不過把瑞德也帶上，而且謹言慎行，只准提與事件背景有關的問題。要是發現能起訴普萊斯的事證立刻告訴我。」

謝過之後華盛頓回到桌邊。「成了。」

祁里安瞪大眼睛。「他居然答應了？我跟他確認，你介意嗎？」

「介意，不過你要問就問。」

祁里安揮揮手。「開玩笑啦，信得過你。」他看看手錶，「話說多一壺咖啡再上路比較好，我們兩個還不能碰方向盤。」

41

祁里安自己要開車，他說待在副駕座頭會更痛，華盛頓懶得爭。

育幼院好多年前就售出，但透過選民名單查詢卻發現希拉蕊·綏夫特還住在七松之家，華盛頓得知後有點吃驚。明明還三英里遠的時候衛星導航就顯示抵達了，住在坎布里亞郡這種鄉下地方就會有這種事。祁里安打電話到安布賽德警局問了詳細路線。

七松之家位於安布賽德和格拉斯米爾兩地之間，建築本身挺壯觀，有種遺世獨立的氣質，規模接近小型旅舍。外露的木材部分漆成黃色，傳統湖區房屋不知道為什麼梁柱部分都用鮮豔色彩。實際地址是一條小路走到底，俯瞰萊達爾湖風景。

華盛頓腦袋裡的天線嗶嗶叫，轉頭一看祁里安也明顯不自在。兩人立刻想到的是這個位置與面積代表多高的地價，幾乎能與倫敦相提並論。

下車前，華盛頓給緹莉傳了訊息確認，等她回訊才出去。看到她回傳的東西，華盛頓悶哼竊笑，對怎麼問話心裡有了底。

❖

事前打過電話知會，所以希拉蕊·綏夫特在裡面等候，不過他們沒解釋來意。石板地刷得十分乾淨，華盛頓與祁里安敲了門，門立刻打開，她仔細盯著兩人的證件。

希拉蕊．綏夫特嗓音低沉，多年薰陶之後講起話是上流社會慢條斯理的腔調。可是聽了以後，華盛頓暗忖自己猜得到真相，即便對方並不希望別人發現。她應該是瑪麗波特鎮出身，卻對外宣稱自己來自科克茅斯鎮，因為聽起來有種高級感。力爭上游沒問題，是人類進步的動力，但華盛頓覺得勢利眼是不同的人格特質。

她穿著及膝裙與相配的外套，頂著模仿柴契爾夫人吹得很高的頭髮。華盛頓知道她年過六旬，不過若燈光合適看上去會以為才五十多。

皮笑肉不笑地請兩人入內以後，希拉蕊．綏夫特帶他們到客廳。顯而易見室內設計以令人驚豔為目的，落地窗望出去的景色確實震撼，視線穿過樹海中的隧道落在遠方湖面。然而室內室外風格不一致，屋子外觀遵守國家公園規範，裡頭裝潢卻證明有錢買不到品味，看起來像草莓奶昔摻了亮光漆到處潑灑。除了顏色令人生厭，綏夫特應該不欣賞俐落線條或極簡主義，華盛頓沒見過有限空間裡塞進這麼多家具的場面，不知道多少張桌子堆了檯燈、碗盤與時鐘，牆壁也都被書櫃和收納櫃佔滿，架上都是乍看很貴、亮晶晶的東西。她的人生哲學說不定是：會閃的東西我都包下來。

坐下之前華盛頓挺焦慮的，擔心自己會撞翻什麼東西。話說回來，社工人員薪水絕對無法負擔這些。「抱歉，我可能無法陪兩位聊太久，」她一開口就說，「孫子孫女從澳洲來看我，再過兩星期女兒才到。小孩在樓上玩，現在沒吵鬧，不知道能乖多久。我先去泡個茶。」

「我幫妳吧，綏夫特女士。」祁里安跟過去。

他知道老友用意是讓自己到處看，走到窗邊算了算只找到五棵松樹，還不知道剩下兩棵在哪兒，祁里安和綏夫特端著裝滿東西的碟子回來。她留意到華盛頓的視線。

「亨利風暴[33]的關係。」她解釋，「二〇一六年二月倒了兩棵。」

華盛頓一直覺得政府要人民認真防災的話，就該給風暴取名「屋頂破壞王」或「超級大混蛋」之類的。叫做亨利或戴斯蒙誰會當一回事？只是害老百姓放鬆戒心而已。

「綏夫特女士，能請妳說說怎麼會選擇住在這種地方嗎？」他開口。

「坡警佐，不介意我『翻譯』你的問題吧？」綏夫特笑道，「我猜你真正好奇的其實是『我怎麼有錢住在這裡』對嗎？」

「沒錯。」

「原本的慈善團體關閉育幼院時給了我優先購買權。」

「我更在意的是——」

「錢從哪裡來？」

「是的。」緹莉回傳的資料上，七松之家目前沒有鉅額貸款。希拉蕊．綏夫特一口氣就買下來。

她眼睛閃過一絲情緒。「警佐，是我先生的功勞。他很會投資，但人已經走了。」

檔案裡自然也有她丈夫的資料，在彭里斯鎮上的會計事務所工作。即便如此，答案未免太籠統。會計師收入不差，但沒有高到這種程度。他想了想決定暫且擱置這話題，同時樓上傳來小孩哭鬧。綏夫特起身過去房門，拉高聲調說：「安娜貝爾！傑若米！外婆在一樓和客人講話，你們安靜一下好嗎？」

「對不起，外婆。」小孩答道。

華盛頓又注意起她的口音。一大聲說話，有教養的咬字不見了，瑪麗波特的鄉音跑出來。

「綏夫特女士，妳知道我們今天為何而來嗎？」他等對方回到座位繼續。

「讓我猜的話，應該是育幼院以前的院童闖了什麼禍，你們想打聽些往事？也好幾次了。我是早就退休了沒錯，但以前照顧過的孩子有幾個到現在還保持聯絡。」

「妳還記得昆丁．卡邁柯嗎？」華盛頓話鋒一轉。

綏夫特瞇起眼睛。「是為了他啊，奧斯湖的事情。但為什麼呢？不都過了二十五年嗎？」

「案情有新發展。」他回答。

「是失蹤的孩子，還是遊艇？」

華盛頓沒回答。有時候讓證人主動指引方向，效果更好。

綏夫特表情僵硬，視線飄向遠方。「那幾個渾小子！」

華盛頓等著看她會說出什麼。

「坡警佐，我在育幼院那些年，帶過的孩子不下百人。不是我自吹自擂，可是我對他們的人生是起了點作用。後來孩子們懂得我維持環境和規矩的苦心，也慶幸自己有了重新來過的機會。」

「聽起來妳扮演了社會支柱角色。」他說。

「可是那四個……也罷，有些孩子不想要別人幫助。我給他們安排機會親近傑出人士，只要

㉝當地不稱為颱風（typhoon）或颶風（hurricane），而是風暴（storm）。

照我吩咐好好表現，畢業以後不必煩惱出路。我介紹的貴賓人脈廣、樂意幫助弱勢，孩子們唯一要做的是安分守己。結果呢？看現場沒人管就大口喝酒，和外面小痞子有什麼分別，一點也沒把育幼院和我的立場放在心上。」

「感覺很不知感恩。」華盛頓隨口附和。

「是吧？唉，過了這麼久也沒什麼好害臊，他們一回來就被我罵得狗血淋頭，整棟房子的人都被吵醒。」

「真的啊？」華盛頓面談經驗夠多，足以判斷對方是否說謊。綏夫特此刻的怒意聽起來像演的。

「是呀。」她回答。

「所以他們跑走了？」

「嗯，偷偷收了行李，帶著拿到的小費，在路邊搭便車去了卡萊爾火車站。」

「為什麼會去卡萊爾呢？」華盛頓問，「彭里斯不是近一些嗎？」

綏夫特說自己不知道，都是聽警察轉述。

他瞥向祁里安，看看朋友有沒有疑問。過程中祁里安除了幫忙倒茶都沒講話，甚至開始打瞌睡。他昨天到底喝了多少？

不過華盛頓自己也精神渙散。畢竟是熬了夜，而且這房子內部頗暖和，但在證人面前睡著？……這經驗也太新奇。

手機調成靜音，在口袋中震動。雖然他開口問綏夫特是否介意，但沒等對方開口就接聽，是史蒂芬妮打來的。

「什麼事？」

「你們人在哪兒？」

華盛頓瞟了綏夫特一眼，她臉上掛著微笑。感覺眼皮好重，不振作點就會像祁里安一樣。

「我在綏夫特女士家裡，瑞德警佐和我四十分鐘前到的，怎麼了嗎？」

「華盛頓，仔細聽我說，但是不要太多反應，懂嗎？」

他一邊回應一邊懷疑史蒂的聲音為什麼朦朦朧朧，同時自己的舌頭好遲鈍。再往旁邊掃一眼，發現祁里安完全昏迷，唾液從嘴角流出來。

搞什麼……？

「蒙塔古．普萊斯做完口供了，他否認自己是火祭男。」史蒂芬妮說。

「嗯，他是。」華盛頓思緒打結。

「你在說夢話嗎？該不會喝醉了？」史蒂芬妮叫道。

他沒回答。喝醉是前夜的事情，現在應該酒醒了。

史蒂芬妮等不及繼續說下去：「沒空說廢話了，你聽清楚，普萊斯承認自己上過遊艇，但拍賣的根本不是什麼度假禮券。」

「不然？」他越來越無法理解電話那頭的訊息。

「是小孩，」史蒂芬妮回答，「拍賣的是小孩！」

這句話他聽懂了。糟……

眼睛轉向綏夫特，對方臉上神情詭異。

「重點是希拉蕊・綏夫特根本就在現場。」

太糟了。糟透了。

「她和卡邁柯聯手策劃整件事。」

華盛頓集中最後一點意志觀察現場狀況，可是視野太模糊，心裡終於肯定與宿醉或睡眠不足無關。

完全另一回事。

「那一帶沒人能立刻支援，你和瑞德設法拖住她。行嗎？」

各種症狀指向鎮靜劑藥效發作，再怎麼抵抗也是徒勞，昏睡只是時間問題。「史蒂，」華盛頓口齒不清，「我們他媽的被下藥了⋯⋯」

他試著起身，但又摔回沙發，手機飛了出去。最後一段記憶是黑莓機傳出史蒂芬妮的叫喊。

「華盛頓！華盛頓！你還好嗎？」

眼珠子一翻，什麼聲音都沒了。十秒鐘後意識煙消雲散。

42

華盛頓意識逐漸回復，努力好幾次才真正集中注意力。不知道自己昏過去多久，就算好幾天也不意外，但運氣好的話或許只有幾分鐘。睜開眼睛之後，他先試著看清楚周圍有誰。

「老天，怎麼回事？」首先聽見祁里安的聲音，「我嘴巴跟駱駝蛋蛋[34]一樣。」

華盛頓喉嚨也很乾，顱骨裡陣陣刺痛。

他開始拼湊印象，片刻後零碎記憶在腦海中組織串聯：希拉蕊．綏夫特對兩人下藥，既然周圍還是一片噁心粉紅色，他們肯定還在同間屋子裡，這也代表昏迷時間不會太久。但同時周圍冒出二十幾個人影，有些穿著綠色醫護服。手臂有拘束感，低頭一看是血壓計。不知哪個混蛋朝他耳朵插東西，他下意識扭開。

「華盛頓你安分點，人家給你量體溫。」史蒂芬妮的聲音。

「史蒂？」一開口，聲音好像呻吟。

「你和瑞德警佐被下藥了。」

華盛頓嘟噥：「這我自己知道。」隨即想起更重要的事，「綏夫特人呢？」

「跑了。甘孛總警司正帶隊在屋內搜索，看起來她匆忙逃走，而且有人接送，自己的車子還

[34] 古人將駱駝陰囊掏空乾燥後的皮革製成水（酒）袋。

在外面。」

「她的孫子孫女呢？」

「什麼孫子女？」

「先前屋子裡有小孩在。」

「確定？」她語氣緊急。

「有聽見聲音。」

史蒂芬妮立刻問祁里安：「瑞德警佐，坡警佐說屋內有小孩是嗎？」

「應該兩個吧。」他附和。

史蒂芬妮立刻大叫甘孛。總警司跑過來一臉不耐煩。「瑞德警佐和坡警佐都說之前有小孩在這兒，我想也被嫌犯帶走了。」

「嫌麻煩不夠就對了，」甘孛低吼。他轉頭召來部下：「快通知邊境管理局，說嫌犯可能帶著小孩。」接著回頭望向祁里安，「年紀？性別？外表特徵？有什麼辨認方法嗎？」

「長官，我們沒看見人。」祁里安回答，「兩個都在樓上，印象中名字叫做安娜貝爾和傑弗瑞。」

「傑若米才對。」華盛頓糾正。

「安娜貝爾和傑若米，」祁里安也更正，「有一個叫了綏夫特『外婆』，聽起來年紀很小。」

「混帳！」總警司吼道。

華盛頓明白為什麼他這麼生氣。一開始和邊境管理局[35]說是女性單獨行動的話，攔檢就幾乎不會注意帶著小孩的人。然而若綏夫特成功出境，恐怕再也沒機會找到。

「我去查綏夫特的女兒，請她寄相片過來。」祁里安主動說。

乍看甘孛好像想罵人，叫他什麼都別做，但結果他開口說：「那你自己解釋事情怎麼會變成這樣，讓兩個小孩在你眼皮底下被綁架。」

祁里安臉一紅點點頭。

這樣說並不公平，再者華盛頓覺得綏夫特急忙逃走未必如大家想像是案情關鍵。當然她對警察下藥，代表確實涉案。從周圍閒談可以聽到甘孛那邊的警探開始臆測真兇是火祭女，而且逐漸形成共識。

單純就目前掌握的證據確實吻合。甘孛所有的疑問得到解答。

當然是好事，但如果換成華盛頓的觀點，他的疑問並沒有全部解開，而且懸而未決的是重點。

動機是什麼？

別人怎麼想他管不著，自己認為綏夫特和普萊斯一樣，作為兇手的立場太薄弱。過這麼多年才動手？的確，證據指向她，或許人是綏夫特殺的，也或許她真有個等待多年才除掉共犯的合理解釋。但華盛頓不想一輩子困惑，沒理解犯人動機和為什麼牽扯到自己之前會睡不好覺。

㉟此處原文UKBA（前段總警司對白中則是“border agency”），但UKBA（英國邊境管理局）實際上已於二〇一三年廢除，職能分散至其他組織。

套句緹莉常說的：需要更多資料。

唯一起點是蒙塔古・普萊斯的口供。

他想起身，但腿和橡皮一樣歪來歪去。

「哇——」急救員叫道，「等醫生檢查你才能走，現在得先打點滴。」

「把他說的當作命令，坡警佐。」史蒂芬妮在房間另一頭叫道。

華盛頓難得沒有抗命的念頭。

43

案情室十分擁擠，每張塑膠椅子都坐了個大塊頭刑警。挑高的懸吊式天花板顏色白裡透黃，日光燈光線閃爍。燈管有新有舊，所以顏色還不一致。只要是警察的案情室總會瀰漫很多味道：油炸食物、咖啡，還有挫折感。不過對華盛頓而言就像回到老家。

他站在最後面。聽眾是搜尋希拉蕊．綏夫特的大批人馬，甘孛在台上做最新簡報。華盛頓和祁里安被下藥、綏夫特匆忙逃亡已經兩天，他今天才重返調查團隊。至今沒有目擊線報有兩種可能：一是綏夫特成功逃到國外，二是她不敢冒險還蟄伏在暗處。

搜索目標不只是綏夫特。普萊斯宣稱二十六年前拍賣的是幾個男孩，甘孛也想找出來。他假設前往倫敦的火車票是為了誤導警察，所以四人絕對不在倫敦。此外甘孛確信只要找到四人之一就能解開謎團，於是成立新小組專門負責這件事。

華盛頓只能在心裡祝他們好運，但自己不認為事情這麼單純。有了紫杉行動[36]這樣一個前例，未成年人遭性侵的痛苦過往成為社會焦點，通報數也是歷史高點，越來越多人鼓起勇氣走出

[36] 英國廣播公司（BBC）著名DJ、節目主持人吉米．薩維爾（Jimmy Savile）熱衷慈善，且多數與青少年有關，並曾獲得皇室授予勳銜，然而過世後遭指控性侵，受害者超過兩百人。他在世時即有人通報但都遭到漠視，可能是英國有史以來最嚴重的性侵案。針對吉米．薩維爾及相關人士的大規模調查代號即「紫杉行動」。

陰影控訴加害者，相關單位也不敢輕忽徹查到底。

反觀那四個男孩，二十六年期間一語不發？火祭男的被害人姓名不也公諸媒體了？完全沒人出面太奇怪，至少也該好奇能拿多少賠償金。

因此華盛頓認為受害人始終悶不吭聲，原因簡單得多，也悲慘得多。

都死了。

這想法他沒告訴別人。

❖

昨天住院休養，調查細節透過緹莉得知。綏夫特對他和祁里安用的藥物叫做異丙酚，蒙塔古．普萊斯家裡那罐不明液體經過化驗也是異丙酚。

異丙酚是很常見的麻醉藥，生效快、可口服，殘留體內時間短。然而這種藥物受到管制，甘孛指派四名警探追蹤綏夫特如何入手。

儘管還不知道綏夫特怎麼弄到藥，藥的存在本身回答了之前無法解釋的問題，也就是五個死者為何在沒有掙扎跡象前提下被擄走？看來答案就是被下了藥意識模糊。甘孛據此推論綏夫特與普萊斯是共犯、或者綏夫特意圖嫁禍普萊斯。對總警司而言一直是「手段」優先於「動機」。

受害者解剖後都是空腹，也算是側面證實了異丙酚綁架手法。甘孛認為綏夫特帶走被害者，先囚禁一段時間讓身體代謝異丙酚才殺害，藉此不讓警察輕易得知其手法。根據醫師說法，異丙酚要兩天才能徹底排出，總警司下令尋找兇手拘禁目標的臨時據點。

甘孛絮絮叨叨說個沒完。華盛頓趁著視線與緹莉對上，將她叫到身邊。「要不要先走？」他問，「回去謝普威爾斯，幹點真正的警察活兒？」

「早就在等你開口了，坡。」

華盛頓想瞭解蒙塔古．普萊斯的口供。史蒂芬妮在場，還拷貝了錄影檔案寄給緹莉。

「坡，你覺得希拉蕊．綏夫特是『火祭女』嗎？如果是的話我覺得好不可思議。」

「為什麼會這麼說呢，緹莉？」

「統計學。百分之八十五的連續殺人犯是男性。」

「那也還有一成五是女的。」他回答。

「女性以火殺人的比例低於百分之二。」

「再來呢？」

「再來什麼？」

「妳一定算過了吧。所以女性、連續殺人、放火燒死人，三個都吻合的機率是多少？」

「統計學上不可能，坡。」

他嘆口氣。沒有動機之外，緹莉的數學也否定。無論甘孛怎麼想，華盛頓心裡很篤定：綏夫特涉案，但並非兇手。

「走吧，先看看普萊斯說了些什麼。」

❖

影片看起來好像4K電視那樣極其清晰。甘孛準備的訪談室是個小方形空間，充斥銳利直線，米色牆壁什麼也沒掛。裡面只有桌椅和錄影設備，氣氛嚴肅，要做的事情確實也嚴肅。

蒙塔古・普萊斯年過七十，身形瘦削，華盛頓隔著鏡頭都能看見他手掌有肝斑。不過普萊斯身上粗花呢西裝搭配背心與領帶夾，整個人還是有股貴族氣息，符合郡內多數人對他的認知。

普萊斯在狩獵、射擊的圈子很有名，甚至曾經成為大不列顛的飛靶射擊國手。光這點在坎布里亞就能得到王族般的尊榮。

影像裡他身子顫抖很明顯，但華盛頓覺得應當是生理因素，而不是對案情發展過度恐懼。他的律師是巴索羅繆・沃德，特地自倫敦北上，據說每天收費高達三千英鎊。

一般來說訪談過程不該有總警司這種階級在場，但普萊斯與律師事前同意了以示配合偵查。史蒂芬妮代表國家刑事局列席，此外還有個警探，華盛頓沒見過。大家自我介紹，再次確認錄影機運作正常，之後巴索羅繆・沃德先發制人。

「各位先生，」他完全無視面前還有個史蒂芬妮・弗林，「接下來我會發表當事人準備好的聲明，前提是你們承認他是主動到案說明。」

甘孛嗤之以鼻。「他的照片都放上新聞了。」

「兩者不衝突。」

「知道了。」甘孛回答。

「知道，但同意嗎？」沃德追問。

甘孛遲疑片刻。「好。你的當事人主動前往杜倫山丘。」

緹莉眼睛沒離開螢幕直接問：「杜倫山丘？」

「卡萊爾市最新的警署大樓。二〇〇五年水災以後舊大樓不堪使用，他們搬到那裡去。造價八百萬英鎊，長得像足球場看台背面。」

兩人注意力回到取證影片。

「同時我希望強調當事人尚未遭到任何起訴。」

「同意。你的當事人沒有被起訴……目前。」

算是一開場就取得兩次小小勝利。沃德繼續說：「我的當事人雖然與二十六年前那天晚上的事件有少許相關，但他深深引以為恥，也明白道德上來說應該更早通知相關單位，然而請注意從頭到尾他並未參與事件的策劃或執行。」切割完畢，他朝甘孛遞出一份文件。

隨後五分鐘大家都沒說話。甘孛偶爾抬起頭露出滿臉不信任，普萊斯與沃德不為所動。

總警司終於放下文件。「我想有必要為看影片的人和在場另外二位做個簡單摘要。」

沃德點頭。

「奧斯湖慈善拍賣邀請了六位貴賓，你的當事人是其中之一。事前他就知道活動涉及不法，因為請帖上有暗號。」甘孛抬頭，雖然心知肚明還是故意問：「什麼暗號？」

普萊斯第一次開口，聲音和兩天前的華盛頓同樣嘶啞。「活動名目裡有一個老式的標點符號，叫做詰問號，代表——」

「代表句子有弦外之音，我知道。」

普萊斯與沃德面面相覷。律師開口：「請問總警司為什麼知道，現代沒人用了才對。」

「這與你們無關。」甘孛回絕繼續問：「你的當事人認為活動內容是成人派對，會有高級應召女郎到場，提供不限量的古柯鹼。我說的正確嗎？」

「正確。」律師回答。

「於是他願意支付，我要強調是事前訂金，兩萬五千英鎊？」

「他願意，也實際支付了。」

「召妓加上吸毒，在那個年代花兩萬五千？不嫌貴嗎？」

「當事人對這種娛樂的花費並不熟悉。缺乏經驗並非犯罪。」

甘孛表現難得的自制力，反倒華盛頓隔著筆電螢幕都看得牙癢癢。普萊斯那份聲明用意很簡單，就是將責任推得一乾二淨，會被查到的他直接承認，不會被查到的就裝蒜到底。

「上船以後，他才發現那天的賣點不是毒品和應召女，而是拍賣兒童？」

「沒錯。」

「拍賣對象是希拉蕊．綏夫特以侍者名義帶上船的四個男孩？」

普萊斯嘴角露出淺淺笑意。華盛頓看得出來即便事隔多年，那段記憶還是勾起一絲興奮。

「大人有六個，小孩只有三個，有一個被卡邁柯自己佔走了，所以要我們喊價，逼出最好的價碼。」

沃德伸手搭住客戶肩膀。「由我說明就好。那幾個男孩和我的當事人一樣，並不知道自己會成為拍賣品。普萊斯先生意識到現場狀況時，遊艇已經遠離湖岸，他除了配合演出沒有別的辦法。」

「什麼意思？」

「為了保命。」沃德解釋，「從現在狀況回頭來看，當事人那時候的顧慮十分合理才對。」

甘孛不想隨之起舞，繼續挑出聲明稿內容重點。

「拍賣開始前，小孩被灌醉，由希拉蕊．綏夫特帶著展示。繞場幾遍給賓客看過之後，喊價方式——」

「等等，」史蒂芬妮打斷，「你說希拉蕊．綏夫特有上船？」

「當然，她和卡邁柯是活動主辦人。」沃德回答，「怎麼了嗎？」

甘孛與史蒂芬妮湊在一起耳語，接著她走出房間。想必是這時候打電話給華盛頓，希望他能拖住嫌犯。

史蒂芬妮不在，但沃德繼續：「我的當事人發現活動目的之後十分詫異，並未參與後續過程。」

「是、是。」甘孛面無表情，「拍賣結束之後，船回到岸邊，得標的人帶著小孩離開？」

沃德搖頭。「不對，昆丁．卡邁柯先給大家看了當天錄影，表示藉此預防有人走漏風聲。」

「再來……？」

「沒有後續了，當事人與其他人不再有交集，完全斷絕聯絡。」

「關於那幾個男孩的下落，他知道多少？」

「毫無所悉，並請在紀錄中註明：他一直希望孩子們安然無恙。」

房間裡另一名警探之前默不作聲，此刻卻忽然跳起來大吼：「聽你們他媽的一派胡言！」吼完他作勢攻擊普萊斯，甘孛整個熊抱制止並叫人進來支援。兩名制服警官衝入訪談室將人拖走。

沃德雙手輕輕一攤，彷彿先見之明地說：「這就是為什麼當事人到現在才出面。」

「愛拖就到牢裡慢慢拖，」甘孛咕噥，「獄友們最喜歡這種人。」

「唔，」沃德說，「這裡恐怕有另一個問題。如果檢方想要我的當事人出面指控真正的犯人，也就是希拉蕊·綏夫特與昆丁·卡邁柯，前提是保障起訴他的項目最多只有事後隱匿不報。」

「去你媽的，」甘孛也忍不住罵道，「想鑽漏洞門兒也沒有。你們這份聲明內容十之八九我們早就掌握到了，而且呢，昆丁·卡邁柯已經死了二十幾年好嗎？你們手上根本沒有籌碼。」

兩人確實不知情，開始交頭接耳說個不停，普萊斯一堆手勢，而且終於露出緊張表情。

史蒂芬妮剛好開門衝進來，彎腰在甘孛耳邊說了幾句話。

「訪談暫停。」甘孛說完，沃德與普萊斯盯著他。

「你們運氣可真背，希拉蕊·綏夫特逃之夭夭。海水退潮就知道誰沒穿泳褲了，普利斯先生。」

44

史蒂芬妮在謝普威爾斯酒店的花園觀景包廂找到兩人。甘孛那兒需要人手，祁里安就先回去刑警隊幫忙。

「真噁心的案子，是吧？」她問。

「妳說得客氣了。」華盛頓回答，「普萊斯怎麼樣了？」

「還關在拘留所，甘孛馬上要和皇家檢察署討論如何起訴。」

「暫定控罪[37]？」

「能還押候審就夠了，等偵查終結再提出完整起訴內容。」

「在他家找到的證據呢？」

「感覺是綏夫特設計他。證物本身沒問題，不過最後兩名死者的死亡時間對不上，他有百分百的不在場證明，人確實在倫敦。甘孛的想法是——我也認同他，綏夫特原本只是爭取時間，或許沒料到普萊斯會忽然跑去投案。」

華盛頓心裡直接跳過大家對綏夫特是兇手的假設，依舊認為她涉案但未必就是幕後真兇。

「假如普萊斯原本就在躲，火祭男去他家裡栽贓，可以逼他暴露自己所在位置。」

[37] 英國法律制度中，重大案件若檢警認為嫌犯有棄保潛逃之虞，可向法院申請暫定控罪阻止嫌犯保釋。

史蒂芬妮皺眉。「你覺得他是潛在受害者？」

「怎麼不是？」他回答，「上船的其他人都死了，為什麼假定他不同？要是犯下命案的人成功綁走他，在暗處了結一切，我們有人會想到繼續查下去嗎？」

「是很可能不會。」史蒂芬妮同意，「你剛才用詞是火祭男而不是綏夫特，聽起來不覺得她是兇手？」

「她和火祭男一定有關係，會用異丙酚這點無法忽視，也有可能是她去綏夫特住處留下那些證物。但她有沒有把人燒死是另一回事，緹莉有些數據妳可能會有興趣看看。」

「待會再看不遲。你還有什麼想法？」

「嗯……截至目前為止，所有能參考的犯案動機都停留在金錢層面。」華盛頓說，「可是始終不合理，說不通。閹割和火刑？為了錢？我連不起來。」

「再來？」

「還在想。」其實有些別的猜測，但還不想說出來，尤其是在緹莉面前……

史蒂芬妮十指交觸閉上雙目，過了一分鐘睜開眼身子前傾。「好，我們拿了政府的錢就該辦事。甘孛去追綏夫特，我們重案分析科負責他們做不到的部分。」

緹莉點點頭。過一會兒華盛頓也點了頭。

他回答：「首先該查查交通工具。總共五起綁架、五起命案，既然死者體內都沒有異丙酚反應，合理推測他們死前被關在什麼地方。這部分運輸過程我們到現在都沒有線索。」

「兇手得先開車到綁架地點，從綁架地點前往囚禁地點，再從囚禁地點抵達殺人地點。」緹莉整理後說：「這樣數據會很多喔，坡。」

「我以為妳喜歡數據。」

她笑了笑。「我喜歡啊！」然後按幾個鍵就聽到印表機唰唰唰跑個不停。「數據越多，我能做的越多。等一下我連到自動車牌識別資料庫試試看。」

華盛頓將史蒂芬妮帶遠，確定緹莉聽不見之後說出先前的顧慮。「我覺得必須假設那四個男童都死了。」

史蒂芬妮點頭，表情很沉重。「這我也想過。你有其他假設嗎？」

「有。我認為兩萬五千英鎊買到的是虐待權。」

「另外三筆六位數的是？」

「那麼大的金額，我猜是買走他們的命。」

「我也這樣想。」她過了一會兒附和。

但兩人根本沒留意到印表機早就停了。緹莉聽見之後驚呼：「不會吧！」然後眼淚直接滾落，忍不住哭出聲音。史蒂芬妮過去坐在旁邊摟住她肩膀。

雖然就職一年多，接觸到英國境內各種慘案，但以前緹莉總是保持距離絕對客觀。即便在麥可．詹姆斯胸膛上找到名字，對她而言不過就是另一張數位影像。正因為走出封閉，緹莉終於和大家一樣能夠感受世界、感受案情發生在活生生的人身上。而且緹莉感受到的恐怕比華盛頓更多，因為她有顆柔軟的心。

過了一小時多緹莉才冷靜下來，能夠繼續做事。華盛頓有罪惡感，若非自己硬拖她到坎布里亞郡，緹莉不必承受這種悲傷。而且他心裡清楚，那時候只是自己牛脾氣發作而已。

不過史蒂芬妮悄悄說：「你和緹莉似乎相處得還不錯。剛才的事別太放在心上，帶她走出辦公室對她很有幫助。」

❖

華盛頓望向新朋友。緹莉將眼鏡推回原位，吐了吐舌頭打起精神。可是淚痕還沒乾，一綹頭髮隨空調擺盪，她噘起下唇噴氣吹開免得擋住眼睛。一股暖意在華盛頓心裡蔓延，他覺得自己該保護這女孩。兩人實際歲數相距不遠，人生經驗卻彷彿差了好幾十年。緹莉的天真單純與自己的憤世嫉俗形成強烈對比，但同時又有許多相似處，比方說都很執著，都跟大部分人合不來。

看著緹莉他想起另外一件事。當初重案分析科收到的資料交給緹莉分析，是她從麥可．詹姆斯遺體胸口找到名字。然而自己與這個案子的關係至今無法解釋，希拉蕊．綏夫特聽見自己名字沒有任何異常反應，倘若她是火祭男的共犯恐怕不知道完整計畫。甘孛指派一名警探從華盛頓的背景下手，希望找得到蛛絲馬跡，可惜遲遲沒有消息。

他不認為會和自己的過去有關。裘騰．威廉斯案之前華盛頓．坡這個名字沒和什麼爭議沾上邊，就算送過一些麻煩人物進監獄也沒有誰在過去一年間獲釋。問題在於他名字的確被刻在第三名死者胸前，事實無可辯駁。

所以始終有個環節串不起來。

華盛頓又轉頭看看緹莉。印表機繼續吐紙，她動手將前面印出來的東西貼上牆。英國的自動車牌識別系統在同類型資料庫是全球最大，會有很多資料要篩選。

「一團混亂吶。緹莉，妳覺得要多久才分析得完？」華盛頓雙手一擺，指著好幾大疊的列印表單。

緹莉動作停下來，華盛頓幾乎能聽見數字在那顆腦袋裡面跑來跑去。她從來不用猜的。

「四小時三十分鐘，」緹莉回答，「那時候應該就有能討論的結果。」

華盛頓回頭望向史蒂芬妮。「老闆，我認為該考慮兇手有其他動機了。」

「繼續說。」

「現在我們認為付了六位數款項的人，錢是用來買小孩的命，對吧？」

史蒂芬妮點頭。

「既然如此，男童死前應該受到不少折磨。」

她再點頭。

「那麼……要是事情被人發現？」華盛頓問

「知道的人自以為是伸張正義？」

「可以解釋為什麼手法兇殘。」

「也許是男童之中有生還者？」史蒂芬妮問。

華盛頓搖頭。「如果有人活下來，名單上的六個人應該會過著提心吊膽的生活，所以不大可能。他們沒預期到會有人衝著自己來，再者又為什麼要等二十六年這麼久？」

「否則是誰呢？能查的人都查了。」

「確定嗎？」華盛頓反問，「雖然都進了安置機構，但一開始還是有家庭才對。會不會有人後來忽然覺得要對孩子負責？」

史蒂芬妮神情不怎麼認同。

「反正有將近五小時要等，就當作找事情打發時間吧。」

「你是打算……」

「回到原點。」

「是指卡邁柯如何出現在鹽倉？現在應該無關緊要了吧？」

「不，再往前推。」他說，「七松之家的搜索令是發給我們，不是坎布里亞刑警隊，而且效期還沒過。現在可以回去兒童福利處調查那幾個孩子的背景，我尤其想知道什麼因素導致他們被送進育幼院。」

45

「兩位想知道什麼？」奧黛麗．傑克遜問。

史蒂芬妮和華盛頓回到卡萊爾市政中心。史蒂芬妮被他說服，決定好好利用搜索票，態度也變得果斷，看樣子不想繼續跟在甘孛後頭了。

「先瞭解那四個孩子的出身背景。」她回答。

「還有他們的原生家庭，」華盛頓補充，「以及同時間七松之家的其他院童和工作人員。」

「名單會很長。七松之家一部分工作人員是短期約聘，院童進出也滿頻繁的。」

兩人都沒講話，史蒂芬妮不耐地雙手抱胸。

「我看看能整理出什麼。」傑克遜女士說。

❖

傑克遜女士帶著院童檔案回來放在桌上。華盛頓猜測她自己前兩天才翻過。檔案夾薄得可憐。四個男孩，四本檔案，四條無辜的生命。會交給政府，代表家長沒能力、沒意願，或者不適合照顧下一代。正因如此，七松之家該成為避風港，給他們痊癒的機會，重新學習愛人與被愛，不要對成人社會失去信心。

他們卻被賣給有錢到覺得人生乏味的變態手中。

越是思考，華盛頓意志越堅定。就算得花十年不斷翻檔案也無妨，如果答案在裡頭，他一定要找到。

華盛頓將檔案都攤開，對照基本資料。

麥可．希爾頓。馬修．馬隆。安德魯．史密斯。史考特．強斯頓。

逝去的四個男孩。他啜飲傑克遜送上的咖啡後開始認真讀內容，史蒂芬妮則從院裡其他孩子下手。

❖

一小時以後絕望感更重。四本檔案乍看很不同，但本質卻又太相似。

麥可．希爾頓：長期遭到忽視，九歲時體重不到五歲小孩的平均。等社工找到機會要將他送進育幼院，竟發現他靠吃蒼蠅維生。父母都被關了一年，華盛頓覺得監獄應該逼他們吃蟲體驗看看。麥可在照護體系輾轉流離，從小累積的行為問題導致他到哪裡都很難適應。七松是最後機會，從紀錄來看他努力把握。

安德魯．史密斯：原本成績優異，後來一落千丈。某天下課後教師請他過去詳談，他卻慌慌張張說自己有事得先走，反而引起學校懷疑並且報警，結果在他書包裡找到海洛因，原來這孩子被父親當作運毒工具。後來父母逃到西班牙活得好好的，每年透過兒童福利處轉寄生日賀卡與零用錢，但沒有留下回信地址。檔案夾裡還留著最後兩三張。

相比之下史考特．強斯頓進入安置機構原因比較普通，母親長期遭家暴，卻不肯與男方分手。華盛頓讀了不很訝異，這種案例比一般人認知要更普遍，有些女性無論後果如何就是無法離開施暴者。於是兒童福利處表示史考特年紀還小，在那種環境成長不安全，要她母親做抉擇——從伴侶和孩子擇一——她還是選擇了伴侶。社工曾經嘗試聯絡親生父親，但找不到人。史考特進入照護系統之後沒再離開。華盛頓特地記著他父親這件事，之後要叫祁里安幫忙確認，畢竟是目前比較可能產生動機的人選。

最後一個，馬修·馬隆，或許是裡頭最悲慘的孩子。他原本在布萊頓鎮有個幸福美滿的家庭，可惜年幼時母親過世，然後見證了人類情感的脆弱：父親勾搭上來自薩伊的女子，對方海洛因成癮，不到一個月就為了她的毒品債務逃離布萊頓，三個人搬到坎布里亞郡。又過一個月，那女人開始指控小馬修會用妖術。他父親那時也染上毒癮，每天花費八十英鎊，對兒子的處境究竟是不知情還是不理會很難確認。總之那個女子偏執狂發作，一心要為馬修「驅魔」，還認為最好的驅魔手段就是用痛覺將惡魔逼出肉體，於是將小孩綁在椅子上用菸頭燙他手臂與軀幹。馬修是個聰明孩子，明白自己遭到虐待必須反抗，逮到機會立刻跑到沃金頓鎮警局報案。父親因為疏於照顧被判刑四年，進去兩年獲得假釋機會，但檔案記載他出獄當天就因為藥物過量致死——不是什麼新鮮事，監獄提供的替代藥物與外頭真正的毒品終究不同，很多吸毒者低估兩者強度落差造成憾事。至於實際施虐的那女子罪名是蓄意重傷害，判刑九年但第一年就死在監獄。死因有點可笑，之前她指控八歲小男孩行巫術，進了牢房竟然還玩同一套，而且對象是名體重超過九十五公斤來自蘇格蘭格拉斯哥的暴力慣犯，殺了丈夫入獄。她惹錯人了，頭被抓起來往馬桶邊緣砸得像根熟透的爛香蕉。

讀到這個結尾，華盛頓勉強哼了聲覺得痛快。從各個社工、家事法庭、訴訟監護人等等留下的紀錄判斷，這幾個孩子真的走投無路。撇開史考特．強斯頓行蹤不明的父親，其他人看不出會有親屬為其採取復仇行動，不是死了、坐牢，就是從頭到尾都沒管過小孩。

檔案內有一張四個男孩的合照，看起來是拍立得，下面白色部分特別寬，方便拿在手裡甩乾顯影。畫質不太好，背景應該是育幼院帶他們去水邊玩。陽光下孩子們笑得燦爛，天氣熱得可以打赤膊，史密斯手裡還有顆足球，神情都很開心。儘管畫面不清晰，華盛頓還是能看到馬修．馬隆手臂與胸口都有燙傷痕跡。放下照片時他心中充滿傷感，趁著淚水還在打轉抹了抹眼眶。

「為什麼沒有找人收養呢？」他問，「希爾頓是有行為問題，其他三個在七松的表現不差吧。他們不願意分開？」

傑克遜搖頭。「如你所說，麥可的心理問題比較深層，他到最後都沒能克服。但重點是四個人進入安置機構的年紀都算大，那個年代幾乎不可能找到願意收養的家庭。與其說他們友情深厚，不如說他們同病相憐，」她解釋，「這四個孩子也死心了，只能用那種『沒人喜歡我們就算了』的叛逆態度來面對。」

令人更難過的答案。華盛頓視線回到檔案上。

掃過一遍之後他放下檔案夾，暗忖如果想要更深入，最好先出去呼吸新鮮空氣。史蒂芬妮看了其他院童的故事，但想必差不多慘，見狀跟了出去。過沒多久，傑克遜女士竟也加入，還點了香菸深深吸進一口戕害身體的毒素。

「每天接觸這些亂七八糟的東西，妳怎麼受得了？」華盛頓問。

她聳肩。「我不碰，要交給誰來碰？」

算是個答案，只是很難接續話題。傑克遜又點了一根菸。五分鐘後三人回到房間裡，華盛頓再翻開檔案，希望理出點頭緒。

史蒂芬妮手機響了，她將手機亮給華盛頓看。是甘孛。

「總警司？」接聽之後史蒂芬妮面色越來越難看。「可惡，」好一陣子她才嘀咕起來，「確定嗎？」

掛斷前她眉頭蹙得更緊，華盛頓看了也忍不住挑眉。

「聯絡到希拉蕊・綏夫特的女兒，但她百分之百肯定克雷門・歐文斯在科克茅斯遇害時她母親人在澳洲。」

華盛頓脈搏加速。「果然找錯人了是嗎……」

46

當天稍晚甘孛召集大家開會，七松之家的院童檔案也沒有更多線索，兩人回到謝普威爾斯酒店。傑克遜女士將資料都影印出來，華盛頓打算回家再找時間細讀，有時候大腦需要靜一靜才能好好思考。他們不在這段時間緹莉沒有鬆懈，身邊多出一疊又一疊紙張。她的分析仰賴旅館WiFi的速度，雖然觀景包廂不合適也只能將就當作今天的工作地點，現在又擠又亂，和華盛頓腦袋差不多。

緹莉抬起頭說得很緊張。「史蒂芬妮·弗林督察，我好像把經費都用在彩色列印上了。」

「無所謂，反正預算也是我審核……」但她注意到東西分量，「呃……妳到底印了多少張？」

「八百零四。」

史蒂芬妮神情跟著緊張了。

而且緹莉將洞挖得更深。「旅館請廠商送來墨水兩次。」

「有線索的話就不貴。」華盛頓幫忙緩頰，「既然確定兇手另有其人，車牌辨識反而最有希望。」

不同於坎布里亞郡警方，國家刑事局擁有自動車牌識別資料庫的讀取權限。這套系統與全國各地總計八千台監視器連接，其中有固定式也有機動式，主要功能是判讀、偵測、記錄鏡頭範圍內所有行經車輛。然而英國境內有超過四千五百萬輛汽機車，因此系統每天產生將近兩千六百萬張照片。影像保存期兩年，換言之任何時間點都有一百七十億以上的圖檔收錄在資料庫內。華盛頓聽說甘孛曾經提出申請，希望在主要巨石陣的進出路線設置機動式監視器，但遭到主管機關駁回。

「緹莉，妳查出什麼了嗎？」他問。

緹莉還是不知道自己有沒有捅婁子，怯生生清了下喉嚨後回答：「下載我鎖定的監視器紀錄以後，我用空閒時間幾個月開發出來的程式跑一遍。看起來屬於混沌系統問題，所以我採取藏本模型估算同步順訊。」

她的表情好像認為對面兩人應該要聽懂。

「說簡單一點。」華盛頓沒好氣道。

「喔，好。基本上就是條件符合的話，混沌狀態會自然演化為完全同步系統。」

史蒂芬妮與華盛頓還是一臉茫然盯著她。

「我重新定義了參數。」她嘆息。

依舊沒有反應。

「你們一定是跟我開玩笑吧？」緹莉猛搖頭，「老天，難道你們看到飛機還覺得很稀奇？」

「啊？」華盛頓出聲。

「我跑了程式，做出車牌號碼表。」

「啊，有名單了。妳早說嘛。」

緹莉吐舌頭之後拉了一疊東西過去。「主要針對火祭男必須經過的路線。綁架地點到囚禁地點、囚禁地點到犯案地點。」

華盛頓點頭，這就好懂多了。

「我們知道其中四人的死亡時間與地點，我把這些訊息與離他們住處最近的監視器放在一起分析。」

合理。緹莉是想從殺害現場與最有可能的綁架現場比對出嫌疑最大的車輛。

「有五個受害人喔。」史蒂芬妮提醒。

「沒錯，史蒂芬妮．弗林督察。可是就分析意義上來說，昆丁．卡邁柯棺材裡的人是異常值，我們沒辦法確認他是什麼時候被裝進去，也不知道他死亡的時間地點。」

緹莉稍微停頓讓兩人跟上。華盛頓心想，只要主題是數據資料，她平日的彆扭全不見了。

「因為不是倫敦，識別系統的監視器只涵蓋M6高速公路、主幹道和比較大的次幹道。但我計算過，犯人有必須經過的監視器，每次綁架至少要通過一遍。有些位在M6，其餘在橫越M6的路線上。」

華盛頓能理解。就像河的主流與支流，M6高速公路從中間將整個郡切成兩半，火祭男要完全避開機率太低。無論橫向穿越、從高架下行經或直接沿著道路行駛，正常來說總要進入監視器範圍好幾次才對。

緹莉繼續：「只是資料庫出來的名單太大了，有六位數。」

「鄉下地方出門都得開車，」華盛頓解釋，「而且監視器設置在通勤路線上，我還以為會搜出更多筆。」

「用我的程式算過之後縮小到能處理的程度。列表分三份，第一份可能性最高，總共八百零四輛。」她說，「所以我用彩色輸出。」

除了車牌號碼、偵測時間之類必要細節，識別系統還會拍攝兩張照片，一張是車牌、一張是完整車體。緹莉說的彩色輸出是指她不僅僅下載圖檔，或許為了迎合不夠現代化的兩個同事，她全部彩色列印成紙本。

成本真的不重要。緹莉有兩個博士學位、曾經進入牛津大學數學研究所，IQ之高華盛頓聞所未聞。緹莉說兇手在這堆資料裡，華盛頓相信她的計算。

所以他坐下來仔細讀，史蒂芬妮也一樣。緹莉見狀嘴角上揚。

❖

自動車牌識別是很厲害的辦案工具，但前提是能鎖定自己要找的東西，如果當作撒網捕魚恐怕毫無價值，因為會撈出太多不相干的東西。華盛頓猜測這就是甘孛不大堅持的理由，之後總司還是會叫手下調出資料查看，但只是死馬當活馬醫，不是真的視為辦案策略一環，畢竟他們無法將六位數的樣本縮小成幾張表格。甘孛那邊的探員可沒有緹莉這種數學天才。

即便如此，眼前資料量還是太大。華盛頓沒有氣餒，他對緹莉有絕對的信心，答案一定就在裡頭。每讀完一頁，緹莉就會取走並釘在牆上，排列規則只有她自己理解。華盛頓覺得這樣安排也不錯，一抬頭就是表單拼圖，大家都能換個角度觀察。旅館主任看到新裝潢好的牆壁被搞成這樣一定會氣炸，但之後的事情之後處理，或者說交給史蒂芬妮應付也罷。中場休息，他伸展雙腿，走到簡報架前面。其實旅館有提供，但緹莉眼裡沒有這麼低科技的東西。華盛頓從托架拿了麥克筆，走向牆壁，在絕對不可能的車輛前面畫上紅色叉叉。

八百零四輛車裡，三十多輛是巴士而且載滿乘客。華盛頓可不認為火祭男需要這麼多幫手，又不是螢火晚會，所以都打叉。機車也都排除，雖然方便但沒空間載運被害人、大量助燃劑與鐵椿。此外還有四輛小巴，縱使照片尺寸很小，華盛頓還是能看出都是社會服務，運送有學習障礙問題的成人，因此也刪掉。

還有些不必考慮的，比方說警車。火祭男當然有可能是警察，不過警察不是個人使用，八到十小時輪班，中間沒有空檔。基於同樣理由也扣掉救護車。

再來是囚車。郡議會用了好幾年的口號是「坎布里亞：生活、工作與觀光都安全」。撇開火祭男的話確實如此，但總不可能都沒有混混流氓之類，而且法庭數量縮減不代表傻瓜人數跟著降低。路上常能看見GU保全公司車輛往來於法院和郡內唯一的監獄，同樣是輪班制所以也能打叉。

華盛頓排除了大卡車。運送屍體和裝備都很理想，但殺害地點有的得走小路，卡車根本到不了。

剩下來的還是太多。華盛頓踮著腳尖站站蹲蹲放鬆小腿肌肉，同時繼續思考如何縮小目標範圍。

他又走到牆壁前面，一股無名火起，看起來明顯就塞不下駕駛、屍體和一大罐汽油的小車全部打叉，但隨後忍不住用力丟筆。

「抱歉。」他立刻開口道歉，主要是怕嚇到緹莉。

「你還好嗎？」史蒂芬妮問。

他點頭。

「別放棄，我覺得你快要有頭緒了。」

華盛頓從簡報架那邊抓了綠色麥克筆，勾選出心中認為優先檢視的車輛。無法看見內部的貨車，各種旅行車與四輪驅動車。資料裡還有一輛靈車，他打上兩個勾。

全部都做上記號，三個人討論過後有些換了顏色。過了一個鐘頭，算是達成共識。

華盛頓壓著腳跟前後搖擺，隔著一段距離凝視牆面。

他相信答案就在眼前，但沒有靈感很難看透。

47

三個人盯著牆壁直到天黑。他們不想取下牆上的東西，也不想輪流出去用餐，所以由華盛頓開車到肯德爾市的印度殖民風餐廳買外帶。他給史蒂芬妮點了奶油雞、緹莉是巴爾蒂鐵鍋咖哩、自己吃羊肉紅咖哩，點菜時手機有訊息，祁里安說他跑去家裡找不到人。華盛頓回覆說大家在酒店，現在走過去剛好，會多帶一份羊肉紅咖哩給他。

旅館很客氣提供了餐具碗盤給他們。開動時祁里安也露面，說他餓壞了一股腦兒開始吃，吃完才參加討論。

後來他走到牆前。時間晚了，當天頗悶熱，但祁里安還是穿著整齊。華盛頓早就脫了外套捲起袖子，偷偷嗅了下腋窩，暗忖回家得趕快洗澡。

「希拉蕊．綏夫特不是兇手，你應該聽說了吧？」

「不過她還是涉案。」華盛頓回答。

「這點毫無疑問。」祁里安接口道，「你覺得她是幫忙的，還是找了人幫她？」

華盛頓聳肩。「她認不出我。如果她與火祭男聯手，那應該是棋子。」

祁里安沒答話，因為這些問題目前沒有答案。綏夫特和案情脫不了干係，只是他們還無法清楚解釋。逮到人之前恐怕難以釐清。

「你們在社工那邊有收穫嗎？」祁里安轉移話題，「我猜，你是認為那幾個男孩已經死了？」

「你覺得呢？」華盛頓反問。

「確實很難有別種可能。你去兒童福利部應該是找找他們有沒有親屬吧？」

「嗯，不過沒看到那種一臉寫著『選我選我』的目標。而且那些大人太糟糕了，孩子們還活著的時候都不在意了，人死了才忽然良心發現很奇怪。」

「結果回到原點，什麼都搞不清楚。幕後黑手到現在還沒露出馬腳？」祁里安坐下，「話說回來，甘孛要我通知你們，目前看來希拉蕊．綏夫特還沒離開英國。邊境管理單位沒有發現她名字或符合描述的人通過檢查點。甘孛相信——我也認同——她是躲著避風頭。」

華盛頓悶哼。

祁里安又起身。「好吧，看樣子你們還要繼續忙，那就祝各位好運，大家加油，明天有新消息我會打電話聯絡。」

「沒消息也可以打來聊聊，」華盛頓回答，「我們一有新發現就告訴你。」

他點頭離去。

緹莉走到牆前，華盛頓跟過去。她開口：「坡，我們再加一個顏色吧？原本排除但是可以重新考慮的？」

華盛頓拿起藍色麥克筆。「動手吧。」

❖

三人熬夜繼續篩選，輪流躺下休息。門房搬了張沙發進來。

早上九點，多用了四個顏色，盯著那些照片時感覺眼睛都要出血了。

「沒用，」華盛頓埋怨完轉頭說，「緹莉，能不能趕快用妳那顆超級大腦？找東西出來給我查，我什麼鬼東西都看不到！」

緹莉嚇了一跳，他趕緊道歉，這又不是她的錯。

「沒關係，坡。」緹莉開口，「你和史蒂芬妮．弗林督察先去吃早餐，我試試看以前在大學的老辦法——找不出規律，就換個角度。」

她沒多加解釋也沒等兩人回應，自己走到牆邊把照片拆下來。華盛頓看過她那種狀態，知道現在搭話也得不到答案。

「走吧，老闆。我請妳吃培根三明治。」

❖

回來以後兩人看見照片回到牆上，但分成四大塊。不是按照紅叉綠勾，所以華盛頓朝緹莉露出疑惑神情。印表機嘎嘎叫了一陣才停，她印了更多照片出來。

「車子變更多了嗎？」華盛頓問，心想那樣叫做不進則退。

「不是的，坡。現在照片根據受害者死亡日期重新排列，每個區塊代表不同日期。之前每輛車只有一張圖，沒辦法重複放在不同日期，所以我要印複本。」

有些車輛四天都出現，看來重案分析科的影印經費又受到重創。她在區塊邊緣標明日期和死者姓名，華盛頓掃了一眼思考這些資訊的意義。緹莉開口說：「坡，你先慢慢看，我去拿一份水煮蛋……」但是她瞥了下手錶叫道：「啊！早餐只供應到十點，我慢了一步。」

「只有星期三和星期天是十點喔，緹莉，因為那兩天午餐是燒烤要提早準備。今天早餐到十一點，要水煮蛋趕——」華盛頓話忽然斷掉。

「坡，怎麼了？」

華盛頓沒回答，逕自走過去端詳第二名死者那部分。喬．羅威，被燒死在史溫賽德巨石陣，靠近佛內斯半島布勞頓鎮。方才和緹莉提及旅館餐廳供餐時間，一個模糊念頭閃過腦海。快要想通了，但還沒徹底掌握……他盯著那些照片，彷彿將影響烙印在視網膜。過了二十分鐘還沒找出端倪。

他反覆研究，第六遍終於注意到關鍵。

看破之後就覺得歷歷在目、突兀至極。這輛車出現得毫無道理。華盛頓感覺寒毛直豎。

有這麼容易？

「華盛頓？」史蒂芬妮也出聲。

但他還是好一陣子不敢說出口，對兩人關切充耳不聞，直接吩咐：「緹莉，幫我到法院及審裁處網站，看看喬．羅威死亡當天，坎布里亞郡哪個法院有開庭？普雷斯頓皇家法院也確認一下。」

她看看華盛頓又看看史蒂芬妮，不知道該怎麼辦。史蒂芬妮見狀道：「照他說的做吧，緹莉。」

華盛頓要的資訊都在網路公開，他自己查當然也行，但這種事情緹莉動作快得多。史蒂芬妮認識他夠久，知道華盛頓有把握之前都會封口，所以懶得逼問。

五分鐘後，緹莉開口：「喬・羅威死的那天沒有開庭喔，坡。因為是星期天。」

他點頭，果然沒錯，接著手指朝牆上那個區塊一比，回頭對緹莉和史蒂芬妮解釋。

「那這裡怎麼他媽的會有囚車？」

48

華盛頓和多數英國警察一樣特別關注運囚這檔事。二〇〇四年政府將運囚從獄政系統獨立出來外包給跨國企業，他們深深引以為恥。每年囚犯運量高達一百五十萬，有利可圖是自然，早就成為商人眼中的肥肉。這種事情發生在工黨執政時期他絲毫不覺得意外，畢竟工黨對於私人企業承諾的效率、創新之類大餅照單全收。

所謂創新是將囚犯塞進不到兩英尺平方的狹窄空間，所謂效率則是囚犯想如廁也不會停車。就連羈押候審、有沒有罪還不知道的人也只能在迷你隔間裡面大小便。單論字面規定的話，送去屠宰場的牲畜都有更好的待遇。等英國內政部瞭解實際情況根本太遲，企業早就打通關節、買通高層，合約也都已經簽訂。政府官員的處理模式也不出所料——在媒體圈粉飾太平、在數據上偽造誤導。說真話沒有選票，這道理華盛頓還是懂的。

但政府丟臉還不只如此。反正每次改變都要有什麼「非意圖後果」，內政部居然完全沒考慮到一旦合約期滿，他們決定更換承包商的話會有什麼問題。缺乏先見之明，結果是沒有事前立法規範舊承包商手上那些車輛如何處置。

於是整個車隊流入市場。即便《每日郵報》做過專題強調囚車有可能成為犯罪工具，也只是部長向官員問責，官員卻又將球踢回部長那邊。無論如何，任何人只要拿出幾千英鎊就能買到本質為移動監獄的車輛，而且完全合法。

緹莉放在星期天那邊的囚車是小型款，只有四個隔間。華盛頓印象中大型車能運送三倍數量。然而體積小代表鑽得過火祭男會走的小路。

照片都沒拍到駕駛人，擋風玻璃染了色。這也沒什麼好意外。

有線索之後三人立刻行動。史蒂芬妮打電話告知甘孛案情有突破，緹莉從警察全國電腦系統查到車牌在GU保全公司名下。詢問時對方一如所料積極配合，畢竟事關商業形象，他們未來還想做政府標案。

沒錯，是GU公司的四房車。

但沒派這輛車到坎布里亞郡，也沒有出現在西北部運囚合約中。公司內部給車子的編號是二三六，分配到東南方邊境管理單位。

然後確定了GU的車子都安裝衛星追蹤系統，行經什麼地方全都受到公司監控。

GU窗口承諾會將所有資料放在電子郵件寄過來，華盛頓掛斷電話。緹莉開口問：「代表什麼呢，坡？」

「代表兇手偽造車牌，而且經過挑選，避免被人發現作假或車型不正確。」

「哇，好聰明。」

的確。「英格蘭西北部運囚合約就是GU拿到，每天從早到晚都有他們的車，大家看習慣了會當作道路背景。」

然後混進車流的火祭男彷彿隱形。

史蒂芬妮趕去和甘孛開會，應該是要制訂計畫找出那輛囚車。

但若想不出辦法呢……

他轉頭一看，緹莉開始收拾，神情還有點沮喪。有突破是會興奮，但事情轉交到甘孛那邊就感覺無趣，只不過她的轉變也太大。一週前，資料還是資料，就是個等待解開的數學題，做完以後也是丟給史蒂芬妮。華盛頓明白過去的緹莉停留在抽象概念，沒意識到數據背後是一條條人命。現在她終於找到自己工作的意義，也會因此成為更出色的分析師。有時候辦案不能只靠冷靜理性，還需要一股衝勁，投入個人情感才能邁向下個里程碑。

「妳該不會以為沒我們的事了吧，緹莉？」他笑著說，「坐下吧，我們還有得忙。」她手一拍，再打開筆電、推好眼鏡，等待進一步指示。

華盛頓坐到她旁邊。「甘孛總警司會從車輛買賣開始調查，所以得先申請搜索票。」緹莉等他說重點。

「但如果火祭男如我們所想的那麼精明，購車管道一定不在檯面上，也不會傻到用信用卡付款。何況GU應該不是和個人做交易，會透過批發商。我們要找的車有可能出現在拍賣，或者某個公司的分公司的子公司……反正妳懂意思。」

「坡，我不確定我懂。」

「意思就是得用更快的辦法。正式管道讓甘孛慢慢玩，雖然他玩到最後應該也能查到，我希望妳能從別的路徑揪出那混蛋……」

49

緹莉羞怯地笑了笑。「坡，記得我兩天前跟你說的嗎？」

有點難，他們最近聊的話題太廣泛，從老人家的排便習慣到自己為什麼叫做華盛頓。

「不知道妳說哪部分，」他試著猜，「遊戲產業規模為什麼超越音樂產業嗎？」

「數據點。」她提示。

華盛頓是記得這個詞。緹莉講到這主題就渾然忘我，完全忽視他的各種肢體暗示，自顧自扯一大串混沌理論的學術說明。後來華盛頓理解到一點：既然打不斷，乾脆讓緹莉說完比較快，只是他腦袋會進入螢幕保護程式。「太複雜的細節我記不住。」他坦承。

「主要是，我說過，只要數據點夠多，不管什麼東西我都能找出規則。」

「意思是？」

華盛頓漸漸察覺自己統計學太差會造成緹莉挫折感。其實還挺想念以前她口無遮攔的模樣，不過學會將想法感受藏在心裡是緹莉成長適應的證明。

「就是說，」緹莉指著釘滿照片的牆壁，「我下載這些照片，判斷基準只有命案日期。」

華盛頓恍然大悟。

很明顯嘛！

既然鎖定車子了，當然可以針對那輛車下載資料庫內所有紀錄。火祭男駕駛行動監獄時，每次經過監視器都會留下足跡。自動車牌識別紀錄保存兩年之久，雖然裡頭會有兩輛車，但GU說過正牌運囚車在英格蘭西南部值勤，區分不是難事。

緹莉立刻就連進資料庫查看，幾分鐘後印表機又吱吱嘎嘎送出一張張紙。「這是愛德華・羅倫茲『蝴蝶效應』很棒的範例，你說對不對，坡？」

「唔……？」他滿腦子想的是拍賣場以及其他大批購車的管道。

「蝴蝶效應啦。」

「我沒聽懂，緹莉。」

「我是說，這整件事情是很好的蝴蝶效應範本。看起來微不足道的事件滾雪球般越來越大，將我們帶到現在這一步。」

「妳解釋一下。」

「嗯，這些東西，」她手一揮囊括了桌子、電腦、牆壁，「你和我所有的發現，其實都源自很小一件事。」她搖搖頭彷彿充滿讚嘆，「全局都因此改變。」

困難的案子常常這樣偵破，一個個細小線索拼湊出前因後果。「嗯，發現鹽巴裡的屍體確實是僥倖。」

「是嗎？我覺得還可以往前推。感覺案情發展是從無意間的一句話開始。」

印表機出紙匣塞滿，華盛頓過去清理。撿起散落一地的紙張同時他開口問：「緹莉妳是說哪一句？」

「肯德爾警局有人向祁里安．瑞德提起鹽倉裡的圖倫男子。一開始他忘了這回事，而你根本不知道，事情沒被當成犯罪留下紀錄所以我查不到。可是你想想，全部都是從那句話開始的。」

說得沒錯，大致上沒錯。對華盛頓而言，起點是有個變態把他的名字刻在死者胸口。但只論調查過程卻是如緹莉所言，若非祁里安從肯德爾市回來時順口提起圖倫男子，案情可能到現在仍一籌莫展。

緹莉將他的沉默誤解為否定，單方面繼續解釋。華盛頓沒再聽了，他拿起印出來的最上面一張盯著看。緹莉用逆時序排列，近期事件在表格頂端。判讀資料是緹莉的專長，他只是隨便看看，沒期待能有什麼想法——但這頁中間兩筆資料讓他愣住，恐懼感油然而生，胃袋一陣翻攪，口乾舌燥說不出話。

華盛頓留意到A591公路，那邊設置監視器主要鎖定往來湖區中樞的毒販。除非對本地地形極其熟悉，否則無論從凱西克鎮還是肯德爾市出發，想前往安布賽德和溫德米爾都要走A591並且被監視器錄下。

但是A591連接的並非只有安布賽德和溫德米爾。

還有些小村莊，其中之一是格拉斯米爾。

七松之家位於格拉斯米爾。而且日期對得上。

連時段都對得上。

如果華盛頓自己的記憶沒錯——其實他有把握——代表運囚車經過監視器的十分鐘之後，自己和祁里安也駛過同一個地方。希拉蕊・綏夫特不是火祭男的幫兇，而是下一個目標。

她被火祭男綁走。

連同外孫。

50

「小孩也在火祭男手上！」華盛頓朝著手機大叫。

史蒂芬妮用免持模式所以收音斷斷續續。她正在去見甘孛的路上，透過她能最快讓情報發揮效用。

而她聽了以後，儘管模模糊糊，華盛頓還是能聽見用力踩踏油門，車輪高速轉動的聲音。

考慮到她被交通事故拖延的可能性，華盛頓決定滴水不漏，撥給祁里安以後轉到語音信箱，他留言後掛斷。刑警隊應該馬上就會收到消息，華盛頓再將資料寄給史蒂芬妮，佐證綏夫特祖孫失蹤當天火祭男的車曾出現在格拉斯米爾。

他試著鎮定心神。脈絡越來越清晰：綏夫特被綁架這點，比起將她設定為從犯合理得多。再拉遠一點看，華盛頓的新方向是將整個案子視作復仇犯罪而非金錢糾紛，與現況也吻合。無論火祭男真實身分是誰，他很有系統地將遊湖那夜船上成年人一個個除掉，目前僅蒙塔古．普萊斯逃過一劫，因為他意識到兇手行為模式以後逃得夠快。

麻煩的是，綏夫特在兩名老練警察面前被帶走，這手法實在巧妙。火祭男如何下藥得逞？難道兩人拜訪綏夫特同時，兇手一直埋伏在屋內？趁他們和綏夫特聊天時，無聲無息在茶中摻了異丙酚？然而成功前提是兩名警官乖乖喝茶，從火祭男的角度未免太碰運氣，不符合他的一貫作風。

和之前一樣，每次有重大突破就會抖出更多不解之謎。

❖

緹莉繼續分析自動車牌識別系統的資料，希望找出囚車移動規律幫助破案。華盛頓敲鍵盤是一指神功，而且還要低頭看，她則是雙手行雲流水快得看不清。印表機持續吱吱作響，接下來半小時華盛頓像是辦公室助理，只能一直幫忙拿紙換墨水。旅館員工心裡應該對緹莉很多怨言，會議室備品已經不知道第幾次被她用光，華盛頓叫他們直接從館內其他印表機拔墨水匣過來。

後來緹莉停下手邊工作說：「我要花一小時研究。你能幫忙找一張坎布里亞郡的地圖來嗎，坡？越大越好。」

華盛頓本想找個員工幫忙就好，但意識到緹莉意思可能是叫自己別留下來搗亂。自己待在旁邊沒事做的話，會像野獸被關進籠子那樣情緒波動很大。

「好。」

❖

過了一小時他才回來。買地圖原本不該是難事，很多商店都有，麻煩在於絕大多數商家準備的地圖都是針對觀光客，著重在郊外景點而不是駕車。

差點兒要放棄的時候，華盛頓想起肯德爾市警察局牆壁上有一張超大型地圖，暗忖不如要緹莉一起過去，兩個人直接在那邊做標記。思索著是否可行、有什麼好處與壞處時，他視線穿過身旁櫥窗，發現是耆英協進會慈善商店，窗邊就擺著一桶地圖。進去翻找果然有適合的東西：英國地形測量局製作的標準地圖，打開確認連尺寸都剛好合適。華盛頓朝女店員拋出二十英鎊說不必找零了。

❖

地圖釘在牆上，緹莉開始放標示物。如果有什麼規律，華盛頓目前看不出來。紅色藍色圖釘形成一個個小團體，他注意到比較大和比較密的部分都在M6、A66和A595這幾條主幹道，較小的群體則是已知的綁票地點。除了長梅格與女兒們是例外，其餘火祭男選擇作為殺害場地的巨石陣都很偏僻，周邊沒有什麼監視器。

緹莉盯著地圖蹙眉，似乎碰上難題。

「怎麼了？」

過了片刻她才回答：「不合理呀，坡。」

「怎麼說？」

「不合乎我的模型。」

「用小孩能聽懂的句子解釋一下。」

以前聽到這句話緹莉應該會笑。這次沒有。

「嗯……你知道這種分析模式，目的是為了理解犯人的空間行為吧？」

華盛頓完全聽不懂，甚至不太確定這個句子裡的「空間」到底代表什麼。「緹莉，說白話一點行嗎？」

「犯人通常都會避免在自己附近作案，」她回答，「這概念叫作緩衝區。」他在心裡把同樣概念稱作：不在家門口大便。意思到就好。即便社會底層又海洛因成癮的人，迷糊到跟門把握手之前大抵也會躲到隔壁巷子裡。

「嗯，然後犯人應該也會有舒適圈，就是他們覺得安全的範圍，多半是特別熟悉的區域。這叫做距離衰減理論，離他們平日活動地區越遠，犯罪機率就越低。」

也很合理。華盛頓同樣認為火祭男對自己作案這些地方都很熟，從他避開大多數定點監視器的功夫看來這是唯一合理解釋。「問題是我們已經知道他不是隨機挑選目標，而是按照固定名單下手，受害者的住處是他無法控制的因素。」華盛頓補充。

「這點一開始就納入模型。」

當然。

「那還有什麼問題？」

「命案地點。這部分不合理。每個死者帶有三個變項：綁票地點、囚禁地點、喪命地點。」

華盛頓猜到緹莉要說什麼了，但讓她說完。

「就像你剛剛說的，綁票地點在兇手控制外。如果我們假設囚禁地點不變，那真正隨即的項目只有在哪裡行兇。」

「結果卻看不出規律？」

她搖頭。「可是應該要有才對，就算單純看他走的路線也該能看出些什麼。我找不到，代表真的沒有。」乍聽這話很自大，不過事實如此。

「會不會規律就是沒有規律呢？」

緹莉忽然一僵又跳起來。「唉呀，坡，我真傻！你說過坎布里亞有六十三個巨石陣，兇手只用到四個，其他五十九個在哪裡？」

「很分散，」華盛頓回答，「一下子要指出來也——」

緹莉手指像著魔了在鍵盤飛舞。

二十秒後印表機吐出一張郡內巨石陣位置圖。兩人花了三十分鐘將地圖上的標記轉移過去，接著華盛頓後退一步。

緹莉也跟著後退。「就說吧，坡。數據不會騙人，絕對能找到規律。」

兩人沒互望，卻很有默契互相擊拳[38]。

不必緹莉解釋，華盛頓也察覺到火祭男的行動確實有規律，前提確實就是把他沒用到的巨石陣全攤開看。

殺人地點是所謂的三大陣，也就是長梅格、史溫賽德、卡索里格，都歷史悠遠並享譽國際，規模雄偉震撼人心。在裡頭留下燒焦的遺體，精神衝擊自然十分強烈。可是……火祭男也挑了科克茅斯鎮附近的埃爾瓦草原石圈，為什麼？明明還有其他大型巨石陣可用，相較之下埃爾瓦到底算不算巨石陣都能打上問號，多數人根本沒聽說過。

為什麼他不從地圖上一大片黃色裡頭找？為什麼跳過名為謝普巨石大道的區域？這邊太多合適地點，有些距離酒店很近，有些位置獨立又廣為人知，而且從M6進出很容易，幾乎各方面都符合火祭男需求。

華盛頓想到緹莉剛才說的緩衝區。兇手不在謝普一帶作案，是否因為他住在這兒？大家一直往別的地方找，其實火祭男就在身邊不遠？

頸後冒汗，房間又變熱了。華盛頓脫下外套擱在椅背，捲起衣袖時有個直覺——自己接近真相，答案快要浮現，只是需要換個濾鏡重新審視知道的一切。他在椅子上前後搖晃努力尋求靈感，搖著搖著外套被晃到地上。他彎腰要撿。

動作停住。

華盛頓屏息。直覺指引他回顧過往。從普萊斯到綏夫特，現有的嫌犯都是分散注意力。自己從不認為這兩人具備成為火祭男的條件。

視線從掉在地板的外套挪到牆上一張照片。育幼院四個男孩打赤膊站在陽光下，挺著還沒發育出來的胸膛。華盛頓起身，外套重新搭好，仔細一看早就被汗水浸得濕透，掛在那邊像是晾衣架上剛洗好的襪子。

接著腦海閃過一連串畫面。華盛頓想從記憶裡找出一幕，一幕就好，能夠推翻懷疑的證據。真的沒有。他眨眨眼睛，意識回到現實。

外套。

照片。

㊳ 即兩人以拳頭輕輕接觸，西方社會流行的動作，可用於打招呼、打氣等等。

串起來了。

思緒飄回之前緹莉說過的話。當初沒太留神，但如今線索明擺在眼前。她說那是蝴蝶效應，因為祁里安聽說五英里外找到圖倫男子遺體是轉折點。圖倫男子彷彿在巴西振翅卻導致德州經歷颶風的蝴蝶，沒有他就找不到被動過的棺材，可能也追蹤不到消失的百年靈腕錶，所有人仍舊只能相信昆丁・卡邁柯躲到非洲已經亡故，慈善遊湖的醜惡真相永遠埋在黑暗中。

但，萬一……？

華盛頓的思考可以沉邃幽微，以自己的步調分析，也偶爾會循著直覺飛躍到彼方。一個朦朧的懷疑自深淵浮現漸漸成形，啃食他的心靈……

神經元迸發火花，隨著一個個連結不斷加速。謎題之間的空白終於填上，困惑轉變為醒悟。

華盛頓終於想通事情大致梗概。或許水落石出了也說不定。

火祭男來去無蹤，至今尚未有人能回答他如何辦到。科技發達以後，任何人都能熟悉警方辦案程序，尤其《資訊自由法》要求絕大多數警方手冊必須對大眾公開，換言之聰明又細心的人可以透過自修掌握不留痕跡的手法。問題是甘孛明明布下天羅地網，火祭男怎麼做到全身而退？這包括機動監視器、駐紮在巨石陣的警察、各地的巡邏。唯一合理解釋就是：他能掌握最新警方動態。

華盛頓準備驗證理論，同時回想過去半個月所有發現。眼睛落在外套時，他意識到必須修正，思緒轉換到遊艇，想像一個花了二十六年才完成的計畫。

就邏輯而言，只有一個人能辦到。也就是這個答案令他骨髓冒出寒意。

「緹莉，妳有列印異丙酚的藥物說明對吧？」

她找到以後遞過去。華盛頓跳過前面，直接找到其他用途那一欄，手指順著文字滑動，結果真的不出所料。

該死……

他抬起頭，發現緹莉盯著自己。「緹莉，幫我調查一件事。」

「什麼事情呢，坡？」

他解釋以後，緹莉眉頭緊蹙。「確定？」她輕聲問。華盛頓發不出聲音，只能輕輕點頭。

緹莉按照他的指示開始調查，華盛頓自己在房間裡來回踱步。最棘手最惡劣的情況，他不禁祈禱是自己誤會一場，但心裡不認為還有別的可能。

結果出現在螢幕，緹莉轉過身點點頭，眼眶都是淚。

眼睛濕了的並不只有她。

華盛頓終於知道火祭男是誰。

51

華盛頓凝視手機上的聯絡人。覆水難收，撥了這通電話就無法回頭。他手指在撥號鍵上游移一陣，最後終究按下去，閉上眼睛等待接通。對史蒂芬妮是出乎意料，她現在大概一心要找到被綁票的小孩與運囚車的車主是誰。但最先知道的必須是她，說服她才有辦法往下進行。

響了八次，每一次華盛頓的心跳都更沉重。史蒂芬妮終於接了。

「華盛頓，」她低語，「現在不方便，甘孛總警司在簡報。」

「史蒂，得叫他一起聽。」

「待會兒吧，我——」

華盛頓口氣非常堅決。「妳得找甘孛一起聽，現在。」

稍微遲疑之後，史蒂芬妮回答：「先說明情況。」

❖

華盛頓說完等了三、四分鐘，史蒂芬妮正在想辦法走到簡報室前方。雖然沒掛斷，但感覺她拿著電話將手放下了，距離這麼遠還是聽見好幾次「抱歉」，顯然經過一番推擠。

史蒂芬妮到了講台，華盛頓聽見對話內容。

「總警司，坡警佐有事情向我們報告。」

「報告？」甘孛回答，「叫他照規矩排隊啊，我簡報完之後還有事。署長要我一起去見警察與犯罪事務委員[39]，準備被他罵個狗血淋頭。」

「總警司，相信我，這個你必須聽。」

華盛頓聽見甘孛嘆息。「我知道他對調查有些貢獻，可是現在我們得先把小孩找回來，沒空聽他那些推論啊。」

史蒂芬妮沒講話。

「好、好，」甘孛妥協，「去我辦公室。」

一分鐘後史蒂芬妮將手機接上喇叭。甘孛沒好氣道：「有屁快放吧，坡。」

「長官，我知道火祭男身分了，而且必須立刻行動。」

「你又知道了？」甘孛語調充滿質疑。

華盛頓也懶得計較，畢竟想像得到甘孛的位置壓力有多大。「關鍵在西裝外套，」他回答，「還有蝴蝶振翅的結果。」

「你老兄到底在鬼扯什麼？」甘孛沒什麼耐性。

「總警司，兇手是祁里安・瑞德。祁里安・瑞德就是我們在找的火祭男。」

[39] 英格蘭與威爾斯自二〇一二年起透過選舉選出此官員取代過去的警察首長。

52

會走到這一步是緹莉的指引。她扯到什麼白痴蝴蝶拍拍翅膀會引發颶風，這不重要。重要的是接著她提到推動案情的並非鹽倉內找到遺體，真正的蝴蝶振翅、讓案情動起來的契機在於有人將圖倫男子帶進調查。如果肯德爾警局內沒人講到這件事，整個案子恐怕停滯不前直到現在。

純粹運氣好，還是一切都在算計中？除了兩人闖進慈善晚會外，幾乎每一步都照著火祭男安排發展。截至目前為止，所有人都是他操縱的傀儡。

但為什麼要讓案情有進展？

唯一解釋就是他要華盛頓參與調查，而且不可以落後兇手太多。從這個角度切入彷彿找到一盞明燈，華盛頓終於走出重重迷霧。

火祭男的目標是伸張正義，不是逃避制裁。

他要將真相公諸於世，但必須先完成對惡人的懲罰。警方最初的調查力道疲軟，能想出的推論都過分迂腐。火祭男決定給他們注入新血，找來解謎高手。華盛頓．坡的座右銘是「有證據就查到底」，最適合擔任故事主角。

最初華盛頓就對兇手動機充滿疑惑。這種案子通常只要能判斷動機就會迎刃而解，無論兇手身分、遊艇上究竟發生什麼事、死者為何成為目標等等都會得到答案。連火祭男為何採取那種兇殘手法，華盛頓也已經心裡有數。

其實都有道理。從火祭男的角度來看，每個行為都合乎邏輯。諸惡根源是坎布里亞社會名流中以殺童為樂的變態小團體，成員包括大地主、律師、媒體大亨、議員與一位神職。火祭男將參與其中的人一個個殺死，但所求不只如此——他希望世人知道真相。

縱使火祭男自己也是警察，但他不信任同袍，不相信別的警官會堅持正義。例如警署署長一心想升官，公布閹割與火刑的意義沒有好處，反而很可能濫用權力壓住兇手身分之外的一切，屆時火祭男的故事再也無人聞問。

所以他需要華盛頓。火祭男看中華盛頓的意志力，知道他不會受到輿論左右，能夠挖出全部真相。

❖

祁里安一開始就參與調查，用意在於掌握華盛頓的進度，覺得需要提示的時候可以輕輕推一把。明信片是祁里安寄的，鹽倉情報也是祁里安提供的。如今反推回去，華盛頓認為圖倫男子對祁里安而言並非道聽塗說，那天他恐怕根本沒進肯德爾警局，繞一圈直接回農莊拋出自己不可能錯過的線索。

再者，祁里安住在肯德爾，符合緹莉的緩衝區和距離衰減模型。甚至如何綁架希拉蕊·綏夫特都能完美解釋。

失落的環節串上了，但其實沒那麼重要。動機是什麼？祁里安·瑞德為何變作殺人魔？十五年來表現優異的警官，毫無來由地喪心病狂了嗎？

當然不是。他很久很久以前就為今天做好準備。

華盛頓判斷兇手動機的關鍵就在外套上。無論冷熱晴雨，祁里安．瑞德絕對不會脫外套。這麼多年來他故意嘲弄華盛頓沒品味，自己則不分工作休閒都一身筆挺西裝。認識這麼長一段時日，華盛頓記憶裡的他只穿過西裝與長袖套頭上衣，沒有別的裝扮。就連青少年期也沒見過他穿T恤的模樣。

四名院童的合照內，有個人的幼年噩夢肉眼可見。馬修．馬隆上半身和手臂滿布菸頭燙出的醜陋傷疤，無法磨滅。

祁里安．瑞德總是遮住軀幹與雙臂。因為他就是馬修．馬隆。

馬修．馬隆的朋友被虐殺，所以他殺死那些變態。

53

「你走火入魔了吧！」甘孛叫道，「胡說八道什麼呀！」

解釋完了，但甘孛不信。

連史蒂芬妮也還語帶保留。「華盛頓，聽起來確實略微牽強。」

他需要說服兩人，可是兩人目前這反應雖然情理之內卻麻煩至極。「緹莉，」華盛頓冷靜道，「麻煩跟弗林督察和甘孛總警司解釋妳的發現。」

「好的，坡。」她湊到電話前面開口，「坡警司要我調查斯科費爾[40]獸醫會名下登記的車輛。」

「那又是什麼東西啊？」

華盛頓留意到甘孛不會對緹莉大吼大叫。除了之前在酒吧鬧事的醉漢，好像所有人遇上緹莉都會自動收斂。

「算是獸醫公司，以前買了很多車，主要是四輪驅動或休旅車。公司不再發展之後就沒繼續採購。」

「緹莉，可以麻煩妳說——」史蒂芬妮開口。

換作一週前緹莉應該做不到，此刻她竟然打斷上司講話。「十個月之前他們忽然從德比郡的

[40] 英格蘭湖區內的一座山。

車輛拍賣會買走兩輛車。」

電話那頭安靜下來。四個人都知道一件事：GU保全總部位於德比郡。

「是我以為的意思嗎？」史蒂芬妮問。

甘孛似乎發不出聲音。

「查詢很容易，」華盛頓接口道，「為了封鎖洗錢管道，所有參與車輛拍賣的企業都被稅務海關總署登記為高價值交易者，現金買賣不得超過一萬英鎊，意思就是說——」

「都會透過銀行轉帳付款。」甘孛終於回到討論內，「我知道洗錢法怎麼運作！但這到底和我手下的傑出警官有什麼關係？」

「GU樂意配合調查。」華盛頓語氣彷彿甘孛沒開口過，「他們出售給拍賣公司的車輛包括四房型運囚車和少數大型十房車款。拍賣公司證實斯科費爾獸醫會各買了一輛，相關文件我已經發給你們。」

「那又——」

「斯科費爾獸醫會的老闆是祁里安．瑞德的父親。」

❖

甘孛又花了十分鐘才逐漸接受自己部下可能是個連續殺人犯。他抓住最後一根浮木，也就是華盛頓尚未解釋的疑點。「不對啊，坡，瑞德和你同時被下藥。」

「這是事實。」華盛頓附和。

「所以究竟怎麼回事？」

「請問總警司對異丙酚瞭解多少？」

「就是麻醉藥啊。」甘孛回答。

「沒錯，總警司。但由於緹莉進一步調查，我發現這個藥物還有其他值得留意的特點。比方說，用途很廣泛，是美國注射死刑犯的成分配方之一，比較謹慎的癮君子當作娛樂用藥，另外——」

「他媽的說重點啊，坡！」

「報告長官，是獸醫用藥！」緹莉脫口叫道，「獸醫也用異丙酚作為麻醉劑！」

「你們意思是……」

「斯科費爾獸醫會去年採購了異丙酚。」華盛頓幫他釐清，「異丙酚是管制藥物，藥廠紀錄十分完整，相關資料也在附件裡。」

討論又中斷幾秒。「還是無法解釋他怎麼做到的，自己被迷昏要怎麼綁架希拉蕊．綏夫特？」

「因為綁架犯不是他。」華盛頓回答。

「我聽不懂——」

「總警司，火祭男並非單獨犯案，是兩人合作。」華盛頓打岔，「瑞德警佐讓自己被迷昏是為了瞞過醫生，綁架希拉蕊．綏夫特和小孩的則是他父親。」

史蒂芬妮出面主持大局。「好，坡警佐，我想證據暫時足夠了，至少也得先拘留瑞德警佐讓他解釋清楚。」

「容我提醒一句，請派人確認蒙塔古．普萊斯的行蹤仍在警方監控中。」華盛頓說。甘孛大吃一驚。兇手是自己人已經夠難看，被拘留的嫌犯也被綁走那真是奇恥大辱。

「弗林督察，這不可能吧……」甘孛吐出這句話，顯然已經想像到後續的軒然大波，各種砲火和壓力要他怎麼扛。

「史蒂，」華盛頓不放棄，「甘孛總警司不肯的話，妳親自確認一下？上了遊艇的人只剩下普萊斯一個，祁里安不會放過他。」

「交給我。」

❖

十分鐘後史蒂芬妮傳訊息過去：瑞德不在坎布里亞刑警隊總部，也沒有任何人見過他。甘孛瀕臨崩潰，問他有什麼建議？

華盛頓回應說自己還沒想到好辦法，但會請緹莉幫忙。他不認為祁里安會留下明顯的足跡，但總得設法查一查。確定緹莉有方向之後，華盛頓自己去了肯德爾市。祁里安住處很快會被宣告為犯罪現場禁止外人進入，他想先搜搜看。

訊息才發出去，電話立刻響了，是史蒂芬妮。「發現什麼了嗎？」他問。

聽起來史蒂芬妮正在疾奔。「祁里安從卡萊爾警局帶走蒙塔古．普萊斯，已經過兩個鐘頭了！」

該死。

「而且他把人押進——」

「四房型的GU運囚車。」華盛頓自然能猜到。

「沒錯。甘孛在總部調派人手追捕，但我看他自顧不暇了，其實我也是。現在只有你和緹莉最進入狀況。」

「我們會從與他們父子相關的地點開始。不過不可能是他們現在的住址，兩邊都有很多人。祁里安住的公寓位在肯德爾市中心區，他父親原本住在小農莊，但之前改建又賣掉兩座穀倉，已經有鄰居了。」

「會是斯科費爾獸醫名下的不動產嗎？」

雖然是講電話，華盛頓還是下意識搖了頭。「緹莉還在調查，但目前看起來那間公司幾乎是空殼，喬治・瑞德處理掉所有資產，剩下的就只有那兩輛車。」

「那你的推測是？」

「真的不知道。」華盛頓回答，「顯然父子倆計劃多年，不太可能在水電帳單之類露出馬腳。」

「但我覺得……」還來不及聽聽她到底有什麼想法，史蒂芬妮另一支電話響了。「華盛頓你稍等，」她說，「有人打到我的私人電話。」

儘管只聽見單方面反應，華盛頓知道狀況非常不妙。

「該死，真該死！」史蒂芬妮大叫，「好，我會叫他立刻過去。」

史蒂芬妮強作鎮定接續方才對話：「華盛頓，有件事情你得立刻去現場。火車乘客通報，看見郊外有人著火。」

「地點？」華盛頓覺得自己猜得到。

「離你不遠。我把坐標位置圖傳給緹莉了，你趕快過去確認，如果只是小孩子提早舉辦篝火夜[41]再好不過。」

華盛頓視線落在緹莉電腦上的地圖，果然不出所料。「糟了。」

「又怎麼了？」史蒂芬妮問。

「看坐標應該是西海岸幹線，切過坎普豪威巨石陣，我是說鐵軌真的穿過巨石陣。乘客能看見裡頭有人燒起來，那個距離不會超過十碼，認錯的可能性微乎其微。」

「該死到極點。」史蒂芬妮低呼。

54

還穿制服當員警的時代，華盛頓就時常是現場第一線人員。巡邏員警很容易接觸到無法解釋的、自然原因的，或者自殺導致的死亡案件。發現遺體的家屬、聞到奇怪氣味的鄰居第一反應都是恐慌，然後撥打九九九[42]。針對現場，他經驗非常豐富。

後來轉到刑警部門，值勤模式是隨時待命，他就準備一個小帆布包專門用來工作，裡頭有現場封鎖膠帶、手電筒、電池、充電器、防護衣、保暖衣等工具。此外汽車油箱總是加滿，冰箱總是有即食食品。

這次不同。他唯一助力是首次出差的分析師。

緹莉不肯留在旅館。「我要一起去。」她堅持。時間急迫，何況他覺得爭執下去自己還是會讓步。

途中華盛頓撥給史蒂芬妮，確認了通報乘客搭乘的火車自卡萊爾北上。他悶哼一聲，心想既然是軌道右側就不必繞一大圈。

---

[41] 為紀念一六〇五年政府成功阻止蓋・福克斯（Guy Fawkes）企圖炸毀英國國會大樓的「火藥陰謀」事件，每年十一月五日英國人舉辦篝火夜，以放煙火和焚燒人偶的方式慶祝。

[42] 英國的報警專線。

❖

十分鐘後，兩人抵達窄長形原野邊緣，再向內就能找到坎普豪威巨石陣遺跡。華盛頓停了車但沒熄火，就這樣下去尋找瑞德父子倆是否留下蛛絲馬跡，但並不抱太大指望。祁里安擄走普萊斯只是錦上添花，甘孛做簡報分散所有人目光是難得的好機會，他終於能將名單所有人除之後快。正因如此，一定會用最快速度殺掉他，不會浪費時間布置舞台或儀式。更何況他親自將囚犯帶走，大家都已知道兇手是誰，祁里安無須再遮遮掩掩。

燒死普萊斯並非計畫終點，祁里安沒有逗留必要。但華盛頓不再相信自己對老友認識充分，決定小心行事不冒任何風險。下車以後，他先爬到引擎蓋上觀察周邊，看來是沒別人在。

接著華盛頓望向巨石陣。坎布里亞郡有眾多石陣，坎普豪威或許是外觀最怪的一個：它在同樣古老的濕地前方構築出所謂的謝普石列，也就是沿著A6公路與西海岸幹線、長達一英里半的巨石群。如果維多利亞時代沒有用鐵路隔斷，寬度能有二十五碼，不過現在超過一半都低於路堤，還好殘存六塊粉紅色花崗岩夠大，從公路和鐵路都能看得見。

中間什麼東西還在燃燒。

華盛頓跳下車蓋回到駕駛座，車子開到公路中間並打起警告燈避免閒雜人等進出。他轉頭吩咐緹莉：「我沒有進一步指示的話，妳就負責外線警戒，沒我允許不准往內走，明白嗎？」

她點頭。「我可以的，坡。」

「妳一定行。支援馬上到，叫第一輛車停到那邊二十碼外，」華盛頓指著公路，「目標是把路堵死。有人找碴妳就喊我。」

緹莉下車以後站在空無一物的入口朝外望，神情十分堅毅。現在找她吵架的人得自求多福。

華盛頓在心中確認步驟。迅速進行風險評估：完成。確保現場不被破壞：完成。分配後續資源：完成。

接下來就是確認目標。難保不是綿羊起火，坎布里亞郡這種地方出幾個頑劣小子不奇怪。但當然也可能是戀童癖被處刑了。如果非得回答哪個比較好，華盛頓大概只能丟銅板決定。

站在祁里安的立場，做得漂亮沒有做得俐落重要，很可能直接將車開到草地衝入石陣。華盛頓先沿著護欄行走，現在沒工具記錄自己走過的路線，只能用這種方法盡量減低之後有人踩到重要證物的機率。等會兒抵達的調查人員全部都得照他的路徑進去。

還有五十碼，但可以不必痴心妄想有人提早六個月舉辦篝火夜。

是人沒錯。

華盛頓小心靠近。顯而易見，被害者的傷勢已經嚴重到不可能存活，身體焦黑冒煙，皮膚因熱碎裂。身上還有幾塊肉微微發出紅光，氣味非常嗆鼻。華盛頓用力頂住舌頭忍住乾嘔，現在大家都指望他，不可以崩潰。

屍體的手臂動了一下。華盛頓大驚，暗忖難道還活著，準備衝過去幫……能怎麼幫呢？他也不知道，而且隨即意識到只是高溫導致肌肉收縮，冷卻後屍體扭曲程度會媲美開瓶器。

正式報告得經過DNA與牙齒鑑識，但華盛頓能肯定死者就是普萊斯。若與埃爾瓦草原石圈的案例相比，這具遺體燒毀程度不算嚴重，加上華盛頓看過訪談影片，五官特徵對得上。此外祁里安可能真的急了，鐵椿沒插穩，恐怕是灑上助燃劑立刻點火走人。

可是更靠近以後，華盛頓重新評估了。祁里安依舊留下招牌手法：普萊斯的褲子被脫到腳踝，當然該切的已經切掉。從草地上的血量判斷，遭到閹割時普萊斯人還活著，而且並未遭到捆綁。華盛頓掃視四周，沒發現割下的器官，暗忖大概是同樣規則——塞進死者口中了。

回頭望向緹莉，華盛頓覺得別讓她看到比較好。所幸緹莉專心盯著公路。手機響了，他拿起來接聽，但眼睛很難從面前的可怕景象挪開。

「坡。」他答道。

「伊恩．甘孛。你到了嗎？」

「到了，總警司。」

「所以？」

「壞消息，我想應該是蒙塔古．普利斯，恐怕是死了。」

「老天……」甘孛低語，「我到底幹了什麼呀……？」

華盛頓明白他的心情。甘孛羈押普萊斯，結果普萊斯死了，兇手還是自己部下。內部調查無法避免，他很難保住位子，也不可能再有機會指揮刑事偵查。華盛頓想了想還挺同情，這種情況誰能料到？連續殺人犯埋伏在調查團隊內，這種事情自己是聞所未聞。祁里安熟悉所有偵辦技巧，甚至參與策略制訂、決定不少細節。甘孛布置的機動式監視器、有人盯梢的巨石陣都在他掌握中。不只刑警隊，連國家刑事局的動向都被他看得清清楚楚。

防不勝防。

然而甘孛確實也有些疏失，例如推敲出火祭男的綁票手法以後應該強化蒙塔古・普萊斯得到的保護。再者獄警協會很久以前就指出退役囚車可能成為逃獄工具，機率再低也該考慮進去。

當然最重要在於：他堅持不相信華盛頓・坡，不互助就算了還屢屢阻攔。當然一切都是馬後炮。

「總警司，希望我怎麼做？」華盛頓問，「我正在保全現場，請緹莉在外圍攔人，最好能有專業人士過來。」

「制服員警馬上過去，你們先撐一下好嗎？我從公眾保護組先調了一名警佐過去，其他人員抵達前就讓她主持現場。」

「好的，總警司。」

「對了，坡——」

「什麼事？」

「抱歉。」

「為什麼道歉？」

「全部吧。」

華盛頓沉吟幾秒才回答：「別太擔心，記住這是破天荒頭一遭就好。再怎麼資深也沒人遇過兇手聽自己做簡報的狀況。」

「謝了，坡。」電話掛斷。

回頭望去，緹莉朝這頭揮舞手臂要引他注意。華盛頓瞧見遠方的藍色閃光。警隊援軍抵達。

55

沒過多久，華盛頓和緹莉就成了冗員。刑事調查就像發條上緊的機器，一啟動就全速運轉。最初抵達的警官將他們列為未授權人員，無許可不得進入內圈。華盛頓沒特別記恨，如果署長本人過來還會叫他滾。

警察與後勤人數越來越多，都換上白色隔離衣，遠看好像長出一大群香菇人。

華盛頓和緹莉主動提出願意幫忙，但畢竟他們都是便衣，也沒有高層擔保，警官們只能婉拒。後來一名滿臉皺紋的老警官出面，幾年前他因為小事和華盛頓吵過架，故意跑來強硬表示這兒不需要外人。華盛頓帶著緹莉回到車上，免得與人擦槍走火。

理論上回去謝普威爾斯酒店努力調查祁里安藏身之處會更有意義，但華盛頓覺得自己等史蒂芬妮趕到比較妥當。之後刑警隊一定得向他問話，現下確認火祭男身分而華盛頓・坡這個名字又直接刻在麥可・詹姆斯胸膛，涉案程度越來越高，警方不得不掌握他所知道的一切，就算只是為了踢皮球。最後總是得有人當代罪羔羊。

政治與人事就算了。華盛頓開始整理目前狀況：他認為祁里安不至於殺害希拉蕊・綏夫特的孫子孫女，即便連續殺人手法中展現心理變態才會有的冷酷算計，實際上每個行為都有其背後理由。據此推敲，將孩子帶走只是自保手段，萬一計畫完成前就被找到，可以作為人質要挾警察。

此外華盛頓推測祁里安躲藏地點不會太遠。他將普萊斯弄上車後從卡萊爾警局開到謝普丘陵，對中間好幾個巨石陣視若無睹。從時間判斷，恐怕一放火燒人之後就又直接趕回據點。想必就在這附近，可惜就算知道郵遞區號也不代表找得到，謝普丘陵面積遼闊，有許多偏僻角落。

「坡？」緹莉盯著他，還咬住下唇。

華盛頓與緹莉相處久了，知道這表情代表她有擔心的事或煩惱。「怎麼了？」

「祁里安．瑞德就是馬修．馬隆，那喬治．瑞德跟這件事情有什麼關係？」

問得好。

喬治．瑞德怎麼攪和進來的？馬修．馬隆又如何改名為祁里安．瑞德？未解之謎不只如此，他當年怎麼從昆丁．卡邁柯一干人手下逃出生天？什麼時候與喬治．瑞德達成共識，聯手以私刑伸張正義？在祁里安當警察之前還是之後？祁里安是為了復仇才當警察嗎？

又冒出好多空白。

可以肯定的反而是兩人認識這麼多年，祁里安心裡始終壓抑著那些痛。華盛頓無法想像一個人怎能藏得那麼好、藏得那麼久。自己還有機會見到老友嗎？或者，他們之間存在真正的友誼嗎？

該不會這個瘋狂計畫從一開始就相中自己？

手機收到訊息，華盛頓思緒回到現實。低頭一看，本以為是史蒂芬妮，沒想到是不明來電，而且並不是之前甘字的號碼。點開一看，華盛頓嚇得合不攏嘴。

單獨過來，就能保住小孩的命。帶甘孛過來的話，就燒死他們。衛星導航顯示抵達也不用停，向前再開零點六英里然後左轉，一百碼之後會看到黑窪農莊，反正路也到底了。停車以後朝屋子走。祁里安留。

後面附上一個郵遞區號，看了以後華盛頓覺得太陽穴充血發疼。時候到了，邁向終點的第一步。祁里安指定他登台，而他也知道自己一定會同意。

早有預感自己會一個人面對火祭男。華盛頓只回了兩個字：OK，然後按下發送，手機放回口袋之後立刻開始思考怎麼應對。沒得猶豫了，史蒂芬妮隨時會抵達現場，屆時不可能溜走還不被察覺。確定要去，就得現在動身。緹莉望著他，神情充滿疑惑，輕輕撇了下頭希望華盛頓給個解釋。

「緹莉，我有事得跑一趟，麻煩妳留下來看看弗林督察需要什麼協助。」

「坡，你要去哪？誰傳的訊息？」

「妳相信我嗎，緹莉？」

緹莉盯著他，鏡片下那雙近視眼冒出強烈情緒。最後她點點頭。「相信，坡。」

「我得走了，不能告訴妳原因。」

「你是我的朋友，讓我幫忙。」緹莉態度太誠懇，他差點動搖。

「這次真的不行，我必須一個人處理。」

56

祁里安給的地址在M6公路另一側，衛星導航卻要華盛頓走附近一條地下道。他對超出謝普村的地區不很熟悉，通常北上會走M6而不是A6，現在則朝著丘陵開進去。

坎布里亞郡這種地方，大馬路轉個彎就進一線道，一線道走不久變成泥巴路。華盛頓暗忖，一路上沒別的車，這兒的用路人想必住山區。看不出這條路通往何處，隨時可能走到底。靠近M6的時候還看到過三座獸圈，上山以後綿羊們自在吃草沒被關，再爬高一點應該能眺望整條公路。他知道自己進入朗谷丘陵的範圍，隨著霧氣漸濃空氣越發沉重，很快能見度就要降到接近零。導航說還有五英里，華盛頓已經爬到朗谷頂端順著另一側山路下降。儘管衛星還有訊號，他忍不住停車拿出紙本地圖對照，希望掌握周圍環境。現在地點屬於鴉石谷荒野，是真正的不毛之地，華盛頓長這麼大第一次深入此區。

路況與霧氣導致他不敢讓時速超過三十英里，跟著導航走到目的地時空空蕩蕩，彷彿地球只剩自己一人，連綿羊都沒半隻。

他停車確認祁里安的指示。

隔著濃霧看見遠處山脊十分崎嶇，不過輪廓隨著霧氣逼近也慢慢消失，很快華盛頓就會什麼都看不見。鴉石谷荒野滿滿的峭壁、碎石地和花崗岩塊，沒東西吃自然吸引不到綿羊。冷風順著山坡滑落，依稀聽得見水聲潺潺。

除此之外什麼都沒有。

氣氛詭譎。以往濕地與丘陵使他心靈澄淨，那是在漢普郡無法得到的體驗，但來到這裡反而覺得壓迫幽閉。霧氣幾乎貼著地面，風景朦朧彷彿夢境。真的與世隔絕了。

華盛頓調整排檔，照祁里安吩咐再開了幾百碼，果然如他所言找到黑窪農莊招牌。車道上散落大塊岩石，兩側則是深溝，換言之汽車無法進入。泥土濕軟，看得到石塊拖曳痕跡，可見路障設置時間不長。華盛頓暗忖，擋他的車子毫無意義，他難道還會大剌剌開車到門口嗎？此刻開始自然是步步為營。

黑窪農莊是山路末端，在停車處斷了。他將引擎熄火，先偵察四周。

農舍荒涼恐怖。華盛頓以為自己那房子已夠遺世獨立了，但與在這山區工作的人相比終究還是都市人。這裡才符合隱居的定義。

黑窪農莊名字取得好，黑氣籠罩，恐懼、絕望、憤怒瀰漫，而且地形就是一大片深山坳，所以永遠覆蓋著陰影。華盛頓猜測以前是礦場，這種位置即便是湖區也沒辦法轉型成旅遊民宿發觀光財。為了撐過寒冬，建築設計不大顧慮美感，房子蓋得特別低矮，像是要插在地面的帽貝，目測歷史可能有兩百年之久。

主樓旁邊用石材搭建了羊圈，讓羊群在嚴寒時還有地方能躲。華盛頓自己家也有同樣的空間，通常都是圓形或橢圓形，牆壁約三英尺高，單一狹窄入口。然而黑窪農莊這兒不太一樣，羊圈入口不僅拓寬，還披上大張軍用迷彩網。

裡面停著大家都找不到的十房型運囚車。

另有三輛車停在屋子側邊，分別是華盛頓花了好幾個鐘頭研究的四房囚車、祁里安的舊富豪（Volvo）和一輛老賓士。賓士車主恐怕就是喬治．瑞德。

華盛頓在車子裡觀察完畢，取出手機發現竟然還收得到訊號。他忽然意識到自己多莽撞：沒人知道這地方，就算知道了還得開四十分鐘車才能趕到支援。

所以為什麼隻身前來？識時務者會通知甘字，交給人質談判專家或武裝應變小組處理，其他做法都只是有勇無謀。可是……祁里安是朋友，就算隱瞞了那麼多依舊是朋友。

他不知道該怎麼做。

手機又收到訊息，同一個號碼。

只有五個字：**不會加害你**。

他還是沒動。打開車門沿著農莊前面的石板路走過去，他的警察生涯也就真的到此為止。無論結果如何，調查結論都會認為他這時候應該按兵不動。

可是他又回想到照片裡渾身疤痕的男孩，那個被逼入絕境卻拚命活下來的男孩。

祁里安是他的朋友。無論變成什麼模樣，都是他的朋友。這麼久的友誼沒有人演得出來，華盛頓覺得應該給彼此一個機會，聽聽祁里安的故事。

再度收到訊息：**沒事的，華盛頓**。

他一咬牙，吞了口口水止住胃部翻攪，下車朝地獄走去。

57

霧裡斜陽被屋子擋住，前方浸在晦暗中，周圍一片死寂彷彿蓋上白布的屍體。晚風明明很涼，華盛頓卻滿身是汗，沿著脊椎聚積在下背。

距離正門七十碼，華盛頓停下腳步。前面不到四十碼外有幾個長方形物體，光線昏暗所以無法確認，可以肯定是刻意放置在路上。別無選擇，他只能接近。

竟然是棺木。

三口棺木。

不會吧……但也只有這個可能了？

華盛頓眉心繃得很緊。三口棺木放在乾淨毯子上，他伸手拂過其一，松木質地溫潤，打磨過的銅框在陰影中閃爍。

摸出手機，找到照明功能，朝著名牌掃過，他心臟跳得太用力彷彿要裂開。

三個名字刻在銅片，也刻上他的靈魂。

麥可・希爾頓。安德魯・史密斯。史考特・強斯頓。

三個孩子終於不再迷途徬徨。

華盛頓拍下照片，然後望向陰冷寂靜的農舍。

第四個男孩在裡面等著。

❖

華盛頓走向農舍，椽木前門結實厚重，鉸鏈也特別粗。那個年代大部分家具都希望用到天荒地老。窗戶用同樣規格的木板擋起來，前方庭院石子地看得出人來人往的痕跡。

整體而言，與其說是住家，更接近小碉堡。

再接近些，熟悉的藥劑氣味竄進鼻孔。

汽油……

華盛頓胃腸翻攪、酸液碰到喉頭。從氣味瀰漫程度判斷，這房子幾乎是個放大的燃燒彈。正常情況該溜之大吉，但他得先找到兩個小孩。望向十房型囚車，他察覺輪胎被卸下了。屋子燒起來的話，那輛囚車只能陪葬。

*小孩會在裡面嗎？*他朝那頭走過去。

二樓窗戶遮板打開，露出祁里安面孔。

「是想演《日正當中》[43]嗎，祁里安？」華盛頓說，「還是該叫你馬修？」他繼續朝囚車走，現在第一優先是趁著尚未發生憾事趕快找到綏夫特的孫子孫女。

祁里安開口：「叫你站住大概也沒用？」

華盛頓進入羊圈，踏上囚車門口的金屬階梯，推門發現鎖住了，印著銀色數字的黑色小鍵盤是救人關鍵。

祁里安叫道：「密碼是一二三四，你搞定了再進來，別磨蹭。」

輸入密碼，電子鎖喀一聲解開。他推門入內。

從未體驗過的惡臭撲鼻而來，彷彿沾黏在鼻腔內側，造成華盛頓連汽油味也聞不到了。屎、尿、嘔吐物，還有汗酸與腐屍，各種痛楚與死亡混雜形成這裡的空氣。中央走道地板上殘留著褐色液體。

走到牢房區，味道居然還更濃。兩側各五個房間，華盛頓隔著一扇扇玻璃觀察窗查看，想看看除了沉積已久的穢物是否還有別的東西。

全是空的。

㊸ 黑白西部片，劇情是黑幫上小鎮尋仇，最後由警長出面單挑。

58

跳下大型囚車以後華盛頓趕快大口換氣。繞回前門推了推，發現也上了鎖，使勁衝撞以後除了肩膀疼沒什麼作用。

「小孩呢，在哪裡？」他大吼。

「他們都是罪人的血脈，你不懂嗎？」

老天……你該不會下手了吧？「祁里安，他們人呢？」

「沒事啦，華盛頓。小孩跟我一個朋友待在輝費爾森林遊樂區，早上還確認過，他們玩得很開心，以為是媽媽安排好的。」

輝費爾森林距離坎布里亞警署總部卡爾頓大樓大約三英里。如果祁里安沒說謊，兩個小孩根本一直在大家眼皮底下，只是警方精力全放在機場與渡口，誰也沒想到該去玩水的地方查看。

「我發個訊息給史蒂芬妮。」

祁里安點點頭。

華盛頓打字同時忽然意識到問題。「照片都發給媒體了，你不擔心小孩被人認出來？」

「你知道他們長怎樣？」

「當然。」

「怎麼知道的？」

「看過照……」華盛頓話吞了回去，「被你掉包了是嗎？當初你主動說要向媽媽索取照片，送到以後被你換了。」

「然後同事忙著找Facebook隨便下載來的兩個美國小朋友。」

「那話說回來——」

「為什麼要綁走他們？為什麼不把他們留在七松之家就好，是嗎？」

華盛頓點頭。

「得有方法逼你來。雖然我覺得只要開口了你大概都會來，但扣著小孩最有保障。」

華盛頓明白自己又被耍了。

「你應該還有很多疑問吧？」祁里安說。

「為什麼叫我過來？」

「你拼湊出多少了？」

「我知道當年拍賣會之後應該有四個男孩死掉，但顯然實際死亡只有三人。沒死的那個逃走了，展開復仇。」華盛頓繼續說：「所以我該繼續叫你祁里安，還是你比較希望被人稱作馬修？」

祁里安輕輕點頭時淚水滑落臉頰。「馬修．馬隆那一夜就死了，現在的我是祁里安．瑞德。」

「好，那就叫你祁里安。」華盛頓回答，「希拉蕊．綏夫特人呢？」

祁里安從窗戶後頭消失。華盛頓聽見物體被拖近的聲音，接著就看見綏夫特，滿臉血跡瘀青，不過還活著，嘴巴用紙膠帶貼住且神情驚恐。祁里安取下她口中的東西。「希拉蕊，再和坡警佐打個招呼吧。」

「救命！救救我！」她尖叫。

「救妳？」祁里安一拳往她臉上揮過去，「他不是來救妳的。」

華盛頓知道希拉蕊．綏夫特不可能逃過此劫，現下沒有任何救援手段。二十六年前她自己與惡魔締結契約，如今就必須清償債務。但另一個念頭竄過，「昆丁．卡邁柯的屍體呢？」

祁里安頭撇了一下。華盛頓朝那方向望過去，有個麻布袋，原本還以為只是垃圾。他過去伸腿，用沾了穢物的鞋挑開袋口。

裡面那具遺體埋在鹽堆將近三十年早已乾癟枯萎，但也暴露在水氣中一年左右了，所以開始腐敗。爛光還要很久，加上祁里安丟得非常隨便，手指腳趾都脫落了，早就被狐狸與老鼠啃走。

華盛頓回到窗戶前，綏夫特不見蹤影。

「你做好面對真相的心理準備了嗎？」祁里安問。

他不確定，但還是點了頭。

「沒準備好就算了。」祁里安說，「這麼多年蒐集的證據和錄下的自白，都收在四房囚車的保險箱裡。」

華盛頓開口：「你親口告訴我吧，祁里安。」

59

「我讀過你針對七松之家寫的報告。」祁里安開口，「你和史蒂芬妮．弗林問了奧黛麗．傑克遜，她有解釋過，育幼院的小團體關係都特別緊密，我們更是她見過感情最好的四個。」

華盛頓作勢示意他繼續說下去。

「我們也很喜歡希拉蕊．綏夫特。院裡所有孩子都很愛她，她人看起來那麼慈祥、那麼關懷大家。如果說那三個朋友像兄弟，希拉蕊．綏夫特就像我們的媽媽。她問我們想不想賺零用錢，我們當然躍躍欲試，有什麼理由拒絕？何況她還說只要表現乖巧，就帶我們去倫敦，想買什麼都可以，然後就要我們先寫明信片，理由是到時候不必在這件事上面浪費時間。」

難怪會有明信片，而且警察因此往南邊找，完全忽略了北邊。之所以會一張一張回來，大概是交給那幾個男的出差時順手寄出，反正筆跡和指紋都是真的，誰能料到孩子們根本沒到過倫敦？

祁里安繼續說下去：「至於那天晚上究竟發生什麼事，華盛頓你猜中十之八九，而且比我預期的還早發覺。細節部分就是蒙塔古．普萊斯說的那樣了，四個小孩就是當天的拍賣品，院長與昆丁．卡邁柯聯手安排一切。上船以後我們大呼小叫興奮得要命，殊不知那些人競標的是自己的命。」

夕陽完全沉沒，陰影退散、滿月升起。虛幻朦朧的銀光普照大地，足夠華盛頓看清楚老友面容：不堪回首的往事在腦海重演，祁里安神情痛苦難耐。

「卡邁柯宣布他自己會保留一個當天的『商品』。這招很聰明，三個小孩子給六個戀童變態，供不應求吶。想都知道綏夫特這邊能生出更多給他，但人人都有的話就不值錢了。」

蒙塔古．普萊斯的供詞也指向這點。

「你有察覺什麼不對勁嗎？」華盛頓問。

「他們笑得很曖昧又毛手毛腳，心裡是覺得怪怪的。但那時候以為有錢人喝了酒就會這樣，等到被帶去一間房子『開派對』才真正會意。那裡出了什麼事，你自己想像得到。」

「老天……」華盛頓喃喃自語，「那普萊斯呢？他真的只是自保，沒有參與嗎？」

「怎麼可能！」祁里安大吼，「他沒動手，我就不會燒死他。」

果然如此，只是聽祁里安親口描述更讓人難受。「得標的人可以把小孩帶走是嗎？」

「對。帶走我的是卡邁柯，我被灌醉又被下藥，之後幾個星期被關在不知道哪兒的小房間。通常他自己一個來，也有幾次找了其他人一起『玩』我。我猜我的朋友也好不到哪去。」

「遊湖之後的『派對』就是你最後一次見到這些人？」

「是就好了。」祁里安啐了一口，低頭朝什麼東西狠狠跺了腳。綏夫特的呻吟漸漸微弱，只剩下喉頭陣陣咕嚕聲。「那些傢伙喪心病狂啊，華盛頓。凌虐我們好幾個星期以後當然要毀滅證據，一起殺人能增加他們的互信，所以又集合起來。你猜猜看我的朋友們死在什麼地方？」

答案不言而喻。「巨石陣，他們死在巨石陣裡。」

60

「對，巨石陣。」祁里安證實他的猜想，「他們把四個小孩子載到荒郊野外，其實離這兒不遠。朋友一個個渾身著火，我不想看也被逼著看。其實這些傢伙自己表情沒有多舒服，只是事已至此，除了硬著頭皮沒別的辦法。船上的事情全部都被卡邁柯拍下來了，誰也別想脫得了干係。從卡邁柯的角度思考，殺人手法越兇殘，整件事情都抖開的機率越低，一起做壞事最能增加向心力。」

華盛頓曾經猜測兇手是個濫殺無辜的心理變態。如今從祁里安口中聽見真相，儘管不敢說寬恕，至少明白了動機：死者不能稱作被害人，他們親手創造出怪物，承擔後果是理所當然。

「那你怎麼活下來的呢，祁里安？」虐童小團體為了自身安危不可能留活口，尤其只留下一個還不如全部都別殺。

「卡邁柯……」祁里安回答，「其他人一直叫他殺，但他拒絕好幾次。他說什麼『這是我的東西』。聽懂了嗎，華盛頓？對他而言，我只是個『東西』。」

「然後……？」

「然後他終歸還是會膩，又或者在我看來是拗不過上船的其他幾個人吧。留我一條命做什麼，風險未免太大。一天早上他把我叫醒，外頭完全沒有光，還下大雪。卡邁柯把我載到凱西克鎮那邊去，說什麼兩個人到卡索里格巨石陣散步。我猜是想學其他人一樣在野外動手，比較有快感。」

「你找到機會逃跑？」

「沒有。他帶我走過公家的鹽場，我後來才知道那樣子抄捷徑能直接走到巨石陣，就不必把汽車停得太靠近。爬鹽堆的時候卡邁柯自己忽然腿軟，還沒倒下就斷了氣。我猜是想到可以下手殺小孩，快感強烈到心臟受不了了吧。」

按照常識推斷，這時候祁里安應該要趕快找警察……顯然事情並非如此發展。

「你在想我為什麼沒報警？」

華盛頓沒回話。的確有這個疑問，不過考慮到小男孩經歷過的一切，很多事情變得複雜許多。

「我自己覺得大概有兩個理由。」祁里安解釋，「卡邁柯找來強暴我的人裡頭，有一個自稱是警察。我不知道他在哪裡上班，對一個十一歲小孩子而言，只知道所有警察都是壞蛋，看到就怕。」

「另一個理由是？」

「卡邁柯說我是共犯。三個朋友都死了，只有我活下來。他說事情傳出去，我一樣得坐牢。」那個年紀的孩子遭受一連串凌辱之後什麼都會信。卡邁柯壞事做盡，死於心臟病真是太便宜他了。

「所以我本能反應，拿了他身上的錢包和現金開始逃亡。」

「卡邁柯的屍體怎麼辦？」

「留在原地，應該就被埋在積雪底下。」

所有環節都串上了。既然那時已經下雪就會開始撒鹽，鹽場工人不大可能特地鏟掉積雪。卡邁柯隨著鹽和雪被撈起來，運送到哈登代爾鹽倉作為M6公路的備料，結果一擺就過了二十五年。

「接著我還真的按照一開始的計畫，」祁里安往下說，「搭火車到倫敦，轉車回到布萊頓鎮找阿姨。」

「不對吧，」華盛頓開口，「你的檔案裡沒有什麼住在布萊頓的阿姨，就是沒有親戚收留才被送到育幼院。」

「華盛頓你傻了嗎，我們是北方人吧，叫對方阿姨又不代表一定有血緣關係。她是我媽媽生前最好的朋友，叫做維多利亞·瑞德，以前就對我很好，我也信任她，覺得她會知道怎麼做最好。」

「她的反應是？」華盛頓覺得這番說詞可以接受，自己去拜訪的時候確實也稱呼對方父母「維多利亞阿姨」和「喬治叔叔」，小孩這樣叫長輩挺合理的。

「其實她也不知道該怎麼辦。怎麼可能知道呢，她那時候才發現我被送走，我爸帶著我搬家根本沒通知別人。我全部都說了，完完整整一字不漏，喬治聽完就說要報警，但維多利亞阻止了他。阿姨在乎的不是殺死我朋友的那些人，而是我過得好不好。她本來就是PTSD[44]方面的認知行為治療師，那年代這個領域的研究才剛開始不久，維多利亞認為司法體系不但幫不上忙，還會造成更多傷害，毀掉我整個人生。」

[44] 創傷後壓力症候群，又稱創傷後遺症。

「所以？」

「她說服丈夫按兵不動，自己仔細思考妥善做法，以我的身心健康為優先。第一次有人把我看得比他們自己還重要，我很開心。」

「那她真的治好你了？」

「沒錯。維多利亞是專家，而且那種耐心堪稱聖人，在我身上花了非常多的時間。相處幾天以後，她發現我是典型的 PTSD，心思會反覆回到那幾個星期的遭遇之中，要打斷那種迴圈不是忘記一切就算了，而是記憶完整的同時又不會陷入其中無法自拔。」

「為了這原因搬到坎布里亞？」

「當然，華盛頓，否則我們怎麼會一起上學？她們喜歡湖區，維多利亞希望能帶我重新面對那些地點，像是奧斯湖、我朋友亡故的巨石陣、卡邁柯他家等等。只有親自走一遭，我才能感覺到事情都過去了。為了幫我，維多利亞找了新工作，在威斯摩蘭綜合醫院擔任認知行為治療師，喬治也在這邊重新開業。」

為了並非親生的孩子，夫妻倆一同放棄原本生活。華盛頓覺得好人很少見、大部分是偽君子，但現在真心惋惜沒多去瑞德夫妻家裡走動。

「你慢慢好起來了嗎？」

「很慢，但沒錯，後來逐漸康復了，不再尿床、不會有人靠近我或碰我就變得畏畏縮縮，腦袋沒被那段日子填滿。」

「接著就改名祁里安・瑞德。」華盛頓道。

「那年代只要敢說大家就會信。我用他們兒子的名義登記入學，然後認識了你，誰也沒想過要調查我的出身背景。何況維多利亞在大醫院上班，弄張出生證明不是太困難的事。」

一個人在那麼小的年紀就經歷如此之多實在超乎想像。故事的主角最後獲得重生聽了十分振奮人心，證實人類的韌性。

那為什麼後來又變成這樣？他忍不住問。

「為什麼我不和愛自己的義父義母度過餘生是嗎？」

華盛頓眼眶濕了。覺得自己實在不該提出這種疑問。

「其實呢，我原本也以為自己會平靜地走到最後。是真的。原本打算等哪天做好心理準備，自己去找警察報案，賭賭看這個國家的司法系統，但……有了心理準備以後，發現自己並不想那麼做。和他們兩個好好生活，比起復仇更來得吸引我。」

「後來發生什麼事？」

「都是命啊，華盛頓。有一天，我陪我爸參加了獸醫之間的聚會，很普通的社交場合，大家吃頓飯喝喝酒，地點在阿爾弗斯頓的共濟會堂。然後呢，你猜猜，誰露面了？」

華盛頓沒講話。

「葛拉罕·羅素他媽的居然當著我的面說說笑笑，白蘭地灑得滿襯衫都是。」

確實不妙——

「維多利亞是幫我走出那段過去了沒錯。可是我一看見他那團肥肉，感覺就像理智線斷了，心思從共濟會堂飄到卡邁柯的地下室，看著羅素壓在我身上滿頭大汗氣喘吁吁。」

「於是你決定殺光他們？」

祁里安搖頭。「沒那麼快。維多利亞的治療還是有用的。」

「那麼是何時？」

「那混蛋過來向我爸自我介紹，兩人聊天的時候我在旁邊呆若木雞。羅素開始吹噓自己的豐功偉業和地位，說什麼儘管退休了還是一堆有錢有勢的人畏他三分，後來居然冒出一句：他知道屍體埋在哪裡。喬治以為他的意思是他辦過報社，所以掌握很多富豪和大官的祕辛。但是不對，我聽得懂，羅素說的是我朋友被埋在什麼地方。」

然後就回不了頭了。

「我承認我被仇恨沖昏頭了。沒當場拿刀劃破他喉嚨已經是最大忍耐。我盯著牛排刀超過一分鐘，滿腦子都在想要不要動手。能為朋友報仇的話，坐個牢算得了什麼。」

「但……？」

「但心裡有個聲音叫我住手，叫我冷靜。殺其中一個算什麼呢？」祁里安盯著華盛頓說，「又不是沒辦法全殺光。」

61

同年下旬，維多利亞・瑞德診斷出罹患運動神經元疾病。祁里安深愛這位義母，因此她還在世時不願動手。

但不代表不能開始準備。既然打算行動，就要有最大的勝算，所以第一步是進入坎布里亞警隊。喬治對此有點抗拒，原本期待祁里安能繼承他衣缽，反過來維多利亞挺贊成，認為兒子幫助別人是將善傳遞下去的自我治療。實際上祁里安的計畫是通過警佐考試，開始參與重大刑案調查，而且要坐穩這個位置。華盛頓以前就好奇為何祁里安不願轉任督察之類有趣點的職務，現在終於瞭解背後緣由：明明是自己犯下的兇殺案，他卻因此埋伏在調查團隊內，神不知鬼不覺左右偵辦方向，永遠領先警方一步。

甘孛作夢也想不到。

維多利亞・瑞德的喪禮華盛頓有到場。後見之明再清楚也沒意義，不過當時他就感到奇怪，朋友表現的情緒異乎尋常。喪母之痛應當傷心欲絕，但祁里安臉上卻流露出一股堅定意志。華盛頓沒想太多，以為他連續照顧病人幾個月，心裡早已接受事實，別離時刻真的來臨比較坦然罷了。

「你之前就知道參與的是哪些人？」華盛頓問。

「只知道葛拉罕・羅素。原始計畫是綁架他，逼他說出其餘人是誰。不過原本也想更謹慎小心些，我尚未準備周全，能多等一年再出手會更有把握。」

「結果卡邁柯的屍體被人發現……？」

「算是起跑信號吧。要是當初他身上有能辨認身分的東西就麻煩了，傳出去其他幾個變態都會提高警覺。幸好昆丁・卡邁柯那些兒子女兒也很努力營造假象，大部分人都相信他死在外國。沒人認出他，我也就不怎麼擔心，直到你出現為止。」

「提早動手了嗎？」

「有些事情立刻著手做了，像是買車、買工具。我還需要能做事的地方，正巧聽我爸說過這兒好多年沒人過來。再來是幾個月之前辦一個闖空門的案子，順手摸了些文件申請護照，免得日後需要用到正式身分之類。有了假證件剛好租下這地方，一整年租金都付現。」

難怪緹莉也沒查到，根本沒登記在他名下。

「前置作業結束就正式開始了。」

「首先綁架葛拉罕・羅素？」

「隨便使點手段他把所有人都供出來了。唯一例外是蒙塔古・普萊斯，因為普萊斯一開始就沒用本名，只有死了二十五年的昆丁・卡邁柯知道。你查出帳戶我才知道他是誰，可是他也發覺不對勁躲起來了。」

這番話解釋了為何羅素遺體上特別多傷痕。

「有了名字，找到這些人不難。」

「花了多久——？」

「沒用多少時間。殺死葛拉罕・羅素之後警方勢必得開啟重案偵查，我也就能大大方方進入各資料庫，無須擔心啟人疑竇。很快就鎖定目標、蒐集好情報，一個一個帶過來。」

「這麼容易？」

「華盛頓你裝傻嗎，看到警察證件大部分人都會配合開門，聊聊社區安全、喝口摻了異丙酚的茶之後誰都會乖乖上車，就是這麼容易。」

的確，思慮明晰、準備周全的情況下，殺人其實很簡單，會輕易落網的殺人犯是沒計畫的那一群。「那喬治為什麼參與？他不是心理變態，也不像你有往事，沒道理要幫你，除非受你強迫。」

「喬治？你以為喬治跟這案子有關？」

「有些部分你不可能獨力完成，一定有共犯。」華盛頓非常肯定，伸手指向那些車輛。「何況這些東西是用斯科費爾獸醫會名義買來的。」

「華盛頓，我爸一年多前就走了。半夜打開書要讀，卻永遠讀不到結尾。我倒覺得維多利亞走了以後，他其實也沒那麼想活下去。總而言之，他和這件事情沒關係。」

華盛頓沒接話。

「話說回來，我可能忘記要辦死亡證明了，」祁里安補上。

「可惜來不及見上一面……」華盛頓發自內心覺得遺憾，喬治真的是個好人。

祁里安清清喉嚨，聽得出來壓抑很多情緒。「埋在這片濕地，距離不遠，我做了個石堆當路標，法醫應該就能判斷他的死因和死亡時間。除了公司被我拿來當人頭，喬治沒有參與這個計畫。」

「但你不可能自己一個人犯案，」華盛頓開口。之前他以為喬治成了殺人幫兇，心情非常沉重，此刻稍微寬慰，問題在於各種跡象指向祁里安有共犯，如果不是喬治那會是誰呢？

「的確，我有幫手，只是是『誰』沒那麼重要，也不是現在該討論的事情。如果你只是心裡不踏實，細節我都交代了，證據就在那輛四房囚車裡。」

「你要出賣同伴？」

祁里安聳聳肩，感覺不大在乎這件事。「被下藥的人被搬上四房囚車以後，由我的同夥運走。他們被綁票的日期都經過變造，所以葛拉罕．羅素看起來在法國、喬．羅威像是去了諾福克郡、麥可．詹姆斯留下去蘇格蘭品酒之旅的紀錄。我還處理後續的email和簡訊，所以他們家人不會擔心。他們幾個被關在這兒很久，連你也一直沒發現。羅威、詹姆斯、歐文斯、道爾四個人在這農莊聊過天。」

祁里安的安排布置實在太巧妙。華盛頓揉揉脖子，開始痠痛了，畢竟他抬著頭注視祁里安將近二十分鐘。

「抓到之後，」祁里安繼續說下去，「四個人都關在大車。我不只要殺光他們，也要他們自白，把事情交代清楚。更重要的是，我要知道朋友死了被埋在哪裡。」

「他們願意說？有這麼簡單嗎？」

「一開始是不情願，居然還想著保住自己的名聲。等我殺雞儆猴之後才開竅。」

「賽貝欽．道爾吧。」華盛頓自言自語。他之前就懷疑過，道爾死狀沒被公開，而是塞進卡邁柯的棺木，這點不合規則。

「沒錯，」祁里安承認，「讓其他人看看不老實是什麼下場。感覺道爾沒被燒死之前，他們還以為能靠錢買回自己的命。屍體我放在卡邁柯的棺材，是為了釣你上鉤，怕你不肯查下去了。」

華盛頓對於自己被捲入有很多困惑，不過現在還是先釐清來龍去脈比較要緊。「他們全招了嗎？」

祁里安點頭。「對。可笑的是人都死了，那幾個變態還是不肯放手，都埋在離自己住處很近的地點。詹姆斯還說每個月至少會去看一次呢。」

「然後你去挖出來了？」

「一個一個小心處理。這些可是我自己的朋友。」

「再來是綏夫特？」

祁里安神情一冷。「本來就打算最後收拾她。她才是心腸最歹毒的人，其他人心裡還有變態欲望，她完全只是為了錢。想知道卡邁柯為什麼少了三十萬英鎊？是她的佣金。」

與華盛頓猜的一樣。希拉蕊．綏夫特涉案如此深，只有這個合理解釋。「綁走其他人時，怎麼沒一起帶來？不擔心被她識破作案規則嗎？」

「綁架其他人容易掩飾，她的情況比較麻煩。準備就緒開始行動的時候，她已經安排好去澳洲度假，那時候她失蹤會有人報案，但不是重大刑案就不方便我介入。」

「有把握不會讓她逃了？她應該看出蹊蹺了吧？」

「你忘了嗎，這女人從頭到尾否認自己上過船。從她的角度來看，能戳破她謊話的人一個個死了剛好。這時候逃走豈不等於向兇手認罪嗎？」

華盛頓終於明白了背後的迂迴曲折。「其實你可以告訴我啊，祁里安，」他輕聲說，「我們聯手的話一定辦得到，不會讓他們逃過法律制裁，能夠為你那三位朋友伸張正義。」

「和正義無關，華盛頓。從一開始我要的就不是正義，而是復仇。」

復仇嗎……華盛頓想到一句中國諺語[45]說：若要尋仇，得挖好兩個墳，一個埋葬敵人，另一個埋葬自己。於是他也猜想到對方下一步行動——祁里安今天沒打算活著走出黑窪農莊，整棟房子都是為他自己準備的葬身之地。

華盛頓抬起頭凝望祁里安，提出從第一天就揮之不去、也是此刻唯一有意義的問題：「既然你追求的不是公理正義，為什麼將我牽扯進來？」

❖

祁里安低頭望向他，嘴角微微揚起。「三個理由。首先，我認識的刑警裡你最優秀，直覺準確還鍥而不捨，對於自己該做的事情毫無猶豫，就算與人結仇也不會妥協，又懂得質疑對方放在眼前的答案。剛開始我利用列文森調查案做誤導，後來必須將辦案方向拉回來。坎布里亞刑警隊明明看到第二個死者了，卻死腦筋認定是隨機殺人，完全不想跳脫心理側寫那些鬼扯淡的東西，尋找兇手真正的動機。」

「你就知道我一定會？」

「最初有點誤判。我本來認為案子發生在你長大、工作和現在居住的地點，重案分析科會立刻讓你復職。」祁里安笑意消失，「但看樣子去了南方，你樹敵的本領完全不受影響呢。他們不肯召回你，我只好採取強硬手段直接留言。」

「把我的名字刻在死者身上。」

「反正他活該。為了不讓你直接變成嫌犯，趁著你還在漢普郡，我燒了克雷門・歐文斯。」

「真是謝謝你啊。」華盛頓做個鬼臉，「明信片也是你寄的吧？」

「當然。我又失策了，沒料到麥可・詹姆斯會燒那麼焦，詰問號變得模糊不清。看到重案分析科報告說名字後頭接的是『數字五』，我只好再輕輕推一把，得端正視聽讓你專心調查謝普這地方。何況也不想讓你以為自己真的會變成五號，過得提心吊膽。」

「心地真好。」華盛頓說。

「把你攪和進來，第二個理由是我也不知道最後一個人的身分，他只對卡邁柯報上姓名，沒告訴別人。我認為要得到答案，最好的辦法就是讓你大幹一場。」

我的天……

華盛頓沒朝這方向思考過。原來自己挖出祕密銀行帳戶，變相讓祁里安找到蒙塔古・普萊斯，換個角度想自己也是殺人幫兇。儘管是個姦童殺童的惡人，華盛頓知道自己淪為傀儡並鑄下大錯。

㊺ 歐美將諺語捏造或誤判為出自華語的案例相當多。此處「引用」的句子在英語圈流傳已久，且曾經作為台詞出現在知名犯罪電視劇《犯罪心理》（Criminal Minds）。劇集宣稱出處為孔子，但《論語》找不到對應文句。網路查詢認為真正出處為日語俗諺「咒人者需挖兩墳」（人を呪わば穴二つ），源於平安時代陰陽師下咒殺人前需做好遭到詛咒反噬的心理準備。

「那時候普萊斯已經溜了。我趁調查他住處的時候放了證物栽贓，不出所料甘孛將他列為第一嫌犯，發出全國通緝令。我也算準了如果他落網，會準備好難以反駁的不在場證明並且申請保釋，只要他想走就會落入我手中，耐著性子等就好。」

「可是他不是警察找到的，而是自己投案要做協商。」

「那麼希拉蕊‧綏夫特沒上過船這種謊話就會不攻自破，然後一起被拘留。兩人都被關的話代表誰也別想保釋，事情真相會慢慢浮現。靠運囚車的應變計畫可以帶走一個人，這招沒辦法用第二次。」

「所以你要搶在普萊斯做口供前，抓走綏夫特。」

「和你從謝普威爾斯酒店出發去七松之家那天，我事前打了電話給……我的共犯，叫他一起上路，他知道地址。在七松之家那邊我去幫忙泡茶、下了藥，給綏夫特的量比較少，讓她意識微弱但保持清醒。我的共犯進來把她和小孩帶走。」

「一小時以後我們才醒過來，綏夫特和小孩不見了，你和我一樣怎麼看都是受害者。」華盛頓說出後續，暗忖這招聲東擊西用得實在太高明。

「你距離真相只差那麼一兩步，我得藉此緩口氣。洗錢法真他媽的麻煩，一旦有人發現他們是被囚車帶走，買車那些文件是藏不了的，計畫勢必全盤暴露。這些我都知道，但無論如何利大於弊。你能看穿，是靠緹莉在旅館牆上弄的那些圖表？」

「有一次綁票發生在週日，那天沒有特別法庭，常規運囚限制在平日。」

「天吶，華盛頓你也太精明了。而且只靠車子資料就追到我身上？動作未免快得過分了，還以為要查出誰買的也能拖延些時間。GU這兩年賣到市場的車子將近兩百輛，何況你又沒有原始車牌號碼。」

「除了車子還有別的。」華盛頓告訴他。

「哦？」祁里安問。

「你從來沒脫外套。」

「我從來沒——？」他話說一半恍然大悟，沉默的片刻裡眼淚乾了卻又再次落下。「我的疤啊。」

「我認識你這麼久，連你手臂也沒看過，一次都沒有。」華盛頓已經拼湊出完整的事件經過，但……還有一件事情他不懂。無論往事或作案計畫都可以用電話或email解釋，強逼自己過來應該有別的理由。

「祁里安，你說將我扯進這案子有三個理由。」他再開口，「到現在你只說了兩個，最後一個是什麼？」

62

祁里安凝視他的眼睛彷彿要射出光線。「先問你一件事，希望你能誠實回答。」

「我又沒什麼好隱瞞的？」華盛頓說。

「你確定？」

他其實猶豫了。「對。」

「裴騰・威廉斯那個案子到底發生什麼事？」

「你不是很清楚嗎？」他沒好氣道。

「可是你們家那位督察問過我喔，你不知道吧？她覺得奇怪，你為什麼沒有留下來跟上頭對幹，反而摸摸鼻子走掉任他們擺布。」

「那你怎麼回答？」華盛頓的聲音沒那麼堅定了。

「我跟她說：你還在天人交戰，無法原諒自己無心之過害一個人丟了性命。」

華盛頓點頭。

「當然，我騙她的。」祁里安卻忽然冒出這句話。華盛頓一聽，又抬頭瞪著他。「真相是什麼呢，華盛頓？」

「不就是我辦事出錯嘛。」

「你才不會犯這種錯。」祁里安稍微停頓，「華盛頓，你心裡藏著一股黑暗，對公理正義的追求異乎尋常。我是這種人，你也是，正因如此我們才能當這麼多年的朋友。」

華盛頓沒回話，甚至無法直視祁里安。

「緹莉告訴我，她在漢普郡辦公室遇上霸凌，對方被你打了。」

「我哪有打——」

「在謝普威爾斯酒吧，你也重傷了一名醉漢。」

他無言以對，心裡十分清楚兩件事情都有不必動武的結局方案。強納森・皮爾斯當著整個辦公室人面前說緹莉是弱智，證詞隨便問都有，自己卻還是動手。至於酒吧那三個傻瓜，自己亮出國家刑事局證件那一刻就不敢輕舉妄動了，但他仍舊採取暴力手段。

祁里安說得一點也沒錯。那股怒意不僅揮之不去，還早在裴騰・威廉斯的事情之前便深埋心底。加入黑衞士只是暫時找到出口，可惜軍中生活不需要動腦袋，華盛頓沒多久就感到無趣。然而他一直沒勇氣探尋情緒根源，反過來當作優勢運用，藉此看穿別人心裡的陰暗、完成他人做不到的事，甚至能夠救人性命。

但代價是什麼？

「你不面對自己的心魔，」祁里安伸手指著他腦袋瓜，「遲早會被逼到絕境，做出更離譜的事情，然後那股怨恨就會化作怪物。相信我，我是過來人……」

「但——」

「華盛頓，去見你爸一面。」

「我爸？見他幹嘛？他和這件事有什麼關係？」

「放下你的牛脾氣，開口問他為什麼給你取名『華盛頓』，你就全部明白了。」

華盛頓本能反應想叫他閉嘴、質問他哪裡瞭解自己的人生，但事實不然。當年華盛頓住在肯德爾、祁里安家才幾英里遠，互動非常頻繁，他與自己父親接觸也相當多。說起來，祁里安對華盛頓的生命幾乎瞭如指掌。

「你無法看見我心裡那片黑暗，是因為被自己的心魔蒙蔽。不過你爸倒是察覺了，還曾經試拉我一把。為了幫我，他偶爾會和我講些祕密。其實他該先告訴你才對。」

「我爸和你說了什麼？」華盛頓並不確定自己真的想知道。

「你母親的事。」

「別又把我媽也扯進來！」人還是有底限的，就算這種情勢也一樣。華盛頓不想思考、更不想與別人討論母親，他一直自認沒有母親。

祁里安不以為意。「去找你爸問個清楚。很多事情並非眼見為憑。」

華盛頓沒出聲。

「別逼我說，」祁里安繼續道，「該由你爸告訴你才對。我能說的只有……華盛頓，你母親並不討厭你。」

「那賤人只顧自己快活，丟下我跑了，你還要說她不討厭我。」

「不對哦，華盛頓。」祁里安說，「你母親愛你，她非常愛你。」

「胡說八道。」

「因為愛你，所以不得不離開你。」

他究竟知道什麼隱情？

「祁里安，你現在不說清楚，那我就下山了，而且會通報。下個上來的是誰我可不知道，你自己應付。」

「不該從我嘴裡說出來，這是你父親的祕密。」

華盛頓猶豫了。倘若父親真的知道些什麼卻遲遲沒告訴自己，確實父子倆該好好談談，但……他為什麼會告訴祁里安呢？沒道理，除非一開始就……

「祁里安，我爸可不是什麼心直口快的人，」他繞了個圈子，「你也明白才對。不好聽的話，如果能拖他一定會拖到底，或許拖到死也沒說出來。你沒想過另一種可能性嗎，他之所以告訴你，根本就是以為你遲早會轉告我？他自己說不出口，想靠你傳話。」

這回輪到祁里安躊躇。「也罷，你確定要聽？」

華盛頓點點頭。

「你應該知道，你爸媽有段時間各自在外遊戲人間？」

華盛頓搖頭，但心裡不意外。父母都是享樂派的，兩個人都不像堅持一夫一妻的性子，四處留情反倒合理些。

祁里安說了下去：「根據你爸說法，夫妻倆曾經一年半沒見面。他自己去了印度修習什麼玄學類的東西，你母親則跟著抗議團體跑去美國要求撤除核武。」

華盛頓的模糊印象裡，父親確實說過因為英國找不到人教，他跟著印度什麼大師修行，學了莫名其妙的瑜伽動作。至於母親去了美國，華盛頓並不知情，本來就對她知之甚少。

「但後來，你母親寫信給你爸，說遇上麻煩，希望他立刻回英國一趟。雖然各奔東西，但兩人感情還是很深，你爸第一時間就趕回來了，結果得知你母親已有兩個月身孕。」

這可真是晴天霹靂。叫爸爸的人其實不是爸爸……而他竟然養了別人的孩子這麼多年，視如己出，簡直是聖人。但……也因此越來越沒道理了，如果真相是這樣，又有什麼不能告訴自己？母親與別人有染，華盛頓知道了不至於崩潰，至於養大別人的孩子即便那年代也算不上難堪。肯定還有祕密，更可怕的祕密。

「再來呢？」他問。

「你母親在美國期間，組織裡有人爭取到進入英國大使館的機會，所有人受邀參與事後的雞尾酒會。照你爸說法，他們就是傻了才會過去，那些達官貴人一直都拿嬉皮當笑柄。」

「華盛頓？」

「什麼？」

「英國大使館。位在華盛頓特區吧？」

「沒錯。」

「所以，什麼意思？我爸是個外交官？」

祁里安沉吟著沒搭腔。

「還不肯說？」華盛頓追問，「我親生父親是誰？」老友依舊沉默。「祁里安，」他不死心，「說吧，我不會生氣的。」

祁里安低頭，眼眶噙著淚。「你母親是被強暴的，」他輕聲解釋，「她去抗議核武，結果卻被人強暴了。」

除了震驚，華盛頓一下子沒辦法有別的想法。張開嘴巴想說點什麼，卻又吐不出半個字。被母親遺棄的那股傷痛或許因而消散，取而代之的卻更加沉重。罪惡感一股腦兒湧出，自己竟恨了母親這麼多年？恨錯對象了吧。母親又會怎麼看待自己？華盛頓覺得心裡最後一盞燈熄滅，整個人沒入黑暗。他僵在原地試圖理解前因後果，母親是被強暴的？為什麼沒人願意告訴自己呢？他都當上警察了，可以做點什麼吧。往後該怎麼走？又要往何處去？自己怎麼面對後半生？

「我想，我該走了。」華盛頓轉身離開，連面前的案子也不想再管下去。

「等等！你都還沒聽完呢。有人作惡，不代表善意就會被扼殺。」

去他媽的善意！但的確還有不明白的地方，例如為什麼用母親被強暴的都市給自己當名字。不必鬼扯什麼善意，他確實是想弄個清楚明白，於是又轉過身。

「華盛頓，你母親一開始確實不想生。她不想要你，這點你或許沒想錯，只是理由不對。當年她回英國，是想找醫生墮胎。」

「很好……」華盛頓咬牙切齒，感覺心裡捲起一大片紅色。思緒即將被憤怒劫持，再這樣下去就會無法控制。

「但她去了診所之後，發現自己辦不到。」祁里安解釋，「你母親與你父親——他是你父親沒錯，華盛頓。你父母決定讓事情有個更好的結果。你爸說，那時候你母親問了他一句話，就是他能不能獨自撫養你。你母親打算生下你以後不要見面，立刻出國。」

「看來她的確做到啦？」華盛頓問，「生了我，又拋棄我？連一眼都——」

「因為出乎所料，她不但無法恨你，還深深愛你。你爸說那是會灼傷她自己的愛，他們兩個都沒料到會有這種心理變化。」

「所以……？」

「你爸說，你母親不希望你察覺自己出身。但同時她很清楚，如果自己留下來照顧你，你遲早會神似強暴她的人，她必須在那天到來之前先離開，否則你會看到她的表情，屆時你的反應會更讓她痛苦。然而嘴上說著要離開，其實她放不下，母愛還是太強大。她必須用別的法子逼自己走，找個事物時時刻刻提醒自己，萬一遲了就會一發不可收拾。不把事情做絕，她會一直拖下去。」

「結論就是給我取名華盛頓，想忘也忘不掉。」他替祁里安說完結局：往後每次有人提起自己名字，就像在母親心上捅一刀，她確實不可能再忘記兒子從何而來、長大了會長得像誰。「用自己被強暴的地點當作我的名字，她才能鼓起勇氣離開。」

「對。」祁里安附和。

「這名字就像菸盒上的警告，」華盛頓說，「叫她別太靠近，這小孩總有一天會變得和他親生父親一樣。」

「我倒不會這樣形容。」

「那你要怎麼形容？」

「說好聽一點嘍。」祁里安回答。

華盛頓的怒氣來了又走。這名字讓母親能夠做出巨大犧牲，自己以前卻總為此尷尬惱火。以後不會了——他能驕傲地扛著這名字走下去。

問到這兒也足夠了，華盛頓決定將自己身世暫且擱下。當年的強暴犯死了最好，還活著的話他絕不放過，無論要花幾個月、幾年都一定會挖出真相，將來總有一天他會與自己的「父親」碰個面。

現在還有別的事情要處理。

進入正題之前，也該給祁里安一個答案。他有資格得到答案。祁里安被性侵過，自己的母親也一樣，或許正因如此兩人冥冥中走在一塊。既然他想知道裴騰．威廉斯怎麼死的，華盛頓決定親口告訴他。

❖

華盛頓回憶自己拜訪穆蕊．布里斯托家中那天。除了壞消息，什麼也沒有。明明心裡知道嫌疑犯是誰，按照規定卻不能告訴對方。更糟糕的是裴騰．威廉斯已經得到消息，這個情況下就算女孩活著，一個星期沒人去看顧必會脫水身亡。華盛頓面對一個抉擇：保住自己的工作，或保住女孩的命。

他很清楚會有什麼後果。怎麼可能不知道呢？穆蕊的父親是低階層勞工，所謂的粗人，習慣靠拳頭解決問題，而且他兄弟在荒郊野外有間車庫。

華盛頓將裴騰．威廉斯的名字資料交給布里斯托先生，就是算準他不惜綁架、動用私刑也會問出女兒下落。

明知故犯。

「的確不是粗心大意，」華盛頓開口，「是故意拿錯東西給他們。」

祁里安點點頭，彷彿早就看透一切。也不意外，本來他就是最瞭解華盛頓的人。「為什麼做這種事？」

很難回答得清楚。當時他也找了很多藉口說服自己，例如要擇善固執、那是特殊情況、女孩快喪命了別無選擇等等。

之前開棺驗屍，史蒂芬妮在墳地還責怪過他思考太過二元化。事實並非如此。華盛頓依舊堅信自己做得對，在殺人犯的「對」和受害者的「對」之間選一個……有什麼好猶豫？就算時間倒流，他也不會改變決定：替女孩爭取活下去的機會，幫緹莉趕走霸凌者和騷擾犯，為了信念違逆上級命令——別人眼中的自毀前程是華盛頓不可分割的人格。不做那些事情就不是他了。

說到底，他種種行為是為了懲罰犯了罪的人。

裴騰．威廉斯死了。他會內疚嗎？

當然會。但重來一遍，決定不變？毫不猶豫。

「華盛頓你不必想答案了，」祁里安開口，「我早就明白原因。你後來常懷疑自己是不是反社會人格吧？其實你不是。會作噩夢代表你還是個有同理心的人，你說自己討厭霸凌只是表面上的理由。你真正無法接受的是不公，正因如此，這件事情只能交給你。」

「我沒聽懂，」華盛頓腦子轉不出個結論。母親的往事、裴騰．威廉斯之死，兩者相加就是自己心底的黑暗，攤在祁里安面前之後就沒有任何祕密了。何況祁里安或許一開始就全部看透。

「你覺得我為什麼要拖著你繞這麼多圈子呢，華盛頓？」他問，「讓你找到墓地的屍體。提醒你不要碰主教，反正你不會聽。這些情報，我留張便條不也解釋得清楚嗎。再不然，直接殺光他們，跟你交代來龍去脈，然後揚長而去，你們找不到我的。」

華盛頓沒遇過這麼清醒的瘋子。從什麼角度來看，祁里安的精神狀態都已經不是常人。

「我得確定你沒變，沒有因為避世隱居磨去稜角。這是我人生的結晶，如果你連教會或墳墓都不敢動，就不可能做到我接下來要你做的事情。」

「所以是測試我？目的是？」

「我的故事，交給你了，華盛頓。」

「拐了那麼大一個彎，」他回答，「他媽的就是要我幫你寫自傳？」一下子接受太多衝擊，華盛頓思緒有點跟不上，感覺得找個暗室獨處一星期才能理出頭緒。還得找老爸講清楚。

祁里安沒接話。

「人選很多吧，」華盛頓繼續說，「找個社會地位更高、擅長這方面事情的不是更理想。他媽的你全部放上網路公開不是更快，一堆陰謀論者會幫你宣傳啊。」

祁里安聳聳肩。「有些旁證不在我手上，像是你找到的銀行帳戶、活動請柬、百年靈等等。這些東西能和他們的自白對照。」

說得沒錯，兩人各自握有一半拼圖。缺了華盛頓掌握的部分，自白錄影看上去彷彿老人們遭到刑求逼供，難以服眾。他會意過來：的確只能是自己，不僅僅因為他挖出另一半真相，也因為只有他會堅持到底。

「他辦那種活動可不是第一次。」祁里安補上一句。

「你說卡邁柯嗎？」

「嗯。不知道之前有沒有這麼喪心病狂，但可想而知不會有什麼好事。我查到參與過的一些人現在可是身居高位，會利用體制保護自己，你要做好心理準備。」

孜爾也提過這件事：西敏宮內有人想壓下這件事，最好一點風聲都別走漏。不難想像大官們面對坎布里亞警署署長會如何暗示：既然涉案者全都死了，那就塵歸塵、土歸土，別再無端生事造成人心惶惶。不就是個心理變態作亂嗎，鬧大了有什麼好處。對了，你不是想調到倫敦警察廳嗎，上頭批准了沒？你聽得懂吧，我能幫你打通關節——於是從上到下沒人敢說真話。媒體、檢警甚至法院全都受到掌控，淪為聽命辦事的狗。就算有記者察覺真相遭到蒙蔽，少了華盛頓這個助力他們什麼也追不出來。

祁里安嚴肅起來。「你說證據在哪，自己就會查到哪。那我問你：給你證據，你能揭發嗎？能讓全世界看見我們的故事嗎？我的朋友存在過，不該被抹煞。」

「我會的，祁里安。一定要公諸於世。」

「謝謝。」

他一抬頭，祁里安卻改口：「跟你說過別叫人過來吧。」

遠處一輛車沿著曲折山徑朝農莊移動過來，儘管濃霧覆蓋仍能看見頭燈強光。

「我沒說出去。」華盛頓說完轉頭卻找不到人。再探頭時，昏迷的希拉蕊．綏夫特被祁里安扣住，兩人手腕銬在一起。他拿出Zippo打火機。

63

遠方光線照亮了華盛頓的車。「是誰？」

「我也他媽的不知道！」華盛頓回答，「但我保證沒告訴別人，如果是我說的應該早就到了吧。」

無論是誰，估算起來再十分鐘就會抵達。直線距離不遠，大約兩百碼而已，但除了陡坡還有七、八個髮夾彎，陸路走起來至少一英里。兩人心裡有數，黑窪農場位在道路盡頭，不會有人恰巧路過。

祁里安說：「無所謂了，該說的已經說完。」

他在故事內扮演的角色確實已經走到末路，只能交棒給別人。

「不必這樣。」華盛頓說。

「得讓綏夫特嚐嚐我朋友們的痛苦。」

「你自己呢？自我了斷對得起他們嗎？」

祁里安凝視他。「說得對極了，所以別把我和他們葬在一起。記得去拿我這邊的證據。能有你這個朋友是我的榮幸。」

拇指一彈，火苗升起，他將Zippo打火機朝身後一扔，隨著落地撞擊竄出微弱的一聲「咻」，然後爆出橘紅色強光。陰冷丘陵上無數影子舞動搖曳[46]。

祁里安閉上雙眼，退至華盛頓看不見的地方。窗戶後面傳來希拉蕊·綏夫特的哀號。

[46] Zippo打火機的設計，離手時火苗不會熄滅。

64

華盛頓不知道祁里安在屋子做了什麼布置。想當然耳，他在縱火這方面造詣可是一流的。不到一分鐘，打開的窗子湧出濃密黑煙。

無論祁里安有什麼計畫，華盛頓可不希望朋友就這麼死了。雖然也沒有逮捕他的心理準備，但那種事情可以之後再考慮。

得先找辦法進去裡頭。他盯著沉重大門。

電視總是將踹門演得簡單，現實中警察破門需要拿出專門的錘具，目標通常放在門鎖或鉸鏈之類結構脆弱的地方。靠自己肉體的話，選擇並不多。

華盛頓挺起肩膀衝上前，卻像顆橡皮球彈回來。

灼燒感順著神經叢肩膀蔓延到手指，他試著活動手臂，結果竟然連指頭也不怎麼聽話，看來是把自己給撞傷了。

一樓窗戶不僅釘上木板，還以粗鐵條鑲嵌在牆壁內，從內側才能卸除，完全沒有破綻。

綏夫特叫聲持續，華盛頓聽得出她撐不了多久。

絞盡腦汁，他目光落在四房運囚車。

衝過去一抓，門沒鎖，鑰匙也插在鎖孔上。華盛頓趕快發動，柴油引擎轟隆作響，他朝旁邊瞄了眼，祁里安說的證據收在一個保險箱內，之後再處理。打倒車檔退出去、轉到正確角度以後，華盛頓狠狠踩下油門往屋子入口衝過去。

好幾件事情一瞬間發生。車子撞上門，安全氣囊從方向盤彈出撞上華盛頓的臉，他鼻梁被撞斷。引擎壞了空轉聲音隆隆作響，華盛頓爬到車外，雖然門板厚重不過總算被衝開。

他可從來沒有分析癱瘓[47]的毛病，馬上翻過引擎蓋，從正門鑽進已經起火的農舍。才進入室內，旁邊忽然一扇門掀開，火焰隨著空氣湧出彷彿熔爐爆炸般兇猛。

伴隨高溫而來的是濃煙，能見度是零。

華盛頓無法呼吸也無法分辨方向，只能硬著頭皮深入，因為朋友還在樓上。

他想起還是菜鳥警員時學過的火災知識：煙霧往上竄，也就代表自己頭壓越低，空氣越乾淨。於是華盛頓趴在地上匍匐前進。煙氣刺得眼睛冒淚，他索性闔上眼瞼，伸手靠觸覺探路。沒過多久就摸到階梯了，暗忖摸黑跑比起盲目地慢慢爬要省事，爬起來準備一口氣衝上去。

他搭著欄杆，亮光漆受熱冒泡沾在手上。顧不得那麼多，華盛頓一步兩級拚命跳，快到二樓時趕快再次仆倒。將近三十秒時間沒換氣，上了二樓恐怕也沒什麼機會，再不趕快找到人，結果就是誰都別想出去。

綏夫特叫聲停了。連聽音辨位也沒辦法。

華盛頓繼續前進，想找到牆壁好確認位置，心裡推敲綏夫特與祁里安最後位置。兩人倒下少說也有兩呎寬，他先往右邊摸索，結果觸到的竟是鑄鐵暖爐，比炒菜鍋還燙。華盛頓抽手，暗忖自己嚴重灼傷，可是目前顧不得那麼多。

走了一半總算找到兩具屍體，試了一下發現身上有些部分火還沒滅，熄了的部位已經燒得焦脆。想必祁里安在自己和綏夫特身上都灑滿助燃劑。

總之，命已經沒了。

華盛頓再伸手探查，擔心成真：他們還銬在一塊兒。活著的時候糾葛難斷，沒想到死了也一樣。或許也是祁里安計劃好的。

但他不想將祁里安留在這兒。就算祁里安親口說過不想與童年玩伴葬在一起，但好歹可以有個葬禮吧。即使只有自己和緹莉願意出席也無所謂。

華盛頓使勁開始拖，不過只有一隻手能使勁，肺裡空氣也所剩不多，移動速度緩慢過頭，喉嚨忍不住微微呻吟。

到樓梯了。

事到如今只能將兩人滾下去。他壓抑快要爆炸的胸腔，拖著兩具遺體走到樓梯口。

只差一步。可以。

但他漏算一點：老房子的木頭梁柱暴露在外，很快就會燒毀。

轟然巨響之後四周揚起無數光點，像是身處煙火之中。華盛頓抬起頭，居然看見夜空，屋頂直接塌了一塊。得到大量氧氣之後火勢越發囂張，本就烤紅的皮膚更加刺痛。火舌往上直衝天際。

又一次巨響，天花板繼續崩落。

---

[47] paralysis by analysis（或者 analysis paralysis），意指顧慮或思考太多導致無法採取行動的負面作用。

碎木帶著火焰迎頭灑下，錯愕中華盛頓抽了一大口氣，吸入了黑煙。他意識逐漸模糊，察覺自救的時間都不夠，揮舞沉重臂膀很吃力地推開木塊。儘管努力朝著樓梯爬，手腳都像綁著鉛塊般沉重。

睡意太濃了。可是火焰呼號之中忽然傳來聲音：「坡！坡！你在哪裡啊，坡！」

什麼東西碰了腳。華盛頓轉頭一看，本能抽了腿。一定是幻覺，泥巴怪從噩夢來到現世，抓著自己腳不放，要拖他下地獄。他嚇得又抽一口氣，肺臟的氧氣全部耗盡。

天旋地轉，雙腿傳來奇怪感覺，又被泥人抓住了。

吸不到空氣，眼珠腫脹。但，他不在乎了。

華盛頓用燒紅的雙手抱住頭，閉上眼睛昏死過去。

65

華盛頓聽見聲音。其實有一陣子了，只是他意識模糊，不知道時間。想睜開眼，但眼瞼好像被膠水黏住似的。

先判斷自己在哪兒。

嗶嗶聲，有人耳語。身體下面有張床，粗糙但乾淨的床單在床尾包太緊。空氣中有清潔劑的檸檬味。

可想而知，是醫院。

再試著張開眼睛，還是沒辦法。就算想用手指撥開，卻察覺手掌被布料裹得緊緊的。應該是紗布吧。另外，手掌傳來陣陣刺痛，這感覺肯定是被燙傷了，欄杆、暖爐？不然也許是燒焦的屍體，或者天花板掉下來的東西。反正手是暫時不能用了，他只能強忍痛楚用力翻眼皮。啪地一下是開了，卻疼得他大叫出聲。一道微光射進瞳孔，彷彿有人往他腦袋裡面倒鐵漿。

想要坐起身，但一點力氣也沒有。現在看到了，手的確纏著繃帶，底下滲出膽汁色液體，大概是碘酒。

他媽的怎麼回事？

鎮靜劑藥效還沒退，思緒朦朦朧朧。他索性倒回枕頭再闔眼。

❖

二度清醒，頭痛緩和許多。再試著睜眼，已經能完全張開。看看全身狀況：很多地方蓋著紗布，沒蓋著的地方也發紅破皮，鼻子歪了，右手手背插了管。他又看看點滴架，生理食鹽水用了一半，比較小的那袋猜測是抗生素，幾乎打完了。

病房內熄燈，外面也一片黑暗。雖然是兩床房，但只有他一個人在。床邊豎起圍欄避免他滾落。

不知道躺多久了。

嘴巴好乾，水杯卻在搆不到的地方。華盛頓沒辦法只好摸著呼叫鈴按下按鈕，房門打開走進一位護理師，臉上堆著笑。

「我是勒丁罕修女，你現在感覺如何？」護理師兩頰紅潤，蘇格蘭捲舌口音很明顯。

「怎麼回事啊？」華盛頓聲音啞得自己都認不得，簡直像是吞了一把沙子。

「坡先生，你燒傷十分嚴重，但運氣很好保住性命。這裡是威斯摩蘭醫院的HDU。」

「HDU？」

「重症康復病房的意思。」護理師說，「你雖然沒有生命危險，但燒燙傷都很容易感染，在這裡待到皮膚癒合才安全。」

「我在這裡多久了？」

「將近兩天，要看你的人多得必須排隊。你準備好了嗎？」

華盛頓坐起身，忍著嘔吐感點點頭。

❖

明明說是排隊，走進來的就史蒂芬妮．弗林一個人而已。

她回到之前在總部的兩件式褲裝打扮，神情疲憊程度與華盛頓自己不相上下。

「還好嗎？」

「史蒂，現在什麼情況？」華盛頓聲音小得像是悄悄話，伸手示意想喝水。史蒂芬妮倒了一杯、放進吸管以後端到他嘴邊。沒想過開水能夠這麼好喝。

「你記得多少？」

祁里安提起自己母親的過往，然後房子起火。隱隱約約有個印象是自己拖著朋友與綏夫特要離開，然後冒出個泥巴怪……這件事還是算了別提。

「不多，」他回答。記憶還在，只是零散破碎。「小孩——」

「在你說的地方，平安無恙，已經回到母親那兒，完全不知道自己差點遇險。」

「帶走他們的人？」

「戴著棒球帽和墨鏡。」

「可惡。」

「嗯，警方找了畫家和兩個孩子配合，但畫不出東西。帶他們去遊樂區的是合格保姆，祁里安將整件事情布置得像孩子的母親委託一樣，email裡面說是要讓小孩玩得快活順便讓外婆休息，她馬上就到英國了這樣。孩子們之前待在祁里安住的公寓，他找到機會把他們交給保姆，保姆就直接帶出門玩，查不出任何嫌疑。」

理所當然。祁里安綁走孩子只是為了利用危機感添亂罷了，依他自己的童年經驗不可能想加害小朋友。

「對了，前座應該有個金屬盒子——」

「你說你用來撞門的那輛車？」

「所以房子後來？」

「和車一樣燒個精光。」史蒂芬妮回答，「我不知道盒子裡有什麼，但顯然事關重大，鑑識組找到以後立刻被署長親自帶走。」

「然後？」

「官方說法是車內房內什麼都不剩，全部燒毀。我們提出想要進一步確認，但對方委婉提醒說：接下來是坎布里亞警方的工作。」

華盛頓雙手抱頭、前後搖晃，過了片刻啜泣起來。

史蒂芬妮呼叫護理師，但直接來了個醫生，調整點滴之後華盛頓情緒逐漸穩定，睡意又湧上。

❖

「他是殺人兇手，但有理由的，史蒂。」華盛頓再開口又是三個鐘頭後的事情，醒來時還是口乾舌燥，加上肚子很餓。

「盒子裡有什麼？」史蒂芬妮問，「為什麼能搞得人心惶惶？」

華盛頓用半小時解釋自己到農場以後與祁里安的對話內容，不過跳過了關於母親與名字由來那部分。

除了聽到喬治．瑞德埋葬地點時，史蒂芬妮先打了個電話交代，其餘都靜靜聽著。

「我想當證人。」故事說完以後華盛頓接著道，「我知道不會被當回事，但我答應過祁里安，要幫他說出真相。」

「先不提讓你說出口的話，很多人和單位會顏面無光。現在沒有證人、沒有可供驗證的證據，所有涉案者已死亡，根本沒有可以起訴的對象，檢察署已經決定不起訴。」

「蒙塔古．普萊斯的證詞呢？」

「被壓下去了。」

「怎麼會？」

「技術上來說，他那些證詞是為了法律協商。祁里安綁走他的時間點起訴都還沒成立，對方律師表態說相關紀錄不銷毀就會跟政府打官司。今天早上坎布里亞警方將普萊斯的證詞與錄影都交出去，還吩咐我們這邊也要跟進。」

「祁里安那三個朋友呢？」

「都被栽贓給他了。警方為了圓謊，勉強扯出一個推論是他殺害其他三人，為了重溫殺人的快感而再度犯案。」

「混帳東西……」華盛頓咬牙切齒道。

「確實有股欲蓋彌彰的感覺。」史蒂芬妮也看不過去。「我試著調查過，發現以前接受卡邁柯招待的人，現在不少都……姑且說挺難纏吧？從卡邁柯為了一次活動辦過獨立帳戶來看，無法保證之前沒幹過同樣勾當。可是事到如今，誰也不願意查到底。」

「總得有人做。」華盛頓嘆道。

「你昏迷這兩天，司法部長已經公開表揚坎布里亞刑警隊『勞苦功高』，光環都放在警署署長身上。他們對外一致宣稱火祭男是患有精神疾病的警官，還要大家向受害者家屬致哀什麼的，連昆丁．卡邁柯無私奉獻的精神使社會更美好和諧這種鬼話也說出口。」

華盛頓聽得一臉駭然，沒想到事情變成這樣。

「這情況我們無力回天。就算寫好所有文件，把祁里安告訴你的事情都攤開來，基本上一點漣漪都不會有。上頭已經輾轉要我警告你：不配合官方說法，你會吃不完兜著走，不單單是弄丟工作和退休金，還會有好幾個望族聯手逼到你走投無路為止。」

史蒂芬妮說得沒錯，沒證據的前提怎麼服人。連普萊斯的證詞也沒有，自己單方面說法無法取信大眾。手上只掌握了一半，偏偏是沒用的那半。

「還有我們知道真相，」史蒂芬妮安慰道，「不是完全沒意義。」

「但他們遭遇的慘劇不該就這樣被世人遺忘。」

「話雖如此，我們無計可施。」

縱使華盛頓拚上身家性命透過小報放消息，能壓住這事情的人也操縱了媒體，絕對沒有報社跨得過那一步。

只能之後再做盤算了，現在能肯定的是不想再與國家刑事局有瓜葛。離職以後自己想想辦法，或許還能找到別的實證。這是他欠朋友的。另一方面，也得靜下來想想母親那件往事。首先要找父親談談，光是要找到自己老爸身在何處就是個大工程。

「華盛頓，我得先打電話通知孜爾處長。你這邊還有什麼想知道的嗎？」

「有。」他說，「史蒂，有件事情我醒來到現在還沒想通。」

她歪著頭。

「我究竟為什麼能活下來？」

66

史蒂芬妮還有公務要聯絡，加上華盛頓也得換藥，約好一小時後再談。

等她回來，華盛頓開口：「那溫度高得石磚裂開、玻璃熔化，」他舉起包著紗布的手，「光是摸屍體都會三度灼傷。」

「大家都知道。」史蒂芬妮回答，「我讀了火災初步報告，屋子到處都是那種特製助燃劑。火自行熄滅的時候整個房子燒得只剩下空殼。」

「自行熄滅？」

「接到通報以後，消防車沒半小時就抵達現場，問題是沒辦法靠近農舍，因為——」

「因為前面有大石頭擋路，」這就是祁里安的目的吧。「是誰打的電話？而且我被埋在裡面半小時的話應該還是活不成吧？」

「你覺得會是誰呢？」

華盛頓想了想。首先應該可以排除祁里安，他的計畫就是死在自己布置的舞台，親手為事件劃下句點。但如此一來，豈不是沒人知道地點嗎？

事實並非如此……

華盛頓想起來了：那時候有車輛燈光從遠方接近，但還來不及知道駕駛是誰，祁里安一發覺苗頭不對立刻放火。可以確定的是有別人前往農場。

大家都以為他離開蒙塔古．普萊斯死亡地點是回去謝普威爾斯酒店才對，唯一例外是緹莉．布雷蕭。但緹莉也沒道理會知道自己在哪兒。

沒道理嗎？華盛頓不禁聳聳肩。

「打電話的，跟把你從火場拖出來的都是緹莉。她這回可真的成了大英雄。」

「不過……她為什麼能找到我？」

「黑莓機。」

這臭小妞心機好重！一開始在總部，艾許利．貝瑞特要他簽文件的時候順便解釋了手機功能，提到上面有追蹤定位軟體。前往坎布里亞郡路上，華盛頓要緹莉幫忙關掉，緹莉也拿去操作了一番。

「那時候她跟你還不熟，你叫她關掉軟體，她只是做做樣子而已。現在看來真是萬幸，她意識到你又一個人胡來，就追過去了。」

「不對啊，她怎麼去農場？她又不會開車？」

「還不是你做壞榜樣，緹莉也開始不安分了。她打電話跟我說你跑掉，我說我立刻到，要她在原地等，但她說事態緊急，結果找了個警員搭便車回到旅館，用自己的手機確認你位置以後就跟過去。照她說法，應該晚了你半小時左右。」

「最關鍵的是——」

「電動車。她開你的電動代步車一路飆上去。」

老天……

華盛頓無言以對。

「她沒事吧？」這句話實在有點單薄，緹莉冒了好大的險才把自己救出來。

「人算是平安。吸進一些煙，肺多少受了傷，休養一陣子就會好。把你往外拽的時候手也有表淺燒傷，不過已經出院了。她媽媽本來要帶她回去，但緹莉不肯。」

「還是說不通啊，史蒂？屋頂都塌了，火那麼大，沒有消防員的面罩衣服那些，光是上二樓就會受重傷。」

「因為，華盛頓，緹莉不是笨蛋，才不像你連個計畫都沒有就一股腦衝進去。」

「所以……？」

「她Google了。」

「妳開玩笑的吧？」

「緹莉很冷靜，先上網調查怎麼做最好，答案是用濕的東西蓋住身體再進入火場。她沒空按照建議去找毯子弄濕，臨機應變之下——」

「她用了泥巴……」華盛頓嘆道。緹莉居然用濕泥巴裹住身體。恍惚中看到的不是什麼泥巴怪物，是泥巴緹莉。他眼睛一酸，但不想在史蒂芬妮面前掉眼淚。纖瘦近視的女孩首次出遠門什麼都不懂，但想起之前她在旅館酒吧碰上醉漢騷擾，那時候就感覺得到緹莉小小的身軀裡藏著大大的勇氣。雖然最後是他將人趕走，但醉漢們沒更過分也是因為緹莉始終不讓他們稱心如意。那天華盛頓就已經發現緹莉看似笨拙，內心韌性卻超乎想像。

「這要怎麼謝才好？」

病房外一陣窸窸窣窣，兩人轉頭看見緹莉站在門口，笑得很靦腆。她朝華盛頓輕輕揮手，手也包了紗布，兩眼周圍被煙燻紅了還沒褪。緹莉如往常穿著工作褲現身，但今天身上衣服不是電影或超級英雄圖案，而是華盛頓在肯德爾賣給她的那件「宅力」T恤。留意到華盛頓視線以後，緹莉兩手比了讚。

「哈囉，坡，」她先開口，「身體還好嗎？」

淚珠還是滾下來了，過沒多久華盛頓壓抑不住開始哭，心裡五味雜陳。他因緹莉的勇氣感動，也為祁里安的遭遇難過，遺憾的是自己居然沒辦法替朋友爭取到最後的正義。

史蒂芬妮悄悄起身走出病房。

緹莉拉了椅子坐在窗邊，靜靜等到他情緒平復。

「抱歉。」華盛頓抹抹眼睛。

「沒關係，坡。」她回答，「祁里安．瑞德告訴你的事情，史蒂芬妮．弗林督察轉告給我聽了。好悲傷的故事，真同情他。」

「我也是。」

忽然一個念頭自腦海閃過。華盛頓又想起旅館酒吧的事情。「緹莉，」他開口問，「妳這麼大膽衝進起火的房子，該不會是因為……之前我說，下次輪到妳救我？」

緹莉凝視著華盛頓，目光彷彿穿透他。換作平常，華盛頓一定渾身不自在，但這次他沒別過臉。

「你是這樣想的嗎，坡？」

「我怎樣想啊？說老實話，我現在不知道到底該怎麼想。連續殺人犯其實就是我最好的朋友，我感覺自己不是很聰明。」

「你很聰明的，坡！你找到那麼多線索！」

「是我們一起找到的，緹莉。」

「好吧，我們一起的。但，不是喔，坡。我上山不是因為你那樣說過，那天你在害羞鬧彆扭，反正你常常那樣。」

「常常嗎？」

「對啊，坡，你常常鬧彆扭。」

「所以——」

「我之前說過啊，」緹莉回答，「你是我朋友。」

之後無須贅言。

過了一小時，史蒂芬妮走進病房，發現兩個人睡得很熟。

67

華盛頓雖醒了，還是被醫生多留一天才出院，起初擔心他喉嚨受傷過重，後來看到癒合跡象才終於放人。出院前醫生想安排地區護理師每天過去他家協助換藥，討價還價之後華盛頓答應乖乖去門診。要對方為自己一個人每天扛著大包小包護理用品在濕地走兩英里，他覺得太不好意思。

之後幾天很多人打電話找他。孜爾處長表達謝意，還說雖然過程曲折，但他可以重返重案分析科繼續擔任科長，而且不是暫時。但華盛頓婉拒。

「科長的位置還是讓弗林坐著比較好。她擔任督察一職表現比我好太多，這次能破案也是因為她能率領我們善盡職責。我其實見樹不見林，她才能顧全大局。」

孜爾也沒多說什麼。華盛頓暗忖：處長之所以開口，就是料到自己會拒絕。

「坡警佐，有其他事情要告訴我嗎？」孜爾最後問道。

華盛頓明白這是針對祁里安的故事。處長想知道他將如何行動。

「沒有了，長官。」華盛頓回答。他心裡也有個衝動，覺得乾脆向處長坦承一切——走漏裴騰．威廉斯的個人資料並非意外，而是他故意夾在交給受害者家屬的檔案內，目的就是希望對方採取行動。如果說出來，他就得面對後果。儘管救了穆蕊．布里斯托的命，但害犯人因此身亡是事實。華盛頓從祁里安身上看到持續壓抑心中黑暗會有什麼結果，也不希望自己走上同一條路，然而直到掛電話他還是沒說出口。事到如今才開口，說穿了不過是自我滿足，舊案重審、反覆上訴、賠上他的人格又勞民傷財卻於事無補。

還不如一個人默默承擔。

韓森副處長也打電話來了。表面上為了之前出言不遜道歉，兩人尷尬地兜圈子一會兒，韓森切入正題，不外乎希望風波到此為止，無須玉石俱焚波及無辜等等。理所當然，他也想知道華盛頓下一步打算怎麼走。

華盛頓索性裝蒜，韓森也沒那個膽子將話挑明了說，最後還脫口而出：「坡警佐，一個瘋子無的放矢胡言亂語，你別當真比較好。」

卡萊爾主教也致電問候。對方幫了大忙，華盛頓頗為尊敬。奧瓦特閣下畢生心力放在神職，掛念的自然還是教會要承受多大抨擊。然而他最後依舊鼓勵華盛頓本著良知做決定。

❖

接下來半個月，華盛頓每天傍晚牽著艾德嘉在春季夕日下散步。咽喉灼傷痊癒，聲音和手都回復正常。史蒂芬妮偶爾打電話過來，她拿科裡的公事當幌子，其實只是關心他的情況。華盛頓心裡感恩，卻說不出真實想法。

緹莉每天寄來二、三十通訊息，每句話都讓華盛頓會心一笑。她說總算又回歸辦公室工作了，但巴望著兩個人趕快一起出去查案。另外她上了駕訓班，考到駕照就會自己開車找華盛頓和艾德嘉玩。

祁里安走了以後，緹莉或許就是他最親近的朋友。兩人南轅北轍、一明一暗，然而這種衝突的關係有時更牢固。緹莉問起華盛頓什麼時候復職，他自己也不知道，應該說還不確定是否真的要再做警察。心底還是希望能為祁里安做點什麼，再來就是要找父親問個清楚。他寫了email，想知道父親何時回英國，至今沒有回音倒也無所謂，反正壓了幾十年的事情不急於一時。但終歸要做個了斷，總有一天他會與強暴母親的人面對面。華盛頓特區、大使、嬉皮，當年符合這三個條件的宴會不可能太多，總有人記得些什麼。查案可是他的老本行，線索更少的強暴案他都辦過。

黑窪農場取得的證據送交分析，大囚車內的隔間有屎尿、血液與嘔吐物，從中確實能驗出死者的DNA。不知為何，有一個隔間被消毒了。受害者死前最後一站是農場，對甘孛而言這個結論很充分。距離農舍幾百碼處也的確如祁里安所言，找到了喬治．瑞德的遺骨。他沒說謊，醫護檢查後判斷死亡時間遠早於連續殺人案，死因則是中風。坎布里亞警方繼續追蹤案情漏洞——祁里安應該有個共犯至今身分成謎。華盛頓認為他們找不到的，因為共犯身分已經隨祁里安留下的資料消失，刑警隊根本毫無頭緒，只是為了面子不得不繼續查。關於這點，史蒂芬妮透露了消息：甘孛他們自己也不抱指望。

DNA鑑定同時也證明了農舍二樓找到的屍體就是希拉蕊．綏夫特和祁里安．瑞德。

火災報告指出農舍內部環境很特別，沒有存放任何燃燒後會釋放出毒素的東西，這點解釋了為何煙霧不如華盛頓預期的那麼黑。甘孛推測原因在於祁里安要綏夫特確實死於火刑，連讓她嗆死的機會都徹底排除。

華盛頓與甘孛關係好了很多。總警司認識祁里安，也相信華盛頓陳述的一切，並願意協助追查真相，於是違逆署長意志，下令對祁里安找回的三具男孩遺體進行驗屍。可惜人力難敵時間與高溫，法醫無法證明他們和五個老人之間有過接觸，但在報告上記載了死於他殺。

男孩們安葬地點就是華盛頓去掘屍的墓園，但他介入並堅持不可以放在K段。由於上了媒體，葬禮跑來不少人，包括從倫敦過來的官員，但只是對著鏡頭說些場面話就離開，來匆匆去匆匆。

連續殺人案幾近尾聲。死在祁里安手上的人由法醫決定去處，就都交還給家屬。電視轉播了他們的盛大喪禮，一開始華盛頓還勉強自己看，後來就受不了了。內政大臣竟然出席卡邁柯那場次，顯然相識多年，而且是在慈善活動結下緣分……

祁里安的葬禮完全兩樣情。沒有殯葬業者肯接這生意，於是只能將他放在比較小、缺乏管理的墓園，用的還是公家準備的棺材。到場者除了華盛頓、史蒂芬妮、緹莉，就只有代表坎布里亞警方的甘孛。

對此華盛頓不知為何也沒什麼情緒了。

下葬過後，甘孛私下找他聊聊，表示自己年近退休、滿城風雨過後能保住職位實屬僥倖，家裡孩子還在念大學，真的沒辦法繼續幫忙。華盛頓很能諒解，站在高處那些傢伙毀了不知多少人。

媒體和名嘴也遵照上意辦事，繪聲繪影將祁里安刻畫成十惡不赦之徒。他們加油添醋信口雌黃好鞏固官方說法，也就是祁里安小時候殺了三名院童，長大之後殺心再起。聽在華盛頓耳裡，覺得最恐怖的地方就是：其實說服力很強。然而事件很快就被遺忘，快得過分詭異。即便八卦小報記憶力與糖中毒的兩歲小孩相仿，警官闔掉好幾個達官貴人也該足夠聳動。顯而易見，有上面的力量要大家噤聲，喜歡挖掘醜聞的記者也苦於證據不足和死者遺族的強大財勢而作罷。卡邁柯的兒女甚至揚言要對坎布里亞刑警隊和國家安全局提出告訴，孜爾處長特地打電話要華盛頓別擔心。「他們沒那個膽。上頭既然不讓我們追這事情，也就不會縱容他們鬧大。倒是給鄧肯．卡邁柯撿了便宜，準備用熱心公益的名目賞他爵位勛章當作封口費。」

華盛頓聽了真覺得噁心，忍耐到達極限。

尤其史蒂芬妮又在電話提起另一件事：坎布里亞警署署長雷奧納．塔平真的準備高升，已經成為倫敦警察廳副總監的熱門人選。得知此事以後華盛頓陷入低潮，覺得搞得自己身心俱疲但沒有任何意義，他知道的證據都被燒掉了、他不知道的也很快會被處理掉，無論如何結果都是走入死胡同。

心一橫要把家裡牆壁上那些資料都拆掉時，華盛頓暗忖真的結束了。之前留著這些東西只是擔心靈感會不請自來，這麼多天了什麼也想不到，他還好幾次動都不動連續盯著幾個小時。

華盛頓搬了個空箱子過來，開始動手將東西取下收藏。照片、地圖、專家報告，緹莉的分析，大家的筆記便條，辛苦查出的線索散落其中。

他最後拿下來的是明信片。祁里安特意寄到謝普威爾斯酒店，緹莉還做了護貝。明信片背面畫了詰問號，指引華盛頓察覺麥可．詹姆斯胸口有同樣的圖案。

可以說真正推動案情開始的就是這張明信片。他順手朝著箱子甩出去。

明信片飛舞之後落在箱內，正面朝上，吸引了華盛頓目光。

68

華盛頓一直隱約記得那圖畫。可是重要的線索來自明信片背面而非正面，所以之前都沒特別留意。

現在他不確定了。

明信片裡是一杯剛上桌的咖啡，褐色液體上面飄著咖啡師手做的拉花。

他注視圖片。

拉花是一隻鴿子。鴿子是國際間的和平象徵符號。圖形靠周圍的可可粉突顯輪廓。

華盛頓下意識屏住呼吸。明信片是祁里安寄的，祁里安做每件事情都有理由，每個步驟都藏著謎題或線索。難道這張明信片也一樣？

他瞪著那圖畫，想看穿裡面隱藏的訊息。鴿子、和平、咖啡……這個字詞在腦海不斷重複彷彿咒語。

鴿子。

和平。

咖啡。

鴿子。

和平。

咖、啡……豆？

祁里安不是買了一袋咖啡豆過來嗎！

他衝進廚房把爐子上面櫥櫃的東西都挪開。當初祁里安說是給自己補貨，東西還在，褐色紙袋裡滿滿剛磨好的豆子。

儘管明知道家裡沒篩網，華盛頓還是翻了半天，最後乾脆抓著大平底鍋，撕開紙袋將咖啡粉全部倒進去。金屬碰撞的叮噹聲傳來，他猜對了：袋子裡面不只咖啡。撥了撥以後找到藏起來的東西。

而且有兩樣。

一個USD隨身碟，還有一枚金屬徽章。

華盛頓走向桌子，打開筆電插入隨身碟，新視窗跳出，似乎每個死者都有一個專用檔案夾，不過還有一個沒命名。他將有名字的照順序開啟。

檔案夾內有許多影片、音訊、文字，都是祁里安蒐集的資料或逼出的供詞。他手上有這麼多證據，卻無法昭告天下。

華盛頓嘴角上揚。祁里安知道無法信任警方，精心策劃這麼久的行動，最後結果卻不操之在己太可惜了。

他當然有備案。

華盛頓拾起另一樣東西查看，是個上了釉的肩章，在辦案過程中見過這商標——後來歇業的奧斯湖遊艇公司。「試試手氣」慈善遊湖由他們提供船隻。

商標上面還註記了身分：船長。

華盛頓盯著它，思考片刻反應過來。

拍賣當晚，船上賓客是當地顯要、社工希拉蕊．綏夫特以及四個男孩。

但是誰開船？

即使餐點由詹姆斯．卡邁柯打理，船要離開碼頭就得有駕駛，這件事情他們無法自己來。

換句話說，除了六名成年男子、綏夫特以及四個男孩之外，至少還得有個船長。

船長恐怕目睹整個過程卻始終保持緘默。從祁里安的角度來看，他和犯人是一丘之貉。

偵辦團隊居然沒有人想起這件事？

可是祁里安記得，否則不會取得船長肩章。

船長人在哪裡？又扮演什麼角色？

首先可以肯定船長並非船公司老闆，緹莉之前調查確認了公司負責人自然死亡。

華盛頓目光回到電腦螢幕。剩下一個檔案夾，沒有命名。

裡面影片是兩名男子的互動。其一戴著巴拉克拉瓦頭套[48]，猜測應該是祁里安隱藏面容，以免事情出了差錯身分提早曝光。另外一個華盛頓認不出來，應該從未進入過調查過程，年紀約莫五、六十，模樣確實就是跑船人，皮膚非常黝黑，臉上皺紋媲美世界地圖，但是氣色體態都維持得很好，顯然是常在戶外勞動的類型。

華盛頓按下播放，看了將近一小時。年長男子果然就是在奧斯湖開船的人，他對鏡頭表示「試試手氣」活動大半時間並無異樣，到拍賣時間才察覺不對勁，然而主辦人塞給他一萬英鎊當封口費。除了錢，他也清楚船上都是自己惹不起的人，所以選擇保守祕密。

船長自白後，與祁里安達成協議：事情結束之前他住在十人囚車，只有幫忙跑腿時可以離開。祁里安要他做的事情也不算太過分，大部分就是開車。葛拉罕．羅素的車子出現在法國，回頭推敲起來應該就是船長幹的好事。希拉蕊．綏夫特及其孫子女想必也是他帶走，雖然年事已高但一輩子跑船跑出滿身肌肉，被下了輕微迷藥的綏夫特如何能夠抵抗。

祁里安與他的協議很簡單。只要船長乖乖聽話配合，供詞影片與他在男孩命案中的角色就不會公開，事成之後可以回家安養天年。倘若船長不從，後果有兩個：首先是他會像另外幾個老頭那樣死得很慘，再者親戚朋友也會因他蒙羞。船長毫不猶豫答應了，態度十分配合。

這下子共犯身分也水落石出。

然而華盛頓腦海閃過一個疑問：大囚車裡有個隔間經過仔細清潔消毒，是船長住處嗎？先前審視案情，華盛頓找到很多串不起來的環節，彷彿一本書缺了許多頁。此刻故事總算說得通。

可是為何隔間要消毒？

再來，祁里安為什麼非得拉著綏夫特自焚？

還特別囑咐不要與童年玩伴葬在一起？

48 可蒙面的頭巾，語源為一八五四年克里木戰爭中巴拉克拉瓦戰役。佩戴方式很多變化，有時稱為魔術頭巾。

❖

考慮到非自願共犯，這些問題就能從截然不同的角度切入。

祁里安承諾過，船長替他辦完事就能回家。但是他會不會食言？是否殺害了船長，遺體留著不時之需？

黑窪農場那夜的詳細經過，真的有人知道嗎？警方採納的說法來自華盛頓這個唯一目擊者，可是他只說得出自己所見所聞，無法代表事情真相。

說不定又是障眼法？

祁里安丟出打火機並從窗口後退。華盛頓見狀直覺認為他是躺下等死，但其實有足夠時間解開手銬掉包。很趕，但絕非不可能。

農舍後面有另一扇窗。屋頂燒壞時華盛頓注意到這點。

這種詐死伎倆通常在事件結束過後很久還是會被查出來。但只是通常。何況這次因為通往農場的道路被石頭擋住，火勢延燒時間太久……

所有參與調查的刑警必須先提供DNA樣本，若犯罪現場遭到污染時才方便排除，然而共犯如此配合的情況，祁里安送交的樣本究竟從誰身上取得很難說，華盛頓認為他極有可能造假。雖說甘孛曾經率隊去祁里安住處蒐集DNA痕跡，取得少量毛髮、用過的棉棒與壓花等等，而且檢驗後都符合當初呈交的樣本……

但為什麼要特地清潔十人囚車的隔間？

會不會所有人都被祁里安蒙在鼓裡？

值得考慮的另一點是祁里安會放過船長嗎？明知船上發生慘案，卻視若無睹。以祁里安的性格，恐怕不會放過這樣一個人，害朋友沒命的無論是誰都得陪葬。船長除了過程中協助跑腿，有沒有可能連屍體都成了祁里安的道具？也許華盛頓拚了命要從起火農舍拉出來的根本不是祁里安，而是船長？

問題在於事到如今完全無法證實了。

華盛頓的思緒回到原點，明信片上咖啡拉花是鴿子圖案，老友終於放下心中仇恨了嗎？

不知他現在是否躲在遠方享受日光浴、與女服務生眉來眼去，舉杯向死去的童年玩伴敬酒？希望他過得開心。

華盛頓覺得自己該告訴史蒂芬妮，伸手拿起手機，指尖卻停在撥號鍵上。不該瞞她，她知道怎麼處理最好……

真的嗎？這種情況，真的有人知道該怎麼辦？

華盛頓又將手機放下。

他第一次覺得韓森副處長的建議也不錯。

先別再興風作浪了。

69

華盛頓坐在M5公路旁邊一間咖啡廳。他搭大眾運輸南下，從固定式停車場偷了一輛。運氣好的話，或許車主尚未發現就能開回去歸還。桌上有壺茶，手上則是廉價平板電腦，二手貨，經濟蕭條幾年之後當鋪裡很多。他並不知道IP位址多容易追蹤，只知道最好不要冒險。請緹莉幫忙的話隱藏網路足跡不難，但感覺像是利用兩人友情。會掀起多大波瀾還是未知數，最好避免拖別人下水。

他盯著螢幕已經三小時。

所有檔案經過處理，集中在可以郵寄的壓縮檔內。附件內沒有共犯的資料，也少了一些重要元素，比方說銀行帳戶紀錄、蒙塔古・普萊斯試圖與警方達成協議的談話影片等等。這些東西是理解案情的依據，祁里安準備隨身碟是調查初期的事情，那些東西自然不可能放進裡頭。然而正如華盛頓與史蒂芬妮得到的結論：外界只得知整個案子的一半，倘若他寄出這封email，關鍵的「另一半」就能重見天日。

華盛頓打算寄給所有找到聯絡方式的新聞總編輯、副編輯、自由記者和部落客，國內國外皆有。加起來將近百人。

Email裡沒有個人資料，懷疑到他頭上也不合邏輯，因為從火場得救的當下自己不僅昏迷，衣物也被燒得破爛，碎片送交鑑識組。換言之，坎布里亞刑警隊能證明他離開黑窪農場時幾乎是裸體，身上沒有任何東西。正常人會據此推論email出自神祕共犯之手，案子發展到現在就差他這塊拼圖還不知所蹤。警方仍持續搜查，但永遠也找不到。為了保護祁里安，華盛頓也一輩子不會說出真相。

現在，只要他肯按下寄送鍵，五分鐘內會有近百人看見證據，等到明日清晨至少好幾萬。不可能不重啟調查，輿論沒這麼容易平息。之後就與華盛頓沒有直接關係了，辦案過程取得的各種證據，包括卡邁柯與綏夫特舉辦遊湖活動的細節、百年靈腕錶、祕密銀行帳戶、祁里安．瑞德的口頭證供早就依法交給坎布里亞刑警隊處置。但刑警隊也必定會有人洩露蒙塔古．普萊斯的面談影片，太多人看過了，想保密是天方夜譚。然後華盛頓就要擔任證人，並發誓不得作偽證。

而他說的話，大家會仔細聽清楚。

想對得起老朋友，就該將信寄出。

而他之所以躊躇，是因為無法確定事態如何演變。腦海浮現緹莉說過的蝴蝶效應——將證據公諸於世的後果難料。由於祁里安的警察身分，兩名閣員特地上電視安撫大眾，擔保連續殺人案已經辦得清清楚楚。高層隱瞞的事情一旦曝光必然社會動盪、人心惶惶，這是民主社會的弱點。

這封信或許一開始就不該存在。

即便如此……華盛頓回想起很多，例如祁里安對自己的信任、史蒂芬妮與緹莉的努力，他們好不容易才查清二十六年前發生了怎樣的慘劇。接著又想到是怎樣的人在幕後壓住真相，無恥政客使盡手段將朋友抹黑為十惡不赦之徒。自己就此放棄的話，又是對方獲得勝利。埃德蒙．伯克[49]說過一句話：「善人袖手旁觀，則惡人得以橫行。」

另外……鄧肯．卡邁柯那傢伙說他是流氓？華盛頓可不是挨罵不還嘴的性子。

「幫你一回吧，祁里安。」他喃喃自語。

按下發送後，華盛頓靠著椅背。後果如何，時候到了自見分曉。

[49] Edmund Burke，愛爾蘭政治家。

致謝詞

動筆寫書很容易，抵達終點卻很難。

首先感謝妻子Joanne，沒有她的支持我無法完成本書，而且我的作品必須先經過這關。她是初稿的第一位讀者，對我打造故事提供了很多協助。

接著要大力感謝DHH文學經紀公司的David Headley——上天賜給我的貴人，感謝你各種包容體諒。也藉此機會感謝Emily Glenister幫我過濾許多愚蠢的問題……

二〇一六年底，Little, Brown出版社Krystyna Green願意將未經潤飾的書稿放上桌，對此我深表感激，謝謝妳喜歡華盛頓、緹莉和史蒂以及他們的故事。

Martin Fletcher、Howard Watson、Rebecca Sheppard和Jan McCann四位為本書增色甚多，Sean Garrehy不用圖像便能傳達故事黑暗意涵的封面也是一絕，感謝各位的參與。

再來要感謝第二批試讀者：Angie Morrison、Stephen Williamson 以及Noelle Holten，他們糾正許多邏輯或效果不足之處。

為故事做研究的過程裡，也有許多人使我獲益匪淺。

首先感謝好友Stuart Wilson（他居住在真實生活中的賀德威克農場），他非常耐心解釋華盛頓・坡如何才能在謝普丘陵一帶安居樂業。

然後是以前在緩刑服務處的老同事兼拌嘴好夥伴Pete Marston。他帶著我繞遍坎布里亞郡所有巨石陣（真的有六十三個……）。他或許都不記得當時聊過些什麼、還有自己借過我一本與巨石陣相關的書，但我可是牢牢記在心裡了，五年後還拿出來寫成故事……

偵辦命案的技術層面上Jude、Greg Kelly兩位對我幫助很大，還提供趣聞軼事增加了故事深度。也感激謝普威爾斯酒店的Steve帶我參觀了一些不對外公開的區域，另外這可是真實存在的旅館，雖然偏僻了點卻十分豪華，而且確實曾經作為戰俘營使用。

最後向真正的重案分析科致上十二萬分謝意。我描寫得很隨興，希望諸位別放在心上。往後也請堅守崗位，大家的生命靠你們守護。

很可能漏掉了誰沒能表達感激。請相信我：不是不懂感恩，而是記性太差。

總之謝謝大家——因為你們，這本書我寫得好開心。

 Storytella **118**

歡迎觀賞殺人預告

The Puppet Show

歡迎觀賞殺人預告/麥克.克拉文作；陳岳辰譯. -- 初版. -- 臺北市：春天出版國際文化有限公司, 2021.09
面；　公分. -- (Storytella；118)
譯自：The Puppet Show
ISBN 978-957-741-423-6(平裝)

873.57　　　110013763

ISBN 978-957-741-423-6
Printed in Taiwan

作　者　麥克・克拉文
譯　者　陳岳辰
總編輯　莊宜勳
主　編　鍾靈

出版者　春天出版國際文化有限公司
地　址　台北市大安區忠孝東路四段303號4樓之1
電　話　02-7733-4070
傳　真　02-7733-4069
E－mail　frank.spring@msa.hinet.net
網　址　http://www.bookspring.com.tw
部落格　http://blog.pixnet.net/bookspring
郵政帳號　19705538
戶　名　春天出版國際文化有限公司
法律顧問　蕭顯忠律師事務所
出版日期　二〇二一年九月初版

定　價　410元

總經銷　楨德圖書事業有限公司
地　址　新北市新店區中興路二段196號8樓
電　話　02-8919-3186
傳　真　02-8914-5524
香港總代理　一代匯集
地　址　九龍旺角塘尾道64號 龍駒企業大廈10 B&D室
電　話　852-2783-8102
傳　真　852-2396-0050